Scrittori italiani e stranieri

Giuseppina Torregrossa

Corta è la memoria del cuore

ROMANZO

MONDADORI

Dello stesso autore in edizione Mondadori

Il conto delle minne
Manna e miele, ferro e fuoco
Panza e prisenza
La miscela segreta di casa Olivares
Il basilico di Palazzo Galletti
Il sanguinaccio dell'Immacolata

mondadori.it

Corta è la memoria del cuore
di Giuseppina Torregrossa
Collezione Scrittori italiani e stranieri

ISBN 978-88-04-76109-9

Pubblicato in accordo con Grandi & Associati, Milano
I edizione settembre 2025

Corta è la memoria del cuore

A Marcello, Giovanni, Lucia
perché bisogna essere grati a chi ti rende felice

Tutto quello che è autobiografico è inventato,
tutto quello che è inventato è autobiografico.

GINEVRA BOMPIANI

Tu mi vorresti come uno dei tuoi gatti
castrati e paralleli: dormono in fila infatti
e fanno i gatti solo di nascosto
quando non li vedi. Ma io non sarò mai
castrata e parallela. Magari me ne vado,
ma tutta di traverso e tutta intera.

PATRIZIA CAVALLI, *Pigre divinità e pigra sorte*

Teresa

Le femmine della famiglia Accoto erano impastate con la rabbia. La vita era stata gentile con loro, avrebbero dovuto essere grate e invece sputavano veleno, il rancore le abitava.

Di tutte, Teresa era la peggiore. Capricciosa e priva di freni inibitori, aveva un'anima carnivora, che la maschera usurata dal tempo non riusciva più a nascondere. Era capace di lanciare anatemi eterni, resistenti anche agli esorcismi.

Grazie a una salute di ferro si apprestava, tra maledizioni e sortilegi, a raggiungere il traguardo dei cento anni. La sua mente era lucida come a venti e le funzioni logiche apparivano integre, ma il cuore... oh, mamma! Era duro come un blocco di calcestruzzo. Il marito era scomparso da tempo e le amiche, se mai ne aveva avute, si erano perse per strada. I figli, stanchi della sua lingua affilata, si tenevano a distanza di sicurezza. La solitudine l'aveva inasprita. Sola era, sola e condannata a vivere. Nemmeno i ricordi le tenevano compagnia, ché aveva fatto di tutto per cancellarli.

Era venuta al mondo mentre per la prima volta alle Olimpiadi di Amsterdam si disputava una gara di atletica leggera femminile. Il suo vagito era risuonato insieme all'urlo di Elizabeth Robinson, che aveva vinto i cento metri piani. Sua madre, sentita la notizia alla radio, si rincuorò. Erano tempi duri per le donne, ma quella vittoria le sembrò di buon auspicio per la figlia, di sicuro se la sarebbe cavata nella vita.

Fin da bambina, Teresa aveva dovuto combattere per un pezzo di salsiccia, un paio di scarpe nuove, ché al suo paese mancava tutto, persino l'acqua corrente e i servizi igienici; ma non sembrava soffrirne, semmai si temprava lottando per la sopravvivenza. I suoi genitori non andavano d'accordo e la tiravano per la giacchetta, costringendola a schierarsi con l'una o con l'altro. Lei non amava prendere posizione e aveva elaborato una strategia di bugie e omissioni, ma soprattutto di silenzi. Comunicava solo con suoni, *tzè, ush*, o sillabe, *mah, boh*. Era arrivata così agli otto anni senza mai proferire una frase intera. Nessuno della famiglia poteva asserire di conoscere la sua voce.

«Questa bambina è troppo timida» diceva la madre. «Né si capisce quello che pensa né quello che vuole.» Il padre faceva spallucce e si mostrava disinteressato. Aveva il braccino corto e temeva che la moglie usasse la sua figlia amatissima come scusa per estorcergli dei soldi. «Alla rovina mi portate. Morto, mi volete morto» urlava incurante del giudizio dei vicini. Teresa non si lasciava turbare dalle loro scenate, sapeva di essere la preferita, anche se non godeva di alcun privilegio.

Cresciuta sotto il fascismo, Teresa aderiva volentieri alle regole e ubbidiva senza discutere. Le piaceva andare a scuola, studiava con profitto, era sempre la prima della classe, si esprimeva in un buon italiano, scriveva senza errori. Alla fine dell'anno scolastico portava a casa ottimi voti, premi e gagliardetti. In terza ginnasio aveva persino ricevuto i complimenti di Ada Negri per un tema che la sua professoressa aveva inviato alla grande poeta. La cartolina postale valeva più delle medaglie da giovane italiana, e la teneva al sicuro nella scatola dei tesori.

La guerra era stata una tragedia, ma al paesello si stava bene, qualcosa da mangiare si rimediava sempre, non mancavano le uova e il formaggio di cui Teresa era ghiotta. Entrata in vigore la Costituzione, la ragazza si era iscritta all'università di Palermo, che distava un centinaio di chilometri dal suo paesello. Aveva dovuto aspettare due anni dopo il diploma, tanto c'era voluto perché le aule riaprissero, i collegamenti tornassero regolari; nel frattempo aveva riletto più volte i pochi libri che possedeva. Le sarebbe piaciuto studiare letteratura, ma il padre si oppose: «Tutti 'sti soldi per qualche poesia?». Lei allora ripiegò su Giurisprudenza e quello approvò la scelta. «Questa sì che è una laurea. Sai quanti concorsi puoi fare? E guadagnare bene!»

Il primo anno aveva dovuto chiedere in prestito dispense e appunti ai colleghi: i libri non poteva permetterseli, il padre più passava il tempo e più diventava tirchio. Studiava, anche se sapeva in cuor suo che quella fatica non l'avrebbe portata da nessuna parte. Era donna, chi l'avrebbe presa sul serio? Per fortuna era carina, poteva così aspirare a un marito ricco, che avrebbe riempito i suoi cassetti di biancheria fine, la dispensa di roba da mangiare, la casa di mobili, quadri, argenti. Quelli erano i suoi sogni.

Teresa non ne poteva più di cappotti rivoltati e scarpe risuolate, non sopportava più quella vita di stenti. Doveva solo guardarsi intorno, in molti le facevano la corte. Lei aveva scartato i nati ricchi e con la strada spianata, non voleva sentirsi inferiore. Preferiva gli ambiziosi, affamati di riconoscimento, senza soldi e umiliati, che facevano carriera più dei figli di papà. Luigi Accoto le sembrò quello giusto. L'aveva osservato con attenzione, sotto il profilo sentimentale le pareva terra vergine e in più aveva carattere. Teneva testa a colleghi e professori, nelle discussioni voleva sempre l'ultima parola, un fuoco gli bruciava negli occhi.

Schermata dietro un silenzio enigmatico, lo sguardo in tralice sotto le ciglia setose, gli girò intorno. Non dovette aspettare molto: un paio di mesi dopo, finita la lezione, il ragazzo trovò il coraggio di avvicinarla e le propose di uscire.

«Come si permette?» si ritrasse lei scandalizzata. «Però, se proprio insiste... Ma prima deve chiedere il permesso a mio padre.» E lo lasciò appeso a una speranza.

Una domenica, a sorpresa, lui si presentò al paesello per dichiarare le sue intenzioni. «Mi chiamo Luigi Accoto, mio padre fa il ferroviere, non ho un soldo.» Meglio, pensava Teresa, lei era figlia di un ingegnere, si poteva definire una borghese, avrebbe potuto farsi valere con la famigliuzza proletaria di Luigi.

«La voglia di lavorare non mi manca, mia moglie avrà tutto quello di cui ha bisogno» concluse il ragazzo.

Il padre di Teresa disse di sì, gli piaceva quello squattrinato volitivo e intraprendente. Dopo la sua visita però costrinse la figlia a rimanere al paesello. «Adesso che hai un innamorato, non sta bene agli occhi della gente che te ne stai da sola in città. Puoi studiare a casa. All'università ci andrai solo per sostenere gli esami.»

Sette lunghi anni durò il fidanzamento. Sette anni in cui, separati da un centinaio di chilometri, Teresa e Luigi si scambiarono lettere dense di parole, le uniche cose che possedevano.

"Caro Luigi" iniziava Teresa con una grafia ordinata e piena di svolazzi, e concludeva con "tua affezionatissima". Faceva la timida anche sulla carta, si manteneva sul vago, affrontando temi generici e neutri: l'inverno, la neve che rallegrava il paesaggio, gli alberi disadorni in attesa di gemmare. Manteneva un tono educato e distante, che di solito stuzzicava la curiosità dei maschi. E poi non voleva che lui un giorno potesse dirle: "Me l'hai promesso". Era così abbottonata da apparire gelida. Luigi allora si sentiva respinto e non si faceva vivo per qualche settimana. In quelle occasioni lei correva ai ripari e lo bersagliava di lettere appassionate, nelle quali dichiarava di sentirsi piccola al suo cospetto, lo ringraziava per quella luna che le prometteva e che lei desiderava con tutte le sue forze. Prima o poi, ne era certa, lui gliel'avrebbe regalata.

Le risposte arrivavano a stretto giro di posta. Teresa le leggeva e gongolava. La tecnica del *lassa e pigghia*, così si diceva al suo paese, sembrava funzionare, lo teneva in pugno. La settimana dopo infatti Luigi si presentava con un nuovo regalo, era generoso, nonostante i pochi soldi. Teresa si faceva trovare sul portone di casa insieme con il padre, non era mica un'orfanella, lei! Non gli buttava le braccia al collo, ma lo accoglieva con uno sguardo elusivo, gli toglieva dalle mani il pacchetto, che lasciava sul tavolo con finta indifferenza, aspettando che il fidanzato la invitasse a scartarlo. Nell'ordine c'erano stati: un profumo, un orologino, due camicette di seta ricamata, un foulard, una collanina, una borsetta e tanti mazzi di fiori. Lei ricambiava con un libro cui aggiungeva una dedica. Le sue parole ironiche, e tuttavia pesate con il bilancino, erano il vero dono. Si sedevano quindi nella grande cucina, davanti alla stufa d'inverno, alla finestra d'estate. Teresa lo ascoltava, gli occhi incollati in quelli di lui, il corpo pervaso da una molle pigrizia, in linea con la cultura dell'epoca. Il pomeriggio si salutavano con un bacio fugace o una stretta di mano. Talvolta lei tratteneva le dita del fidanzato tra le sue, una sorta di promessa di felicità. Tornava poi al suo mutismo quieto.

Per quei sette, lunghi anni Teresa mantenne salda la convinzione che Luigi era l'uomo con il quale desiderava invecchiare. Era così diverso da tutti quelli che conosceva e soprattutto da suo padre, strafottente nei confronti della famiglia e violento quando veniva contraddetto. Lo aveva giurato a sé stessa che mai avrebbe sposato uno come lui, né sarebbe diventata come sua madre, acquiescente e manipolatrice. Luigi era affidabile e si sarebbe fatto strada nella vita. "Magari entrerà in politica" fantasticava. "Magari diventerà *onorevole*." E si riempiva la bocca con quella parola, spingeva la lingua contro il palato, affondandola tra l'una e l'altra sillaba come fossero gelatina.

Con questa idea fissa, studiò a tavolino come comportarsi per incastrarlo e non lasciò nulla al caso. Si mostrò ingenua, senza mezzi di difesa né strumenti di apprendimento. Sprovveduta, ma mai stupida. Il silenzio fu la sua arma più efficace. Diventò una brava ascoltatrice. Sgranava i suoi occhioni pieni di ammirazione e calava la testa in cenno di assenso. Alle domande dirette rispondeva con un semplice: «Non so». Oppure rimandava a lui la risposta: «Tu che ne pensi?». Non era per conformismo che taceva o evitava di prendere iniziative, piuttosto cercava di prevenire eventuali errori. Di fronte a un gesto affettuoso o alle parole d'amore, si ritraeva con un balbettio timido. Non si svelava, evitando di mettere in mostra i suoi sentimenti. "Quelli sì che ti possono inguaiare." Aveva paura della passione. Percepiva inoltre un che di ridicolo nei sospiri di desiderio. La fiducia nell'altro la considerava un lusso, come i diamanti, i vestiti di sartoria, e lei non poteva permettersela. Talvolta, suggestionata da qualche romanzetto rosa, gli dispensava una virginale carezza, un casto bacio. Luigi si illudeva che fosse un piccolo, malizioso anticipo di quello che la sua fidanzata teneva in serbo per lui e il sangue gli ribolliva. L'attirava allora a sé con un gesto prepotente, faceva scorrere le labbra umide sul suo collo bianco, le stringeva la nuca tra le dita intrecciate, il suo corpo aderiva a quello di lei. La ragazza si ritraeva come una lumaca spaventata. Poi, le guance rosse per la vergogna, cercava di lenire la delusione del fidanzato con qualche frase citata a casaccio dai suoi romanzi preferiti. Il costrutto di parole, sebbene complesso e ridondante, non riusciva a camuffare la sua indole anaffettiva. Teresa appariva per quello che era: algida, distante.

Luigi

Era nato in una famiglia proletaria, proprio come la intendeva Marx. Tanti fratelli, molti dei quali persi per strada, un padre operaio e, per la legge del contrappasso, una madre cattolica fervente.

Non era molto alto, però era forte, aveva occhi e capelli scuri; teneva sempre una sigaretta tra le dita, perciò lo chiamavano il turco. Il suo corpo funzionava come un sofisticato strumento musicale e produceva melodie vibranti, ma bastava poco perché si inceppasse. Allora, nervi e muscoli tesi allo stremo, le budella attanagliate da dolorosi spasmi, scoppiava in violente filippiche. Possedeva una naturale eleganza che ancora non sapeva esprimere. La sua intelligenza era pronta, ma non era il cervello l'organo dominante, bensì il cuore, e con esso lui ragionava dei massimi sistemi.

Povertà e ingiustizia li sentiva nelle viscere. Non distoglieva mai lo sguardo di fronte alla sofferenza. Un fuoco lo consumava dall'interno, avrebbe cambiato il mondo. Era volitivo, diretto, tanto da apparire sfrontato, persino prepotente. La sua aura virile attirava uomini e donne. Che era povero ce l'aveva scritto sui vestiti e sulle suole delle scarpe, consumate dall'uso. Non camminava, aveva l'abitudine di correre da una parte all'altra della città per la fretta di arrivare. Gli piacevano le donne, anche se non aveva tempo per loro: le sue energie erano tutte tese a farsi largo nella vita. Ma quella ragazza dai lunghi capelli neri, identica ad Alida Valli, ogni tanto lo distraeva dai suoi propositi.

Aveva visto la sua foto sui manifesti che annunciavano la Festa della matricola e l'elezione della più bella dell'università. Doveva conoscerla, si era detto fremendo di desiderio. Con quel fisico... *Mmm!* E si era pregustato un po' di divertimento. Una miss non era certo da sposare, ma il matrimonio non era nei suoi programmi.

Il pomeriggio della premiazione, seduto in prima fila, aspettò che lei comparisse sul palco per ritirare la fascia. Sognava a occhi aperti di accarezzare quella pelle che gli pareva trasparente, di toccarle i seni che dovevano avere la consistenza della ricotta. Le sue braccia tornite se le sentiva già attorno al collo. Lei però non si presentò. "Meglio, devo finire le bozze per il professore" si consolò lui, ma la delusione gli bruciava dentro.

Pochi giorni dopo si trovarono per caso seduti vicini a lezione, gli sembrò un segno del destino. "Ora o mai più" pensò, e le chiese a bruciapelo: «Come mai non sei venuta alla Festa della matricola?».

Lei girò il capo dall'altro lato ed esclamò con veemenza: «Sono una ragazza seria, io!».

«Anch'io» rispose Luigi. «Però stavi sui manifesti...»

«Ah, quelli. Tutti mi chiedono la stessa cosa. Non sono io nella foto, si tratta di un errore.»

«Be', per quel che mi riguarda sei tu la più bella del corso, anzi, di tutta la città, ma che dico? Della Sicilia intera.»

Lei arrossì e fece per andar via.

«Rimani, non volevo offenderti, era un complimento.»

La ragazza girò i tacchi, lui la inseguì nel corridoio e la trattenne per un braccio. «Dài, come sei pizzuta.»

A lei scappò da ridere, Luigi approfittò di quello spiraglio. «Guarda, ho gli appunti delle prossime lezioni. Li ho scritti insieme al professore, sono la traccia del suo manuale di prossima pubblicazione. Gli altri dovranno comprarlo, ma se vuoi te li presto.»

A Teresa non sembrò vero di poter risparmiare dei soldi ed evitare l'ennesima, estenuante trattativa con il padre. Fissò con interesse il manoscritto. Lui capì di avere fatto breccia e aggiunse orgoglioso: «Sono l'allievo preferito del professore, diventerò presto suo assistente».

«Sono Teresa, non farti strane idee» disse lei tendendo la mano, e gli fece il favore di accettare le pagine che le porgeva.

«Luigi» rispose il ragazzo in un soffio, il cuore che batteva forte. L'amore aveva travalicato la sua volontà granitica e gli stava per mandare a monte i piani.

Nei giorni successivi si incontrarono in biblioteca. Teresa ripeteva gli argomenti studiati, lui si perdeva tra i suoi denti, due file dritte di candide mandorle lucide. Superarono entrambi l'esame con il massimo dei voti, ma lei ottenne la lode. «È perché sei donna, lo sai come ragiona il professore» la sminuì Luigi. Teresa non gli diede peso, aveva un obiettivo da raggiungere. Alla fine della sessione estiva, Luigi, forse suo malgrado, si trovò fidanzato.

Cominciò tra loro un serrato carteggio infarcito di frasi romantiche, in cui lui replicava alla vaghezza di lei con una passione tracimante. Parlava del freddo inverno che gli attanagliava il cuore quando erano lontani. I rami spogli che sarebbero fioriti di lì a poco erano una metafora perfetta dell'eterno ciclo dell'amore. "Mia adorata" la chiamava, e firmava "tuo per sempre". Tra l'apertura e la conclusione della lettera Luigi si dilungava in articolate descrizioni dei suoi progetti per il futuro. Le confidava i più intimi pensieri, le poche paure, le innumerevoli certezze, e concludeva promettendo di regalarle la luna. Aveva un quadro chiaro di quello che lo aspettava, sapeva bene cosa fare e quanto valeva. Era un idealista, non avrebbe accettato compromessi. Sì, era interessato alla politica, ma non sarebbe mai entrato in un partito, né aspirava a un posto in parlamento, ché non era nelle sue corde rendere conto a qualcuno. Voleva essere libero: molto avevano pesato su di lui le restrizioni del fascismo.

«Onorato sì, onorevole mai. Sono i burocrati a conoscere il sistema e a farlo funzionare, e voglio essere uno di loro. Anche se io lo cambierò, questo sistema, dall'interno. E poi si può fare politica con i piccoli gesti quotidiani, come scegliere di comprare un giornale.»

Allo stesso tempo era pragmatico, i soldi servivano a vivere meglio e ne voleva abbastanza. Si rivolgeva a Teresa chiamandola "piccola mia", l'avrebbe protetta anche a costo della sua stessa vita. Talvolta, mentre studiava, una morsa gli stringeva la gola, il corpo si illanguidiva, i pensieri si avviluppavano nella sua testa. Da quanto non la vedeva? Si chiedeva in quei momenti. Aveva nel naso il suo profumo di olio e frumento. Spinto da un desiderio bruciante, prendeva la corriera diretto al paesello.

Il tragitto era lungo e intanto la passione cresceva e si faceva tormento. Appena girato l'angolo della piazza cercava Teresa con lo sguardo. Lei stava sulla porta di casa in compagnia del padre, il corpo appoggiato al muro, le mani nelle tasche. Le correva incontro, cercava di abbracciarla, di sentire il suo calore. La ragazza indietreggiava e allungava il collo, porgendo una guancia da baciare. Luigi apprezzava la sua riservatezza, dote impagabile per una moglie, però quell'atteggiamento distaccato lo faceva soffrire. Caspita, un sorriso, una carezza poteva pure farglieli! Lei pareva una sfinge, anche verso i regali mostrava un'educata indifferenza: Luigi doveva insistere per farle aprire i pacchetti. Alla fine si trovava a trascorrere la giornata in compagnia del futuro suocero e delle cognate, che lo trattavano con molta più cordialità della fidanzata stessa. Al ritorno, deluso, si riprometteva di non andare più a trovarla. Ma all'improvviso lo assaliva di nuovo il bisogno di lei, allora cercava delle giustificazioni per quel comportamento algido. Forse era la presenza del padre a bloccarla, o magari la timidezza, e comunque: "Meglio così, si vede che non ha grilli per la testa". Si precipitava quindi a prendere la prima corriera. La trovava ancora lì, sulla porta, come una statua di sale, con quell'espressione impenetrabile. Le si avvicinava, moriva dalla voglia di sentirla sussurrare nel suo orecchio, di percepire la carezza del suo fiato caldo che profumava di agrumi. Quando in paese arrivò il telefono: «Parliamoci, qualche volta» le disse mordendosi il labbro inferiore.

Il telefono

Il posto telefonico pubblico fu installato nella casa di un paesano dalla pelle scura come cuoio. Le sue figlie al contrario avevano un incarnato candido e le guance rosee come mele. Si diceva che la madre fosse rimasta incinta dopo un'avventura con un forestiero, perciò le due sorelle erano così sciacquate e luminose come la luna piena. Per evitare che nei campi la pelle chiara, la loro unica dote, venisse danneggiata dai raggi del sole, la famiglia aveva aperto la porta di casa al futuro, accettando il monolite.

La cabina squadrata di colore grigio, che puzzava di ferro bruciato, torreggiava alta e tetragona al centro dell'unica stanza, vicino a una montagna dorata di frumento o, a seconda delle stagioni, di mandorle, di fave bronzee. La comunità elettrizzata aveva seguito le fasi del montaggio ammassata sull'uscio. Tutti poi ne avevano parlato per mesi e con scetticismo.

«Mettiamo che io me ne vado in continente. Mettiamo che voglio parlare con mia moglie, che invece è rimasta qua. Come ce la infilano la voce lì dentro e la portano da un punto all'altro?» si interrogava uno.

«Mettiamo che mio figlio mi cerca. Com'è che indovinano che devono chiamare a mia e non a u zu' Ciccio?» si chiedeva un altro.

«Deve essere come il telegrafo» spiegava uno che la sapeva lunga.

«Sì, però non mi capacito di una cosa, nel telegrafo. Chiovi, mintemu, l'acqua si subissa? Com'è ca la parola del dispacciu agghica bella, asciutta come n'ossu?»

«Giusto. Io non ci credo. Ci prendono per fessi.»

«Accussì è il progresso, signori miei, vi piaccia o non vi piaccia.»

Poi era arrivata la prima chiamata e dalla folla si era levato un coro di meraviglia: «Miiih!».

«Prova tu, ora, prova tu» gli uomini avevano cominciato a sfidarsi come in un duello, mentre le due centraliniste si alternavano all'apparecchio.

Ogni mattina una piccola folla di perditempo si radunava nella stanzetta che chiamavano pomposamente "centralino", e nell'attesa recitavano una rassegnata litania. «Mah, c'ammo a fari?» iniziava uno. Rispondevano gli altri: «Cà semu». Sembrava un coro greco. D'estate si asciugavano il sudore con un fazzoletto stropicciato, nello stesso pezzo di stoffa d'inverno scatarravano. Sull'unico tavolo leggermente sghembo stava l'apparecchio di bachelite. Nella stanza vibrava un continuo ronzio, come di api nell'alveare. «Il telefono ha l'anima» sussurravano le ragazze, atteggiando le labbra tumide a forma di cuore.

Lo squillo arrivava preceduto da una scossetta elettrica. Il primo, il secondo, il terzo, al quarto i paesani trepidi urlavano: «Ava', rispondi». A turno una delle sorelle sollevava la cornetta. «Prooonto!» La bocca si arrotondava, la lingua faceva capolino tra i denti. Gli uomini raddrizzavano le spalle e un brivido li percorreva. «Qua è, ora lo chiamo.» E, infilato lo spinotto, puntava il dito nel mucchio. L'interessato scattava in piedi. «A mia, dici?»

«Ava', rispondi!» intonavano i presenti.

L'apertura della porta produceva uno spostamento d'aria, nella stanza si diffondeva un odore di gomma. *Click,* quello si chiudeva dentro e girava le spalle, non sia mai che gli altri carpissero i suoi segreti leggendo il movimento delle labbra. Dopo un po' l'ossigeno scarseggiava, l'uomo era costretto ad aprire la porta e i presenti potevano partecipare alla conversazione.

«I piccioli, digli che ti deve mandare i piccioli.»

«E così ti togli pure qualche debito.»

«Ricordati che ti ho prestato il frumento per la semina.»

Molti non avevano alcuna dimestichezza con quell'affare, erano abituati a comunicare con uno schiocco di labbra, un cenno del capo, una stretta di mano. Tenevano perciò la cornetta di fronte alla faccia e rispondevano con una smorfia, un'alzata di spalle, lo spostamento di un sopracciglio.

«Non ti sento, non ti sento» risuonava dall'altra parte.

«Parra!» lo incitavano gli altri. «Dicci qualche cosa.»

Quello strizzava gli occhi, allargava il braccio libero, calava la testa.

«Non ti capisco. Che dici?» tornava a urlare l'interlocutore spazientito.

Dalla sala si levava un coro unanime: «Parra, scimunito, devi parrari».

Finché l'uomo, innervosito, esplodeva in una solenne bestemmia, sbatteva la cornetta e se ne andava imprecando: «Megghiu 'na littra, macari un telegramma».

Teresa

Nutriva diffidenza nei confronti del progresso. Non era solo per riservatezza che rifiutava il telefono pubblico, ma per precauzione. Sapeva che le parole, una volta pronunciate, non avrebbe potuto più modificarle. Scrivere era più prudente, poteva ricontrollare il senso del discorso, correggere le frasi stonate, cancellare interi concetti, bilanciare le sue affermazioni. La sosteneva la convinzione che la meglio parola è quella che non si dice, e sul non detto si giocò il suo futuro.

Lasciò la casa paterna non senza rammarico, ché la felicità per lei era sempre nel passato. All'altare, davanti a Dio, giurò fedeltà al marito con risolutezza. All'uscita, sottobraccio allo sposo, appariva così innocente tra i pizzi bianchi dell'abito. Le sue labbra erano appena socchiuse e lasciavano passare giusto un filo d'aria.

Mentre sul sagrato gli sposi posavano per il fotografo, arrivò la notizia che Gronchi aveva sconfitto Einaudi e Fanfani. «Il primo presidente cattolico della Repubblica» annunciò felice la madre di Luigi, e rientrò in chiesa per ringraziare il Signore.

Nessuno dei presenti baciò la sposa, la consideravano altera e inarrivabile come una diva del cinema. Le strinsero la mano nell'augurare felicità e figli maschi. Lei, compresa nel suo nuovo ruolo, allungò le dita protette da guanti di merletto.

I coniugi Accoto andarono ad abitare in un basso, che chiamavano la Casuzza. Due camere e cucina nel centro storico di Palermo distrutto dai bombardamenti degli alleati. Le macerie esposte agli sguardi come viscere fumanti rinfocolavano il ricordo di una guerra che tutti volevano dimenticare. Da lì la gente scappava, ma l'affitto era basso, e Luigi non poteva permettersi altro. Già all'inizio del mese le quarantamila lire di cui disponeva si volatilizzavano tra pigione, rata per i libri e cambiale per la Lambretta.

Teresa faceva la spesa in economia, cucinava patate e uova, non si lamentava. Era abituata a tirare la cinghia e riusciva persino a mettere qualche soldo da parte. Fin dai primi mesi si ritagliò un ruolo centrale nella conduzione della casa, e pretese che il marito consegnasse nelle sue mani lo stipendio per intero. Da ragazzina aveva sofferto molto a causa del carattere irascibile del padre, che litigava spesso con i vicini e poi traslocava. Apprezzava la nuova stabilità che Luigi, con il suo lavoro al tribunale, le garantiva, anzi gliene era grata, ma non lo dava a vedere. Manteneva il solito atteggiamento riservato e silenzioso.

Assolveva ai doveri coniugali con la stessa solerzia con la quale svolgeva le faccende domestiche: mai che le scappasse un lamento o un sospiro di soddisfazione, nemmeno nei momenti di intimità. I suoi silenzi si erano persino consolidati dopo il matrimonio, fino a sfociare quasi nel mutismo.

Appena il marito ebbe un piccolo scatto di carriera, acquistarono una casa e si trasferirono nella città nuova. L'appartamento degli Accoto si trovava al quinto piano di un edificio moderno, in una zona ben abitata. Lo aveva voluto Teresa, era quello il primo passo verso la luna che le era stata promessa. C'erano il portiere e ben due ascensori: uno rosso di servizio, l'altro padronale, d'argento. Dall'ingresso si accedeva a un lungo corridoio, sul quale si aprivano una decina di porte. A un estremo la stanza da pranzo, all'altro la cucina. Le pietanze arrivavano fredde a tavola, la pasta incollata, ma tanto quella camera si usava solo in rare occasioni. Teresa resisteva al moderno: diffidava della lavatrice, meglio la lavandaia, era meno rumorosa e più delicata sui pizzi del corredo. Rifiutava il colore, meglio i toni neutri, odiava il metallo. Alle formiche preferiva i legni lucidi, ai mobili leggeri di design industriale quelli massicci, assemblati dal falegname e destinati a durare in eterno. Le sedie erano scomode, tappezzate di seta a righe. Il tavolo ovale aveva un ripiano di marmo venato di verde, che gravava su piedi ritorti.

Le capitava spesso di dormire da sola. La notte era lunga in quel letto troppo grande, che le aveva comprato il padre come regalo di nozze. Dalle tapparelle filtrava la luce dei lampioni, al mattino i raggi del sole, come lame dorate sul suo corpo, la trovavano già sveglia. Si girava allora mollemente su un fianco e fissava le foto che teneva sulla toletta. Talvolta le capitava di spremere una lacrimuccia su quei ritratti che la riprendevano nelle diverse fasi della sua vita. Da bambina, con un caschetto di capelli lisci, la frangetta sugli occhi, di cui uno devastato dall'orzaiolo. Da signorinella, sottobraccio al padre, magra, quasi denutrita, un vestitino a quadretti che lasciava scoperte le ginocchia puntute. O con lo sguardo verso l'alto, una pastorella di Lourdes in preghiera. Era stata sempre carina, anche da piccola. Il suo ovale era delicato, i capelli corvini e ondulati, una folta matassa che scendeva fin sulle spalle; aveva occhi scuri dal taglio allungato, il naso regolare, la vita stretta e la schiena allineata. «Merito della ginnastica fascista» sottolineava addrizzando le spalle. Il fascismo, con le sue regole e le sue certezze, le piaceva ancora. Nulla, durante il regime, secondo lei era stato lasciato al caso. C'erano la scuola, il catechismo, le adunate; poche regole certe semplificavano la vita e i rapporti tra gli esseri umani. Nessuno in quel periodo aveva potuto decidere in autonomia e lei nell'ordine imposto dall'alto si era trovata bene. Era donna, doveva solo fare figli per la patria, prendersene cura, tacere e ubbidire. E infatti si era sposata, lavava, cucinava, ma il contesto era cambiato, c'era la democrazia. Ora le si chiedeva di scegliere, di prendere iniziative, persino di esprimere un'idea. Il senso di responsabilità la sovrastava: di fatto, lei odiava le sorprese della libertà.

La famiglia era il suo rifugio. Poteva evitare il confronto con gli altri, alla competizione ci doveva pensare il marito. Continuò a mantenere verso di lui un atteggiamento algido e distaccato. Se Luigi la portava fuori, gli camminava dietro a qualche passo di distanza. Se le cingeva la vita attirandola a sé, lo spingeva lontano con il braccio teso contro il suo torace. Le avevano insegnato che le donne non devono dare confidenza e lei si atteneva alle istruzioni. Sapeva che sarebbero arrivati dei figli, ma quando rimase incinta si chiese: "È questo quello che voglio?". Osservò con apprensione i cambiamenti del suo corpo. Le pareva che qualcosa la divorasse dall'interno. Il bambino lo percepiva come un verme solitario, tuttavia lavorò al corredino e sfornò maglioncini e lenzuolini ricamati. La figlia arrivò, esattamente un anno dopo il matrimonio, come si conviene alle famiglie per bene.

La temperatura era dolce quando Teresa entrò in travaglio. La natura aveva perso il grigiore dell'inverno: indaco il cielo, verde smeraldo le chiome degli alberi, candidi e larghi come fazzoletti i fiori delle magnolie. Lei di quel caleidoscopio di colori sembrò non accorgersi, troppo forti erano le doglie. Serrava i denti, si spezzò persino un incisivo, ma non emise un gemito di sofferenza né un sospiro di sollievo né un gridolino di gioia.

La figlia nacque asfittica a causa del lungo travaglio. La sua pelle sotto la lampada scialitica era traslucida e bluastra, i muscoli flaccidi, la bocca spalancata e muta. «È morta» disse l'ostetrica e Teresa non volle toccarla, tanto era impressionata. Il medico fu lesto a stilare il certificato di morte. La suocera, presente in sala parto, prese la bambina tra le braccia, invocò il suo Dio e provò a rianimarla con carezze ruvide, ripetuti schiaffetti sul sedere. La neonata infine emise un educato vagito. «Teresa, guarda, è viva!» esclamò. Lei si girò appena dalla sua parte, aveva lo sguardo vuoto, assente. L'ostetrica attaccò la bambina al seno della sua recalcitrante madre. «Ahi!» urlò quella, e la spinse via. «Non vorrai farla morire di fame?» si risentì la suocera.

Magari fu per colpa di quel rimprovero che Teresa prese in antipatia la figlia e nei primi mesi sembrò disinteressarsi di lei. Forse soffriva di depressione puerperale, perché allattava e piangeva. Quella femminuccia grossa e rosea come un porcellino le ricordava la sua inadeguatezza. «Un fallimento, scusami» ripeteva sconsolata.

Aspettavano il maschio e invece era arrivata lei, pensava Luigi rigirandosi tra le mani quel certificato di vita.

«Come la vuole chiamare?» chiese l'impiegato dell'anagrafe. Lui, colto alla sprovvista, sgranò gli occhi e si strinse nelle spalle. Si sentiva frastornato.

«Possibile che non ha pensato al nome?» insistette l'altro.

«No, sa, non ero preparato all'arrivo di una femmina. Anche mia moglie... Forse devo chiedere a lei.»

«Come si chiama la nonna paterna?»

«Elena.»

«Allora la registriamo come Elena Accoto. Al primo nipote tocca il nome dei nonni paterni.»

«Giusto, chiamiamola Elena» convenne Luigi.

Teresa non disse nulla, ma non ne fu contenta e si rifiutò di pronunciare il nome della bambina per gli anni a venire. Quando proprio non poteva farne a meno, le urlava: «Tu, figlia mia!».

Elena era piagnucolosa, non le bastava il latte, voleva affetto. Perciò si attaccava furiosa al seno e ciucciava con avidità, come se da lì dovesse spremere l'amore che le negavano. Dopo pochi giorni grosse ragadi, dolorose e sanguinanti, erano comparse attorno ai capezzoli della madre, ogni poppata si trasformava in tragedia. Tutte e due iniziavano piano a mugugnare, poi scoppiavano a piangere nello stesso momento. Il latte aveva il sapore salato delle lacrime, dolce del sangue.

I maschi arrivarono a stretto giro di posta, due in successione, e Teresa li accolse con la stessa indifferenza che aveva riservato alla femmina. Magari non era fatta per essere madre, ma mise in campo le risorse di cui disponeva e si prese cura di tutti, facendo molta attenzione a risparmiare i soldi, che costituivano la sua preoccupazione costante. Le pareva di non averne mai abbastanza.

La suocera le aveva regalato una macchina da cucire, e Teresa nel tempo libero confezionava vestitini e pigiamini, evitando di pagare una sartina. Il bagno lo si faceva al sabato, dal più grande al più piccolo tutti nella stessa acqua. Strofinava i figli con gesti ruvidi e li pettinava strattonandogli i capelli. «Ahi, mi fai male, ahi!» Alla sera rimboccava loro le coperte e correva a rintanarsi nella sua camera, mentre Luigi lavorava nello studio. A turno uno dei bambini cominciava a piangere, svegliando gli altri. Lei ficcava la testa sotto al cuscino, si tappava le orecchie ma infine, per paura che il marito si arrabbiasse – era diventato così irascibile –, li trasferiva nel suo letto. Vicino al corpo caldo della madre si addormentavano. Durante la notte ce n'era sempre uno che faceva la pipì. Il rivolo tiepido si allargava sul materasso, lambiva quei corpicini ammassati come criceti. Si svegliavano tutti e tre quasi nello stesso momento, bagnati, appiccicati. Lei li spostava nella culla accanto e cambiava le lenzuola. Poi, stanca, si abbandonava a un pianto senza lacrime.

Teresa era una mamma smarrita. Non sorrideva, non sapeva giocare, non leggeva le favole né conosceva filastrocche, e non cantava la ninnananna. Dopo l'ultima maternità si rinchiuse del tutto in sé stessa. All'apparenza sembrava quella di sempre, ma nel profondo era molto cambiata. Cucinare le era diventato penoso. Rimestava svogliata con un vecchio cucchiaio di legno dentro a una pentola di sugo, la mente altrove. Il puzzo di bruciato la riportava alla realtà. Accolse il primo tappeto, regalo di un amico del marito, con una scrollata di spalle: eppure una casa bella e piena di oggetti era al primo posto nella sua lista dei desideri. Rifiutava qualunque invito. E se capitava di dover andare a una cerimonia, indossava l'unico vestito elegante che possedeva, un tubino grigio che dopo la terza gravidanza le stava stretto. Lasciava la chiusura lampo aperta e infilava sopra una giacca per nasconderla. Il marito la pregò una volta di andare dal parrucchiere, amava molto i suoi lunghi capelli. Lei ci andò e li tagliò. Quel caschetto corto che le induriva i lineamenti era il manifesto della sua nuova personalità. Sparita la grazia della giovinezza, il corpo appesantito, si diede un gran da fare per sembrare sempre più brutta. Il volto senza trucco aveva un pallore cereo, gli occhi affondavano dentro due pozze scure e livide, in testa comparvero delle ciocche argentee. La pelle delle mani, delle braccia era costellata di vescicole acquose a causa dell'uso eccessivo di detersivi. Teresa si sentiva viva solo quando lavava e strofinava. Era evidente che ce l'aveva con sé, con il marito, con la vita.

Luigi

Appena laureato aveva affrontato un concorso pubblico, superandolo senza impedimenti. Era stato uno dei più giovani della sua tornata ed era orgoglioso dei risultati ottenuti. Tutti gli riconoscevano bravura e intelligenza, tutti tranne Teresa, che accoglieva i suoi successi con un silenzio indifferente. Eppure lui la coinvolgeva di continuo nel suo lavoro. Da quando vivevano insieme, non c'era stata notte che lui non la svegliasse per leggerle parte dei suoi scritti. «Che ne pensi?» chiedeva con trepidazione. «Shh, fai piano che svegli i bambini» rispondeva lei con gli occhi semichiusi.

Dov'era finita la mite ragazza che si beveva i suoi discorsi con sguardo interessato?, si chiedeva. Faticava a riconoscere nel corpo della moglie, appesantito dalle maternità, coperto da vestitucci dozzinali, l'esile silhouette della compagna di studi. Sparite anche le onde seriche, ora i capelli scarruffati si allargavano capricciosi attorno al suo collo, le mani arrossate dai lavori di casa dispensavano scabre carezze fastidiose.

Dopo la nascita del secondo figlio, Luigi aveva notato in lei alcuni atteggiamenti che lo mettevano a disagio. Teresa gli frugava nelle tasche, lo faceva spesso, di nascosto, ma lui se ne accorgeva. "Mi controlla" s'era detto. "A me, che sono tutto casa e lavoro!"

Una mattina, al bar del tribunale, aveva tirato fuori il portafoglio insieme a un sacchetto. Lo aveva aperto, incuriosito: una nuvoletta di polvere bianca si era allargata nell'aria, disegnando un alone sul pavimento. «Ti porti il sale in udienza? E magari anche un bel corno antimalocchio» lo avevano preso in giro i colleghi.

Una notte sorprese Teresa in cucina mentre arrotolava della laniccia, dei fili e della carta, che poi mise a cuocere sul fornello. «Che stai facendo?» le chiese. Lei sobbalzò, come colta in flagrante. Girò veloce la manopola del gas e mise il cartoccetto bruciacchiato nel lavandino. «No, è che al mio paese ci sbiancano i panni, con la cenere» si giustificò.

«Ma perché non usi il sapone come tutti?»

«Queste sono cose da femmine e tu non devi immischiarti» lo zittì lei con lo sguardo fisso nel vuoto.

I comportamenti di Teresa sembravano dei rituali, forse anche quell'olio che lasciava gocciolare nei piatti aveva a che fare con la magia. Il marito sarebbe dovuto andare a fondo, ma aveva altri pensieri per la testa e si accontentò delle sue impapocchiate spiegazioni.

Luigi lavorava ancora di più per far fronte al nuovo carico di responsabilità, tuttavia la famiglia non aveva cambiato le sue abitudini. Continuava a comprare regali alla moglie, che lei accoglieva alzando gli occhi al cielo. «Non voglio che spendi questi soldi per me» diceva stizzita. Un semplice grazie sarebbe bastato, considerava lui irritato.

Viveva rinchiuso nello studio, uno stanzone tappezzato di libri, il posacenere pieno di cicche, una nuvola di fumo a mezz'aria. Ciondolava durante il giorno con la barba lunga e il pigiama stazzonato; di tanto in tanto si allungava sul divano dalle forme arrotondate, il suo viso era sempre tirato per la stanchezza. Su quello stesso divano trascorreva spesso la notte, quando non aveva la forza di trascinarsi a letto. Talvolta a porte chiuse riceveva alcuni amici, tutti ben incardinati nel sistema che criticava, e del quale oramai faceva parte. Allora indossava vestiti puliti, si profumava di acqua di colonia e atteggiava la bocca in un sorriso accattivante. Una volta al mese usciva di casa per le udienze. La sua professione gli piaceva tanto, esercitava un certo potere ed era libero da qualunque pressione. La vita degli altri dipendeva dalle sue decisioni, questo gli dava una vertigine e al tempo stesso lo sgomentava.

La toga gliel'aveva regalata la madre, in pura lana e con le cordoniere d'oro. Alla prima udienza, nel mese di giugno, aveva sudato fino a sentirsi male, ma era rimasto con la schiena incollata alla sedia, senza mostrare segni di cedimento. Prima di tornare a casa aveva abbandonato il pesante indumento nel primo spazio libero dell'appendiabiti. All'udienza successiva la trovò per terra, dal gancio ne pendeva un'altra. Imprecando la spostò e rimise a posto la sua. La settimana dopo gli fu notificato un procedimento disciplinare: era una questione di gerarchia, gli spiegò il cancelliere. «Vede, signor giudice, i ganci per le toghe sono disposti in ordine di importanza. Il primo è riservato al presidente, lei è l'ultimo arrivato, perciò... Ora, io le consiglio di andare a chiedere scusa e per il futuro faccia attenzione, ché la parola d'ordine è il ruolo», e gli consegnò un librone dal titolo criptico: *Ruolo di anzianità del personale di magistratura*. «Qui troverà una guida aggiornata, lo legga, le sarà molto utile.»

Ma come?, si disse Luigi. Era libero in udienza di contraddire il presidente, di metterlo persino in minoranza nelle discussioni collegiali, e quando si trattava di appendini doveva prima consultare il *Ruolo?*

«Il fascismo è caduto, ora si può essere indipendenti, e io mi sento indipendente» rispose allo strabiliato cancelliere, quindi seguitò a lasciare la toga dove capitava.

Lo raggiunse tra capo e collo una sospensione dalla funzione e dallo stipendio. Non disse nulla alla moglie, non voleva che si preoccupasse. Per guadagnare i soldi di cui aveva bisogno, si trovò delle bozze da correggere e ricominciò a studiare. Temeva di non riuscire a adattarsi a un ambiente così gerarchizzato e coltivava l'idea di cambiare strada, magari di fare l'avvocato.

In quel periodo gli venne in aiuto il suo professore, sapeva cosa gli era successo e gli offrì il vecchio posto di assistente. Luigi non voleva dare l'impressione di essere disperato, perciò se la tirò un po'. «Non so se posso farlo. Non vorrei che interferisse con il mio lavoro di magistrato. È vero che sono stato sospeso» ammise, «ma tra qualche mese sarò reintegrato.»

«Non si preoccupi» l'aveva rassicurato l'altro. «Venga quando riesce, tanto la sua è un'attività di ricerca, può svolgerla anche da casa. Lei già conosce i miei due assistenti, sono persone di talento, e non c'è due senza tre.»

La vita universitaria gli sembrò tranquilla, i colleghi l'accolsero con cordialità. Uno era figlio di un temuto ministro e faceva l'avvocato. Diventarono subito amici. Era alto, grosso e infelice. Aveva una faccia larga, la scucchia, sopracciglia folte e labbra sottili. I due facevano lunghe discussioni, Luigi in piedi, l'altro allungato sul divano, la sua mano accarezzava il bracciolo con un movimento ripetitivo.

«Vedi» diceva quello con tono intimo come se stesse confessando i suoi peccati al prete, «tutti mi dicono che sono bravo, anzi bravissimo. Io non so mai se è vero o se mi fanno i complimenti perché sono figlio di mio padre.»

«Che te ne importa. Sei destinato a comandare lo stesso» rispondeva Luigi con una punta di invidia. Per lui, ogni lira in più a fine mese arrivava dopo dure battaglie.

«È vero, ma dovrò prendere le distanze da lui, se voglio farmi apprezzare per quello che sono, e la mia famiglia non mi permetterà di cambiare direzione. Vedrai che prezzo mi toccherà pagare!»

«Non credi di esagerare?» minimizzava Luigi. L'amico chiudeva gli occhi, il volto raggrinzito in un'espressione di dolore, come il Cristo nell'orto del Getsemani pareva avesse sentore del futuro martirio. Quindi cancellava i pensieri lugubri con un gesto della mano e continuava a sorridere malinconico.

«Sei fortunato, tu, sei un signor nessuno, i risultati che otterrai saranno solo tuoi. E questo ti renderà invincibile.»

A Luigi non piaceva quel titolo di "signor nessuno", prima o poi glielo avrebbe fatto rimangiare.

Quando fu reintegrato nel posto di lavoro e lo stipendio tornò regolare nelle sue tasche, raccontò tutto alla moglie. Lei si arrabbiò moltissimo. L'aveva presa in giro, non la riteneva degna di fiducia, e cominciò a marcarlo stretto, tempestandolo di raccomandazioni ogni volta che usciva. «Lascia perdere. Se a ogni pietra che incontri gli tiri un calcio, alla fine ti rompi il piede.» Lui appariva infastidito ma l'ascoltava, e ora la sua toga pendeva dall'ultimo gancio della fila.

In quei primi anni di vita matrimoniale Luigi aveva cercato di dare il meglio di sé e di adattarsi alle esigenze della famiglia, ma a causa della sua natura felina non si donava del tutto e manteneva un atteggiamento di indipendenza. Era come un leopardo delle nevi, maestoso, elusivo e capace di sopravvivere negli ambienti più difficili. Amava territori vasti e isolati. Comunicava attraverso parole complesse, discorsi involuti, segnali ambigui che il gruppo doveva interpretare. Se gli altri sconfinavano nella sua zona, lui si arrampicava verso la vetta, dove l'aria era più rarefatta e il cibo scarseggiava, ma in compenso era solo. Lì se ne stava acquattato a respirare con la lunga coda arrotolata attorno al collo, finché spinto dalla fame tornava a valle a cacciare. I figli, indispensabili per la prosecuzione della specie, li aveva cercati con determinazione, ma ora si chiedeva: perché? Nessuno di loro era all'altezza delle sue aspettative. Sì, erano ancora dei bambini, ma il buongiorno si vede al mattino. Talvolta afferrava il più piccolo in una presa virile, e quello gli faceva la pipì addosso. Lui si ritraeva seccato e si chiedeva cosa ci fosse di interessante in quei cuccioli dalle funzioni elementari. Non facevano altro che mangiare, piangere, pisciare, dormire. Nonostante queste considerazioni, li sentiva come parte di sé. Cosa lo spingeva a provvedere ai loro bisogni? Il senso di responsabilità, gli suggeriva la ragione; il senso di colpa, gli diceva il cuore. Erano così indifesi, e di sicuro non avevano chiesto di venire al mondo.

Responsabilità e colpa erano presenti nei pensieri vagabondi, che di notte prendevano consistenza, ma al mattino svanivano come certi sogni di cui si conserva solo l'intensità dell'emozione. Di quelle due parole aveva fatto il perno della sua ricerca all'università, che però languiva in attesa di una tesi originale.

In quel periodo in città si erano verificati diversi casi di poliomielite. Molti bambini erano morti, altri erano rimasti storpi. Teresa aveva portato i figli dal pediatra.

«Possiamo vaccinarli, ma è una sua scelta, perché il vaccino non è ancora obbligatorio» le aveva detto.

«Lo chiedo a mio marito» aveva risposto lei, incapace di prendere una decisione. Ne avevano poi discusso e insieme erano tornati dal medico.

«È sicuro?» aveva chiesto Luigi.

«Abbastanza.»

«Allora facciamolo.»

«Però deve sapere che la malattia potrebbe verificarsi lo stesso. Talvolta, è un paradosso, la provoca il vaccino stesso.»

«Allora ci devo pensare.»

Quante scelte si fanno per il bene degli altri... Ma se ne viene fuori un danno?, si chiedeva Luigi. Non voleva fare passi avventati che potessero condizionare il futuro dei suoi figli.

L'idea gli comparve improvvisa e subito la buttò giù: "Lo Stato fa le leggi per il bene dei cittadini, ma deve farsi carico di tutto quello che succede. E se qualcuno rimane danneggiato per aver ubbidito a una legge dello Stato, allora lo stesso Stato che l'ha formulata deve provvedere a un indennizzo".

Rimuginò su quella teoria per giorni, incurante dei continui richiami della moglie: «Allora che facciamo? Li vacciniamo sì o no?».

«Certo» rispondeva lui, ma la sua testa era altrove.

«E se si ammalano?»

«Questo è un problema che non so come risolvere.»

«E allora non facciamo nulla?» chiedeva Teresa

«Non lo so. Lasciami pensare.» Quindi le faceva cenno di allontanarsi e ricominciava a battere sulla sua Olivetti con furia.

L'articolo trovò ampio spazio sulle riviste scientifiche. La teoria sulla responsabilità da atto lecito era fuori dagli schemi e subito fece scalpore.

Gli accademici reagirono scandalizzati: «Ma chi è questo? L'ultimo arrivato mette in discussione i principi dell'illuminismo». E ancora: «Lo stato non è responsabile per quello che fa, e poi tutto ciò che non è previsto espressamente dalla legge non esiste».

Molti lo prendevano in giro apertamente: «Accoto, ma come ragiona? Mettiamo che c'è un incendio; mettiamo che c'è un bambino in pericolo; mettiamo che io butto giù la porta e lo salvo, secondo la sua teoria non sono un eroe, ma un vandalo. E magari il proprietario della casa mi può chiedere un risarcimento per la porta». E ridevano, e le loro pance sussultavano.

«Sissignore! Ma no, risarcimento, quello arriva solo se c'è stata colpa, cioè quando si agisce *contra legem*, perciò parlo di indennizzo. È una cosa simbolica, non è che gli si deve pagare tutta la porta, magari solo la maniglia.»

«Finiremo che nessuno salverà il bambino per paura di dover pagare per un atto di eroismo!»

«Ma che dite? In questi casi non è il cittadino a sborsare i soldi, quello si è sacrificato per il bene degli altri! Lo Stato deve pagare, come farebbe un buon padre di famiglia.»

«Macari chistu!»

Le polemiche infuriavano. Luigi a tratti si sentiva lusingato, altre volte si arrabbiava: «Se fossi figlio di un ministro nessuno parlerebbe contro di me».

La moglie lo invitava alla prudenza: «Se ti sospendono? Se ti cacciano?».

Lui odiava doverle rendere conto e l'azzittiva bruscamente: «Che ne sai tu, che stai sempre in casa?».

«Allora dimmelo tu, come funziona.»

«Se non lo capisci, è inutile che te lo spieghi» la rimbrottava sgarbato.

La pressione del lavoro in quel periodo era diventata insopportabile, Luigi si era fatto ancora più nervoso, scattava di continuo. Il mutuo, le cambiali, le preoccupazioni stavano logorando ogni forma di gentilezza. I due coniugi sembravano coinquilini che si erano divisi i compiti. Lui portava i soldi e li consegnava a Teresa, che dal canto suo li amministrava con molta parsimonia. Talvolta, dopo ore di studio, quando i pensieri erano così ingarbugliati che gli pareva di impazzire, lasciava il divano e raggiungeva la moglie, cercava un contatto per scaricare la tensione. La trovava aggrovigliata con i bambini, un mucchio di carne che gli faceva paura. Allora girava su sé stesso e tornava di là.

L'inusitata teoria sulle responsabilità da atto lecito suscitò le ire del suo professore, proprio come aveva previsto Teresa.

«Accoto, prima di pubblicare deve chiedere la mia autorizzazione. Se lei scrive corbellerie, tutto l'istituto ne ha un nocumento.»

«Un articoletto, professore, su una rivistina...»

«Lei è giovane, deve modulare le parole e trattenersi dal pensare in autonomia.» Quindi lo congedò.

Alcuni giorni dopo gli mandò una lettera di precisazione: "Dalla prossima settimana, tutti gli assistenti dovranno assicurare la loro presenza in istituto ogni giorno dalle nove alle cinque del pomeriggio".

«Non era nei patti» disse Luigi al suo collega triste.

«Guarda che ti vuole cacciare. Anzi, mi ha detto chiaro e tondo che è meglio se presenti le dimissioni.»

Lui non se lo fece ripetere e scrisse una missiva di fuoco nella quale, senza giri di parole, accusava il professore di non essersi comportato da gentiluomo, di aver cambiato le carte in tavola e infine di attentare alla sua dignità di magistrato. Quello lo tacciò di scarsa ponderatezza, di incapacità di giudizio. Il carteggio andò avanti per qualche mese in punta di fioretto.

«Guarda che il professore ti blocca la carriera» lo avvisò l'amico. Lui fece spallucce, e l'anno dopo fu bocciato al concorso per libero docente.

«Te l'avevo detto» piagnucolò Teresa. Luigi non la degnò di una risposta, non l'avrebbe data vinta a nessuno. A testa bassa si lanciò nella battaglia. Trasformò l'articoletto in una monografia, che inviò a tutti gli accademici. Sulla seconda pagina una dedica affettuosa: "A Teresa, che ha sempre avuto fede nel mio lavoro". Il suo animo, appassionato e romantico nelle difficoltà, tornava a farsi sentire.

«Mi fai la ripassata?» disse la moglie, ma questa volta era emozionata e il suo viso per pochi minuti aveva ritrovato l'espressione attenta di una volta.

Due anni dopo lui era libero docente e il vaccino antipoliomielite obbligatorio. Lo Stato aveva infine scelto per il bene dei suoi cittadini, prevedendo anche un indennizzo per quelli che ne avrebbero potuto avere un danno. Teresa e Luigi portarono i figli dal pediatra per la vaccinazione, si sentivano sollevati da eventuali responsabilità: quello Stato che Luigi amava tanto se l'era assunta per loro.

Elena

Per compensare il mutismo di Teresa, Elena pronunciò le prime parole che non aveva neanche un anno. Con l'espressione seria seria di chi vuole esprimere un concetto difficile, balbettò: «Ma-mma-mma». Nessuno le rispose. Capì subito che doveva darsi da fare per conquistare il suo spazio. Attinse allora all'ingenuo repertorio infantile che è in grado di smuovere i cuori di pietra. Frustrata dall'indifferenza di Teresa, provò a sedurre il padre. Gli sgambettava intorno con le braccine tese, le guance gonfie di baci. Lui la sollevava in aria, affondava il viso nel suo colluzzo morbido con quella barba ispida e le cantava l'aria di un'opera. Duravano il tempo di una romanza, quegli scambi affettuosi, poi la metteva a terra. «Ora basta, papà deve lavorare» tuonava il suo vocione, e si rinchiudeva nello studio. La bambina non osava insistere. Aveva un radicato istinto di sopravvivenza, capiva quando girare alla larga dal padre, di cui temeva lo sguardo severo, gli scatti senza ragione, i rimproveri immotivati.

All'asilo imparò a intagliare il cartone, a lavorare la creta. Con gli avanzi di stoffa, di lana, con bottoni spaiati creava piccoli gioielli, presepi colorati, cuori di velluto, scatole, marionette che regalava alla madre. Era una bambina ostinata, non aveva rinunciato ancora all'affetto materno.

Teresa interrompeva il suo silenzio con un'avara sillaba di approvazione: «Mih!». Elena accoglieva l'ermetico mugugno con gratitudine, quindi insieme conservavano quei tesori nella credenza.

Da piccolissima era stata gelosa del fratello Sebastiano, al quale i genitori riservavano continue, delicate attenzioni. Aveva cercato più volte di ammazzarlo, buttandolo giù dalla culla o tirandogli giocattoli e un volume di grandi dimensioni, un'edizione rara del *Don Chisciotte*. Con Lucio, il fratello più piccolo, fu invece molto affettuosa e se ne prese cura. Forse si era già rassegnata a un ruolo secondario o era più grande, gestiva meglio la sua rabbia.

Lucio aveva la testa pelata, le guance pendule, la pelle olivastra e liscia. Era grosso che pareva un bonzo. Seduta sulla sua seggiolina Elena lo teneva sulle ginocchia, le braccia strette strette per paura che cadesse. Gli dava il latte con il biberon, sapeva persino cambiargli il pannolino. Non possedeva bambole, giocò con lui a fare la mammina, le veniva naturale. Sebastiano si sentiva escluso. Girava intorno alla sorella come uno squalo e quando nessuno lo guardava, prendeva la rincorsa da lontano, e con la mano aperta tirava uno schiaffo al fratello. *Sciaff*, risuonava nella stanza la sberla come l'onda sugli scogli; il faccione di Lucio diventava paonazzo.

Crescendo i due maschi avevano fatto comunella escludendo Elena, che trovò in quell'isolamento un ulteriore motivo di sofferenza. I fratelli se ne andavano in giro con un'andatura da mafiosetti: le mani in tasca, sferravano calci ai giocattoli, ai muri, a tutto quello che gli capitava a tiro. Avevano un gran bisogno di scaricare l'energia vitale, ché in quella casa non si poteva discutere, correre, cantare per non disturbare il padre. La madre li costringeva a giocare in silenzio. Loro ubbidivano, ma talvolta le parole erano proprio indispensabili. I due bambini cominciavano allora a sussurrare frasi smozzicate, si sbracciavano, roteavano le mani in segni convenzionali. Il dialogo partiva in sordina, ma poi il chiacchiericcio sommesso cresceva. Le voci vibravano da una parte all'altra della casa, risuonavano quindi le urla, e finivano per picchiarsi selvaggiamente. Teresa sedava le rumorose baruffe con una salva di scappellotti e una sinistra minaccia: «Lo dico a lui»; lui era il marito. Allora Sebastiano si nascondeva impaurito, Lucio invece inforcava la bicicletta e zigzagava per il corridoio, oppure calciava il pallone con violenza contro porte e muri, e urlava: «Goal!». Era lui il più temerario dei tre. Difficilmente si assoggettava, la sua ribellione era accompagnata da un gran fracasso. Intorno ai cinque anni a Lucio fu diagnosticato un ginocchio varo, e il medico gli consigliò di usare delle fastidiose polacchine rinforzate. Appena la madre girava gli occhi, lui se le sfilava. Teresa escogitò un doppio nodo ai lacci, impossibile da sciogliere. Quei piedi costretti dentro al cuoio rigido procuravano a Lucio una dolenzia costante, per questo il ragazzino era sempre su di giri e pronto alla lite. Talvolta si sdraiava con la schiena per terra e mulinando le gambe sferrava poderosi calci contro i mobili, le pareti, gli stinchi di chi gli stava vicino. Colpiva con velocità e destrezza, *toc*, risuonavano le ossa; lui ghignava e dopo stava meglio. Ogni tanto si levava l'urlo del padre: «Silenzio!».

«Sono armali» diceva la madre, strattonando l'uno per il braccio, l'altro per la collottola e lanciava alla figlia uno sguardo esasperato. Tanto bastava a Elena per sentirsi amata, insieme con le poche briciole che i genitori le dispensavano: un libro per l'infanzia, un disco dello zecchino d'oro, un vestito nuovo.

Per qualche anno Elena aveva diviso la stanza con Sebastiano. I lettini erano separati da un tavolo, una lampada di legno grezzo con il paralume in pergamena irradiava alla sera una fioca luce gialla. Nei lunghi e noiosi pomeriggi d'inverno

Elena, raggomitolata tra le due ante dell'armadio, ascoltava musica e spiava Teresa, che correva da una stanza all'altra, una pila di panni tra le braccia, i capelli spettinati, gli occhiali scivolati sulla punta del naso. La sua trascuratezza le stringeva il cuore. Le madri delle sue compagne erano eleganti, profumate, avevano i capelli freschi di parrucchiere e ridevano con la gola, spargendo tutto intorno allegria. Forse se avesse fatto un bel taglio e una buona messa in piega nella loro casa ci sarebbe stata più felicità. Nonostante ciò Elena se la sentiva vicina e si faceva bastare quei pochi cenni di complicità che le riservava. Suo padre era invece distante. Isolato nello studio le pareva irraggiungibile. Elena, dal consueto nascondiglio, studiava il modo di accorciare lo spazio che la separava da lui. Oppure gli girava intorno cauta, fermandosi sul limitare del suo territorio.

A dispetto delle apparenze, Luigi voleva bene a quella figlia femmina, ma non sapeva come trattarla. Capiva che la ruvidità riservata ai maschi con Elena non era appropriata, ma non conosceva la tenerezza. Talvolta lasciava che lei lo osservasse, dispensandole qualche raro sorriso, una moina appena accennata. Al mattino, quando si faceva la barba, lasciava apposta la porta aperta. Elena adorava i gesti sinuosi delle sue mani, il profumo della schiuma, il rumore del rasoio sulla pelle, lo scroscio dell'acqua nel lavandino. Luigi cantava certe canzoni napoletane che vibravano di passione. Lei non capiva il significato delle parole ma apprezzava la voce piena; il timbro grave che sembrava provenire dalle profondità della terra le rimbombava fin dentro il cuore, e lo imitava. Aveva bisogno di un modello cui improntare la sua vocina interiore.

Un giorno il padre le indicò una fila di tomi rossi e azzurri nella libreria. «Sul dorso trovi l'anno, nell'indice l'argomento» disse con tono solenne. Quindi le assegnò una ricerca. Era un compito di grande responsabilità per una bambina di dieci anni: Elena si sentì in quel momento molto importante e lo svolse con diligenza e in breve tempo. Il padre la lodò, la additò ai fratelli come esempio, ma lei non ne fu soddisfatta. Voleva essere amata come una figlia, non soppesata per quello che sapeva fare. In fondo, desiderava solo giocare come una bambina. Ci pensò su: era Carnevale, a scuola le sue compagne raccontavano di aver fatto scherzi divertenti ai loro genitori, così ne organizzò uno per il padre. Usò i soldi della paghetta per comprare un finto calamaio con un pezzo di plastica che veniva fuori dal collo. Lo sistemò sulla scrivania tra le pagine di un libro raro, e aspettò che il padre tornasse dal lavoro. Ridacchiavano i tre ragazzini nell'angoletto tra la porta e il muro.

Lui tornò stanco. Un "ciao" distratto, poi l'urlo appena entrato nello studio. Da lontano sembrava proprio che un bambino maldestro avesse rovesciato dell'inchiostro sulle sue carte. «Dimmi chi devo strozzare» ripeteva alla moglie, gli occhi schizzati fuori dalle orbite. La reazione esagerata impressionò i figli che corsero a rintanarsi. «È uno scherzo, è finto» si affrettò a chiarire Teresa. Luigi, paonazzo, una mano sul petto, sembrava sordo alle sue parole, finché lei prese il calamaio tra le dita e glielo sventolò davanti alla faccia. Compresa la verità, l'uomo ritrovò il controllo. Il colorito del suo volto si schiarì, gli occhi rientrarono al loro posto, le vene smisero di pulsare. «Forza, venite qui» disse ai figli, ma la sua voce non aveva nulla di rassicurante.

«Venite fuori» intervenne la madre. «Dài, non vi succede niente.»

«Non vi azzardate» mormorò Elena ai fratelli. «Quello ci ammazza.» Troppe volte il "non vi succede niente" era stato il preambolo di una scarica di ceffoni. I tre rimasero acquattati nel nascondiglio, la pancia che borbottava, vuota. Alla sera sembrava che le acque si fossero chetate. «Su, venite a cena» li chiamò la madre in tono conciliante. Lucio e Sebastiano, spinti dalla fame, presero posto a tavola. Avevano già dimenticato il rischio corso. Elena non era del tutto tranquilla, percepiva un pericolo nell'aria e stava sul bordo della sedia pronta a scappare.

«Su, mangia» la madre le riempì il piatto. Lei la guardò con fiducia e portò il cucchiaio alla bocca, ma improvviso le arrivò tra capo e collo un solenne scappellotto. «Non lo fare più» sibilò il padre. Lei fece per alzarsi, la madre la spinse sulla sedia. «Mangia» le ordinò con tono duro. Altro che scherzo, altro che allegria, non c'era scappata una risata nemmeno con il solletico. I tre ragazzi finirono di cenare con la testa incassata nelle spalle, ma da quel momento non si fidarono più dei genitori: della madre, perché non manteneva le promesse; del padre, perché le manteneva.

Prima di alzarsi da tavola, Luigi li ammonì: «Nessuno entri più nel mio studio».

A letto, Elena aspettò come ogni sera che la madre venisse a salutarla. Si era sentita tradita. Perché non l'aveva difesa?

Teresa entrò nella stanza senza dire una parola. Elena tirò fuori dalla trapunta color fragola un braccio e le afferrò la mano in cerca di un contatto. Si aspettava una parola di spiegazione, un gesto di solidarietà. Quella la guardò con durezza. «Che vuoi, ora? Dormi» le intimò. La bambina si raggomitolò su sé stessa, si sentì sola, lo era.

La nonna

Elena non lo sapeva ma era fatta della stessa sostanza della madre. La disciplina cui era costretta alimentava la rabbia che le era stata passata con il sangue, con il latte. Un fuoco le covava subdolo nelle viscere. Talvolta le fiamme si levavano alte e lei sentiva il bisogno di sfogarsi. Ricorreva allora alla nonna, che la consolava con astruse filastrocche e canzoncine in dialetto, lo stesso che il padre le vietava di usare.

Teresa era gelosa della suocera, così, nonostante la nonna abitasse vicino, le sue visite erano rare.

Nel tardo pomeriggio, quando Luigi usciva per una breve passeggiata e nella Casa del silenzio le voci di tutti risuonavano libere, Elena si intratteneva con lei al telefono, un duplex che la famiglia Accoto divideva con i vicini e che doveva servire per le chiamate d'emergenza. L'apparecchio si trovava a metà del corridoio, su una mensola, insieme con l'elenco degli abbonati, un libricino tanto striminzito che lo si poteva mandare per intero a memoria. Non esistevano ancora i prefissi e in caso di interurbane si passava dal centralino. Spesso la linea era occupata. La ragazzina aspettava paziente che la vicina finisse. «Sbrigati» sussurrava ogni tanto nel microfono, come se quella potesse sentirla.

La nonna aveva un animo semplice ed era capace di mediare tra le intransigenze di Teresa e la sensibilità della nipote. La sua voce era esitante e al telefono risuonava tremula. Non era colpa dell'età, ma il marito l'aveva costretta al silenzio, permettendole di aprire la bocca solo in chiesa per canti e preghiere. Il suo tono oramai, anche tra le mura di casa, oscillava tra il querulo e il vibrante.

«Cooom'è andaaata la giornataaa?»

«Bene» rispondeva la ragazza. «Nonna, hai letto della borsa che hanno trovato alla stazione?»

«Cosaaa c'eraaa dentrooo?» continuava l'altra, curiosa. Era appassionata di cronaca nera, e così Elena prima di chiamarla consultava l'edizione pomeridiana del giornale e le riportava i fatti più salienti: furti, scippi, qualche omicidio, di solito di stampo mafioso. La cosa più impressionante erano le foto, esplicite e piene di particolari raccapriccianti.

«Un morto.» Elena faceva una pausa e continuava con particolari truculenti: «A pezzetti, come un vitello scannato».

«Biii, biii, biii!» La nonna usava quello strano verso per esprimere stupore, incredulità, sdegno.

«E lo sai che vogliono liberare Pino u Pullu?»

«E chi è?»

«Uno che tanti anni fa ha ammazzato la moglie.»

«Biii, biii, biii. L'ho sentito. Sarà stato un delitto d'onore. La moglie era una buttanazza, se lo meritava» minimizzava l'altra.

«Può essere. In prima pagina c'è una fotografia che fa impressione. Si vede un lenzuolo sporco e tutto sangue per terra.»

«Biii, biii, biii. Ti sei scantata?»

«Un poco.»

«Scimunitella. Magari aveva piovuto, era acqua.»

«E se succede a me quando divento grande?»

«Male non fare, paura non avere. Comunque ho una notizia pure io.» La nonna cercava di cambiare argomento. «Lo sai che hanno rubato la bicicletta del signor Salvatore?»

«C'era sul giornale?»

«Scimunitella, me l'ha detto il macellaio. Io quelle cose non le leggo e anche tu dovresti evitare.»

«Sì, però tu aspetti che io te le racconti.»

«Vero.»

«Allora, senti questa. Lo sai che hanno fatto saltare la saracinesca di un deposito proprio qua vicino?»

«E tu hai sentito il botto?»

«Sì.»

«Biii, biii, biii!»

Un giorno la serenità di Elena fu turbata da una notizia che sembrava riguardarla da vicino. Un'anziana donna era stata investita mentre attraversava la strada. C'era in prima pagina la foto del corpo, accanto a quella del volto stralunato dell'autista. La ragazza cercò il nome della vittima, l'articolo non lo citava. Ma quella sagoma arrotolata su sé stessa somigliava alla nonna.

Elena corse al telefono: era muto. La vicina aveva iniziato una delle sue lunghe conversazioni pomeridiane. «Sbrigati, sbrigati» ripeteva, e quando finalmente riuscì a chiamare, dall'altro lato suonava occupato, *tu tu tu*, e continuò così per parecchi giorni, come una campana a morto. Tutto d'un tratto Elena scoprì la paura di perdere un affetto importante. Come un fumo velenoso, l'angoscia si insinuò nel suo corpo e le si annidò nelle viscere. Smise di dormire e al mattino salutava l'alba che illuminava il cielo di una sfumatura livida.

«No, non sono morta» rispose la nonna ridacchiando quando la linea fu ripristinata; ma a Elena la paura rimase appiccicata addosso. Al pomeriggio componeva il numero con le gambe molli, e solo quando arrivava il familiare: «Prontooo», riprendeva a respirare. Da quel momento un costante senso di pericolo si intrufolò dentro di lei. La madre non si accorse di nulla, né la ragazzina gliene parlò: le avrebbe fatto una ramanzina, convinta com'era che i figli si lagnavano per attirare l'attenzione. Si era arrabbiata moltissimo quando Elena era caduta a scuola e l'avevano chiamata perché andasse a prenderla. La ragazza aveva evitato di piangere, ma il braccio le faceva un male cane. «Smettila di affliggermi, se non vuoi andare a scuola, puoi tranquillamente rimanere a casa» l'aveva rimbrottata la madre. C'era voluta una settimana intera di piagnistei perché si decidesse a portarla in ospedale, e non si era scusata quando a Elena avevano ingessato il braccio. «Cose che capitano» aveva detto, tornando alle sue faccende.

La geografia, la storia, la politica

Un pomeriggio qualcuno bussò alla porta inaspettatamente. Fu Luigi ad aprire, dietro di lui la moglie e i figli con gli occhi sgranati. Una giovane sconosciuta, bella, alta, la pelle ambrata, una grande valigia di pelle, chiese di poter entrare.

«Prego» rispose lui con un bel sorriso stampato sulla faccia. Gli piacevano le donne e non ne faceva mistero. Quando era con alcuni amici del liceo, parlottava a voce bassa, ridacchiava e concludeva con tono misterioso: «Acqua, anice, bicarbonato e fotografie di Silvana Mangano in pose diverse». La frase l'aveva presa in prestito, rimaneggiandola, dal cavalier Agnello, il primo rivenditore di frigoriferi a Palermo. Sull'insegna del suo negozio c'era scritto: "Acqua, zammù e foto in pose diverse".

Camminò piegato da un lato, con il braccio teso in avanti e le fece strada lungo il corridoio fino allo studio. Ma per prevenire la gelosia della moglie, lasciò che i figli sedessero tra lui e l'ospite.

La donna si allungò sul divano e accavallò le gambe. Di tanto in tanto le muoveva in modo sinuoso, come fossero serpenti. Era esotica, pensò Elena, come un'attrice. Vendeva libri porta a porta e parlò a lungo della necessità di educare i bambini alla lettura. Le parole tintinnavano come monete nel salvadanaio tra i suoi denti bianchi e larghi. La erre era un rotore che imprimeva velocità alle frasi. Mostrò a Luigi dei libri, talvolta le loro mani si sfioravano. «Scusi» diceva lui, e sorrideva compiaciuto. Doveva sentirsi molto affascinante nella sua giacca da camera di seta bordeaux, mentre dalla pipa uscivano sbuffi di fumo. Sembrava allegro e anche l'atmosfera era leggera. Poco importava che Teresa avesse una mutria! C'è sempre qualcuno nella famiglia che determina lo stato d'animo degli altri componenti, e tra gli Accoto il barometro era il padre, che in quel momento indicava "sereno". E tuttavia i ragazzi percepivano che il fragile equilibrio del gruppo stava vacillando, non capivano però da dove venisse il pericolo. Quella signora pareva gentile, era anche simpatica, si rivolgeva a loro con sincero interesse.

Luigi comprò alcune fiabe illustrate e un'intera enciclopedia per bambini. Quindi chiamò al telefono un amico e si prodigò in complimenti. «Ho qui nel mio studio una *deliziosa* signora giamaicana», la sua voce era melliflua. «Lavora per conto di una casa editrice. La mando da te, accoglila come un'ospite di riguardo.» Per la prima volta Elena sentì la parola "giamaicana" e pensò che doveva indicare donne con le labbra rosse e lucide, le caviglie sottilissime, l'inflessione francese. Un po' sfrontate, per la verità, perché non si bussa alla porta di sconosciuti; e impudenti: non è cosa da femmine guadagnare soldi. Il padre salutò infine con un solenne baciamano, tirò dalla pipa alcune boccate, soffiò due anelli di fumo e chiuse la porta con aria sognante. Sembrava che fosse finita lì, ma era rimasto nell'aria qualcosa di sospeso. Elena corse a cercare la Giamaica sull'atlante geografico; Teresa, arrabbiatissima fece un solenne *lisc'e busso* al portiere che aveva lasciato entrare *quella fimmina* nel palazzo. Poi mise su il broncio delle grandi occasioni e litigò con il marito. «Che bisogno c'è di spendere tutti questi soldi in libri? Abbiamo una parete intera di volumi. I maschi non ne vogliono neanche a brodo, a Elena piacciono, ma per lei da sola non vale la pena.»

È vero, Elena amava leggere, andava a scuola volentieri e studiava con profitto. I suoi voti erano alti e i genitori si mostravano soddisfatti, anche se un complimento non usciva mai dalla loro bocca. Ma all'improvviso la docente d'inglese, una donna nervosa e schiva, senza un motivo la prese di mira e le diede quattro in pagella, rovinandole la media. Luigi fu molto seccato e spedì la figlia a lezioni private.

L'insegnante abitava nel loro stesso palazzo, due piani sopra, in una camera in affitto. Era un donnone alto e largo, un armadio quattro stagioni. Veniva dalla Russia. Moglie di un ufficiale dell'esercito bianco, era scappata dopo la sconfitta grazie all'aiuto di un'amica siciliana.

La russa aveva piedi deformi; calzava scarpe allacciate e con tacco basso, come quelle di Mary Poppins, ma non assomigliava in nulla alla dolce governante inglese. Sul suo volto largo campeggiava un nasone allungato come un periscopio, radi ciuffi grigi spuntavano da sotto il cappello. Camminava male, aiutandosi con il bastone. Era una vecchia astiosa, insultava i suoi studenti, li tormentava. Elena ne era terrorizzata.

«Vediamo come sei combinata oggi. Che hai lì, tra i capelli?» diceva sorseggiando il tè da una tazza che si era portata dietro nella fuga.

«Una fascia» sussurrava lei intimorita

«Arancione, con un vestito rosso!» urlava quella. «Non ti hanno insegnato ad accoppiare i colori?» Poi sbatteva il pugno con violenza sulla scrivania. Fogli e libri saltavano per aria e ricadevano in una nuvola di polvere. Elena si toglieva la fascia e la ficcava in tasca. Che ne sapeva, lei, dell'arte di armonizzare le tinte? Sua madre non stava certo a controllarle i vestiti. «E guarda che fazzolettino dozzinale che hai al collo. Cos'è, l'ultimo regalo della *mammina?* Questi siciliani non sanno proprio educare i figli.» Scandiva le sillabe come se l'altra non capisse l'italiano e allungava le vocali, nella stanza sembrava risuonare un ululato. Finito il tè, ricominciava la lezione.

La russa sputacchiava: colpa dell'inglese, troppi *th*, e della dentiera. Le goccioline atterravano sulle pagine del libro, sul vestito rosso, che dopo la lezione finiva nel cesto dei panni sporchi. Talvolta Elena si sfogava con la madre, che di solito le dava contro. «Quella è aristocratica, gli aristocratici queste cose le fanno. Levatela questa fascia, mettiti una molletta e falla contenta. E poi è russa, e i russi sanno come va la vita.» In quel periodo Teresa nutriva una grande passione per Tolstoj, che definiva "uno dei grandi", e venerava Dostoevskij, secondo lei "il più grande". Aveva letto i loro romanzi centinaia di volte ed era capace di citare a memoria intere pagine. Se poi gli autori godevano di un titolo nobiliare, allora era il massimo. Teresa era soggiogata dall'aristocrazia. Avrebbe molto desiderato un po' di sangue blu nelle vene, tanto che a volte alludeva a un qualche antenato marchese. Aveva trovato nel saggio di un autore siciliano un riferimento a un nobile di provincia che portava il suo stesso cognome, e lo citava con sussiego. La sua famiglia era molto più in alto della comunità che frequentava, era solita compiacersi. E, quando parlava di suo padre nelle conversazioni confidenziali con le sorelle, diceva "u 'ngignere" o "u papà". L'articolo le pareva una sorta di particella nobiliare.

Elena dal canto suo pensava che se tutti gli aristocratici si comportavano in quel modo, la rivoluzione del '17 era stata una benedizione.

Qualche volta Teresa si schierava dalla parte della figlia, forse per togliersela dalle scatole. In quelle occasioni le sue origini di piccola borghese di provincia venivano a galla e, dimenticata ogni affettazione, si esprimeva in dialetto: «Chi vole chista? Picchì non ti 'nsigna u 'ngrisi e si fa l'affari soi? Non è perché è *nobile* può fare chiddu ca vole!».

Al ginnasio il padre decise di iscriverla a una scuola cattolica. «Ti insegneranno a vivere» annunciò in tono solenne. «Non sai quanto è difficile arrangiarsi da soli. E poi sta succedendo il finimondo. Tutti questi studenti che protestano... Non va bene. Dalle suore l'ammuino non entrerà.»

Ogni mattina le studentesse, con la divisa blu e la camicia bianca di bucato, erano costrette ad assistere alla Messa. L'ambiente era asfittico, il controllo serrato, l'ipocrisia la regola.

Elena era un anno avanti, si trascinava ancora nell'ingenuità dell'infanzia. Le sue compagne già smaliziate parlavano per doppi sensi e la considerarono scema, lasciandola ai margini.

La cosa migliore della scuola era la biblioteca. Non fu lei a sceglierlo, ma il libro a trovarla: *Storia dei partiti politici*, un trattatello smaccatamente di parte, volto a favorire la conversione al cattolicesimo e a suscitare lo spauracchio del comunismo, per lei fu una rivelazione. E mentre le altre sperimentavano i primi turbamenti dell'amore, Elena scoprì il potere magico delle parole. Cominciò a riempire pagine su pagine di pensieri. Ora sfogo, ora gioco, ora cronaca, dava vita a fantasie che i suoi genitori non avrebbero approvato. Quando le parole mancavano allora disegnava. Un giorno sul tavolo da pranzo prese forma un faccione largo dalla fronte ampia e due occhi allungati orientali: era il ritratto di Mao Tse-Tung. Fiera, lo portò a scuola. Il disegno fu motivo di scandalo tra le suore e la preside convocò con urgenza i genitori.

«Sono ragazzate» minimizzarono loro. «La *bambina* l'avrà visto in qualche giornale e le sarà rimasto impresso. I cinesi non si trovano agli angoli della strada.»

«Che giornali leggete in casa?» chiese allora la suora.

«"Famiglia Cristiana"» rispose lesta Teresa. Il marito le lanciò uno sguardo di approvazione.

«Talvolta certe forme espressive rivelano in anticipo un'acerba coscienza politica.» La preside insinuava che gli Accoto fossero comunisti e che lo fosse anche la figlia.

«Noi non parliamo mai di politica» intervenne allora Luigi seccato. «Il mio lavoro non mi permette di farlo. Non può essere che in qualche rivista abbia letto una testimonianza di un missionario? I gesuiti vanno e vengono dalla Cina, ne hanno parlato molto, della rivoluzione culturale. Magari c'era la foto del presidente. Sa come sono i giovani, la suggestione... E poi non c'è la figlia di un senatore comunista tra le vostre studentesse? Se Elena ha ascoltato qualcosa, di sicuro è accaduto a scuola.»

«Dicerie» rispose secca la suora e il discorso finì lì.

Lungo la strada Teresa parlò alla figlia con molta serietà. «A me poco importa dei maoisti, dei comunisti, dei comitati unitari di base e ancora meno della preside, è baffuta e antipatica. Ma non voglio problemi. Se proprio devi disegnare, meglio i paesaggi.»

A casa, poi, arrotolò il ritratto e lo nascose nello sgabuzzino, tra i fucili da caccia del marito.

La Villa

Finite le scuole la famiglia Accoto si trasferiva per le vacanze alla Villa, come chiamavano pomposamente alcune stanze in muratura senza luce né acqua corrente, circondate da campi di grano e ombreggiate da fruscianti eucalipti. Lucio e Sebastiano sembravano godersela, quella campagna arsa dal sole. Calciavano il pallone nei pomeriggi infuocati, riempivano di grilli enormi barattoli che vuotavano addosso alla sorella, andavano a caccia di uccelli con le fionde.

A Elena non piaceva correre, odiava gli insetti, aveva paura delle lucertole; il caldo le dava un torpore stuporoso. Sprofondata nelle sabbie mobili della noia, trascorreva tre lunghi mesi di ozio leggendo i romanzi che trovava nella libreria. Durante l'estate la passione per la lettura si trasformava in vizio: *Il bacio d'una morta*, *La sepolta viva*, *Paradiso e Inferno* di Carolina Invernizio; *Cenere*, *Canne al vento*, *Colombi e sparvieri* di Grazia Deledda. C'era tra le pagine un immenso universo femminile inquieto, che affrontava argomenti forse spinosi, perché sua madre talvolta le strappava i romanzi dalle mani. «Non è cosa per te» l'apostrofava.

Elena li lesse tutti, quei libri proibiti, di nascosto. Fu la sua prima ribellione. Dallo scherzo del calamaio nutriva per i genitori sentimenti ambivalenti. Le pareva di amarli, ma certe volte si sorprendeva a sperare che morissero. Era oppressa dal loro costante controllo, specie adesso che era diventata una signorinella, così diceva la madre quando parlava di lei.

Attraverso i romanzi Elena conobbe una qualche forma di libertà che, sentiva istintivamente, i suoi genitori non le avrebbero mai concesso. Estate dopo estate, pagina dopo pagina, si infilarono nel suo animo di ragazza i semi di una femminilità complessa, che sarebbero germogliati negli anni a venire.

Teresa, alla Villa, diventava ancora più cupa, soffriva il caldo e la solitudine. Il marito rimaneva in città a lavorare, "Ma la sera di sicuro esce con gli amici e magari anche con qualche femminazza" pensava rabbiosa.

Luigi di tanto in tanto veniva a visitare la famiglia agghindato e profumato come un gagà.

«Talia.» La moglie lo accoglieva con quell'unico verso secco come una frustata, indicando le pipe, i giornali e la macchina fotografica con la quale il marito si divertiva a immortalare i famigliari in situazioni imbarazzanti. Lucio che pisciava contro un palo, Sebastiano con le ginocchia graffiate e sanguinanti come un santo martire, la moglie scarruffata con i panni sporchi in mano. Teresa gli lanciava delle occhiatacce di disapprovazione. «Sono pose spontanee» rispondeva Luigi con una faccia da schiaffi, che la moglie definiva "la faccia d'un paari a nuddu".

Talvolta finivano per litigare e trascorrevano in silenzio il resto del tempo. Quando Luigi stava per ripartire, sul cancello Teresa lo salutava con un ultimo rimprovero: «I figli hanno bisogno anche del padre».

«Dovevi sposare un geometra del catasto. Alle due chiude l'ufficio e sareste potuti andare a braccetto insieme a far la spesa.»

Infine, senza badare troppo all'inquadratura, scattava qualche foto alla figlia. La ragazza stava crescendo e lui era turbato dalla sua femminilità acerba, temeva che qualcuno potesse assaggiare quel frutto prima del tempo. Così, se fino a quel momento non l'aveva mai presa in considerazione, ora si rivolgeva a lei in tono minaccioso, tempestandola di divieti.

Elena pensava che se i suoi genitori si fossero separati lei sarebbe andata a vivere con la madre. Non si fidava più di lei, ma la severità del padre, la sua veemenza le facevano paura.

La sera si andava a letto presto. Spenti i lumi a gas, il buio si allargava nelle stanze come fosse gelatina. Tra le lenzuola ruvide di polvere, umide di sudore, a Elena non rimaneva altro che contare le stelle attraverso la finestra, lì brillavano più che in altri posti. Ancora al primo anno di liceo dormiva in compagnia della sua bambola, una rossetta dal nome esotico, Silvy, come la signora giamaicana. Non si trattava di un gioco fuori tempo, ma di un espediente per impratichirsi. Fin da piccolissima aveva sognato di avere dei bambini suoi da amare, e adesso che era una ragazza il desiderio si era fatto imperioso. Nell'attesa, si prendeva cura di Silvy come fosse vera, cantandole una ninnananna, poi chiudeva gli occhi stanca, sperando di addormentarsi. Ma il sonno è un atto di fiducia e lei si sentiva costantemente in pericolo.

Nel caldo delle notti arabe, Elena cercava di allentare la tensione e scivolare nella piacevole mollezza che precede l'addormentamento pensando a quei bambini che l'avrebbero amata senza condizioni. All'alba, quando il cielo si schiariva e dalla *trazzera* arrivavano il suono dei campanacci delle mucche e lo scalpiccio dei cavalli, crollava in un dormiveglia agitato.

La regola del silenzio

Le giornate erano tutte uguali, da giugno a ottobre cambiava solo la luce. La domenica si andava a Messa, talvolta a prendere un gelato nel pomeriggio. Se succedeva qualcosa di imprevisto riguardava la natura e aveva le caratteristiche dell'evento, come i temporali improvvisi che allentavano l'afa per poche ore. I frutti allora grondavano succo e profumo, gli animali uscivano dalle tane scrollandosi il dorso peloso, Lucio e Sebastiano correvano impazziti sotto i goccioloni. Le chiome degli alberi dopo risplendevano di un verde smeraldino, il puzzo di letame spariva sovrastato dall'odore dei fichi. Poi però tutto tornava a languire sotto uno strato di sabbia gialla che veniva da lontano. La vita era rischiosa per tutti, e anche in questo caso il pericolo veniva da una natura sorniona che sembrava accogliere e invece combatteva senza esclusione di colpi. Le pecore morivano sbranate dai cani, le carcasse gonfie crepitavano al sole, le mosche le coprivano come un sudario. Le galline stramazzavano nel loro stesso sangue sotto le unghie delle faine, i colli reclinati, gli occhi coperti da un velo vitreo. Le mucche soccombevano ai veleni delle vipere, una schiuma appiccicosa lungo i colli piegati.

Alla Villa si stava soli. Talvolta un pastore portava del latte appena munto, un contadino un cesto di gelsi. In silenzio lasciavano i loro doni sul tavolo della cucina, Teresa chiamava con un suono secco, *tzè*, i ragazzi che correvano a far festa. Le parole erano inutili. Si comunicava con un gesto, uno sguardo, un cenno del capo. I rapporti erano improntati a poche e chiare regole: «Non si parla con gli sconosciuti. La meglio parola è quella che non si dice. E se vi chiedono informazioni, voi cosa rispondete?».

«Non so niente!» urlavano in coro i tre ragazzini, sembravano scimmiette ammaestrate.

Una mattina dal lato del pollaio arrivarono strepiti e schiamazzi. Sebastiano e Lucio drizzarono le antenne, afferrarono le fionde, si riempirono le tasche di sassi.

«Tutti fermi» intimò loro la madre, il dito puntato, gli occhi che non promettevano nulla di buono. «Io vado a vedere. Guai a voi se vi muovete», e s'incamminò in quella direzione. Elena la seguì a debita distanza.

Due famiglie si stavano affrontando a colpi di pietra e bastoni per una questione d'onore.

«Che volete?» li apostrofò Teresa con il cipiglio della padrona. Subito un ragazzo si staccò dal gruppo e si rifugiò dietro di lei.

«Vossia ci dà il picciotto» disse un uomo che doveva essere il capoclan.

«Non vi do proprio niente. Questa è proprietà privata, fuori tutti o chiamo i carabinieri.»

«È questione di famiglia» spiegò quello in tono conciliante.

«Quando siete a casa vostra. Qui comando io» ribatté Teresa. Elena non l'aveva mai vista così, e ammirò moltissimo il suo coraggio.

«Tanto ti pigghiamu» sibilò il patriarca, e se ne andò mugugnando. Il gruppo ondeggiò incerto, poi arretrò compatto.

Il ragazzo trovò allora il coraggio di parlare. Baciò la mano della sua salvatrice. «Grazie, grazie, la Madonna vi protegga. Lo dirò a tutti quello che avete fatto per me.»

Teresa lo afferrò per un orecchio: «Sentimi bene. Tu qui non ci sei mai stato, altrimenti ti vengo a cercare io».

Elena non capiva. Ma come, prima gli offriva protezione e poi lo maltrattava? Non ebbe il tempo di darsi una spiegazione, la madre si era accorta di lei e la minacciava inferocita: «Tu, figlia mia, ti avevo detto di non muoverti. A casa!».

Alcuni giorni dopo si presentarono i carabinieri. Tanta gente così non si era mai vista alla Villa. «Signora Accoto, dobbiamo interrogarla in qualità di testimone» disse il maresciallo con il cappello in mano in segno di rispetto.

«Testimone di cosa?»

«Della rissa tra le due famiglie.»

«Io non so niente.»

«Li hanno visti entrare qua.»

«Io non ho visto nessuno, o forse ero fuori.»

«Lui è in caserma e sostiene che lei lo abbia salvato.»

«Cascittune e traditore» sibilò Teresa.

«Signora, lei sa qualcosa e deve parlare.»

«Maresciallo, lei vuole mettere la parola di un viddano con la mia? Io sono la figlia du 'ngignere e sono pure laureata.»

Il maresciallo esitò, le risposte non erano congrue, ma non poteva mettersi contro quella signora per bene. «No, certo, forse abbiamo capito male. Ci scusi se l'abbiamo disturbata», e si congedò sbattendo i tacchi.

Elena era perplessa. «Mamma, che è successo? Che volevano i carabinieri?»

«Fatti gli affari tuoi. Cosa ti ho insegnato io?»

«La regola del silenzio.»

«Appunto. La meglio parola è quella che non si dice. E se ti chiedono qualcosa, tu che rispondi?»

«Non so niente.»

Elena si domandò chi l'avesse inventata, quella regola, e se altri ne fossero a conoscenza.

Nei giorni successivi, grazie a un libro che stava leggendo, poté capire qualcosa di più. Salvatore Colasberna era stato ucciso alla fermata dell'autobus. Né l'autista né il biglìettaio e nemmeno il venditore di panelle avevano visto o sentito. "Non so niente" era la frase che trovò quasi a ogni pagina. Il maresciallo del paese avrebbe dovuto faticare prima di bucare il muro omertoso e scoprire la verità, proprio come il capitano Bellodi.

La premonizione

Dopo la nascita del terzo figlio, Teresa aveva cominciato a soffrire di uno strano disturbo. Certe volte, senza nessuna ragione, sentiva dentro il corpo una energia strisciante. Le palpebre cadevano pesanti verso il basso, gli occhi si giravano indietro, le membra diventavano leggere come se stesse galleggiando. Una vampata calda le saliva al viso, le braccia ciondolavano ai lati del torace, la mente correva lontano. Subito dopo provava una sensazione di allarme, qualcosa di indistinto, che difficilmente si trasformava in un pensiero. Ne aveva parlato con la madre, che l'aveva rassicurata. «Succede anche a me e succedeva pure a tua nonna, in generale capita alle femmine della famiglia. È una specie di dono. Si manifesta come una malattia, ma se ti alleni potrai sapere in anticipo il futuro. Non dirlo a Luigi, queste cose i maschi non le capiscono.»

Certa di godere di buona salute, Teresa quasi si dimenticò del suo talento, finché esso si manifestò in modo eclatante.

La giornata era stata particolarmente calda: la Villa sembrava circondata dal fuoco, le zanzare sibilavano come missili. Dopo cena la famiglia si attardò in giardino, cercando refrigerio. A tratti arrivava dalla valle il profumo della bella di notte, le lucciole si muovevano in nugoli disordinati. La luna crescente brillava sulla cima della montagna. Gli occhi di tutti erano puntati su quel primo quarto, immerso in un alone lattescente. Di lì a poco l'Apollo 13 sarebbe atterrata nel mare della tranquillità. Passeggiare nello spazio era diventato come andare al mare, pensava Luigi.

Da qualche giorno i tecnici avevano attaccato la corrente elettrica e lui, per farsi perdonare le prolungate assenze, aveva comprato una tv portatile. Erano tutti eccitati e fissavano lo schermo trepidanti. Il segnale era basso e a tratti andava via. «Tu non ti muovere da lì» aveva detto al figlio. «E, se sparisce l'immagine, muovi l'antenna avanti e indietro finché non ricompare.» Nell'attesa, ognuno esprimeva le proprie considerazioni.

«Mah, certo che ne hanno di fegato questi astronauti, un viaggio così lungo e pieno di rischi. Chissà le loro mogli che pensano...» disse Teresa addentando una fetta di anguria.

«Vedi sempre pericoli» la rintuzzò il marito. «Di sicuro ha corso più rischi Cristoforo Colombo quando partì per il Nuovo Mondo. Queste cose gli americani le sanno fare.» Sulla sua testa aleggiava il fumo della pipa.

«Proprio! Lasciamo fare a loro, che però stanno arrivando dopo i russi. Te lo sei scordato Gagarin?» ribatté il suocero. Era comunista, e teneva la Russia nel cuore.

«Che c'entra? Vossia ne fa una questione politica. Il fatto è che Gagarin è arrivato per primo nello spazio, questi invece sulla Luna si faranno una bella camminata.»

«Non si vede più nulla!» urlò all'improvviso Elena. Sebastiano si era addormentato e aveva abbandonato l'antenna al suo destino.

«Presto, i fili!» esclamò Luigi, e provò a ripristinare l'immagine girando la manopola della sintonia.

«Tu guarda, proprio ora...» si rammaricarono tutti. Poi, a forza di smanettare, comparvero le facce trepide e sfocate di sconosciuti.

«Eccolo!»

«Meno male» sussurrò Elena, e trattenne il fiato per non interferire con il segnale.

Il cronista, un biondino con gli occhiali, andava avanti da parecchie ore; aveva il viso stanco e la voce concitata. Parole e rumori rimbalzavano da un continente all'altro insieme a scariche elettriche. «Sessanta piedi... *scresc*... Venti piedi... *scresc*... *scresc*.»

Teresa si era avvicinata allo schermo, aveva lo sguardo spiritato, le pupille dilatate, come in trance.

«Cinq... *scresc*...» Poi si sentì: «Ha toccato».

Luigi si alzò in piedi per applaudire e in quello stesso momento l'immagine scomparve del tutto. Prima il buio e poi una tempesta di neve.

«L'antenna, mannaggia!» imprecò, e intanto agitava il braccio avanti e indietro. «Ecco, ecco. Non si capisce però. Cielo, terra, boh?»

Teresa era rimasta davanti allo schermo, il collo allungato, la testa piegata da un lato, il busto ruotato indietro, era così ferma che pareva catatonica.

«Mamma» sussurrò Elena.

«Teresa» la chiamò Luigi e le tirò la gonna. Lei poggiò le mani sul vetro con un gesto lento e mormorò quasi a sé stessa: «Sbagliò». Gli occhi di tutti erano su di lei. I capelli ondeggiavano nell'aria come un banco di posidonie nei fondali marini. Il suo corpo era circondato da un'aura argentea.

Tornò il collegamento, una voce stizzita annunciò: «Qui pare che manchino ancora pochi metri...». Di nuovo il buio, *scresc*, *scresc*. E poi la voce atona di Teresa: «Ora sì, ora ha toccato». Guardò in alto e cominciò a recitare: «Che fai tu, luna, in ciel? Dimmi, che fai, silenziosa luna? Sorgi la sera, e vai, contemplando i deserti; indi ti posi. Ancor non sei tu paga di riandare i sempiterni calli?» E recuperata la consueta espressione si rivolse ai famigliari: «Le cose cambieranno, e non in meglio».

«Forza, a letto» ordinò Luigi, turbato. Aveva tanto desiderato che la moglie si manifestasse senza infingimenti, ma quello che aveva visto non gli piaceva. Affiorò alla sua mente il ricordo dei gomitolini infilzati con gli spilli e bruciati sul gas; dei sacchetti di sale che gli appesantivano le tasche. "Che abbia poteri soprannaturali?" si chiese, ma per la seconda volta scacciò quel pensiero. Non c'era spazio nella sua vita per superstizioni, fisime, eppure da quel momento cominciò a guardare la moglie con diffidenza.

Elena nel suo letto scrutava il cielo che si schiariva poco alla volta. Anche lei era inquieta e stentava a prendere sonno, finché cadde in un dormiveglia agitato. Sognò, o forse immaginò i due astronauti, rigidi come pupazzetti della Lego, e sua madre evanescente come un ectoplasma che fluttuava nello spazio.

Nei giorni successivi in radio, in tv, si parlò a lungo del cronista che, pur di essere il primo a dare la notizia, aveva annunciato un allunaggio quando ancora non era avvenuto.

«Io l'ho saputo nel momento stesso in cui è successo. Mi ero accorta dell'errore del biondino. Perché fanno un'opra tanta?» chiese Teresa alla madre.

«Shh!» la zittì quella. «Alle persone piace fare polemica, non ti devi meravigliare. Ma non fare capire nulla a tuo marito, i maschi hanno paura dei talenti delle donne.»

La partita di pallone

L'autunno arrivò in anticipo. Già a settembre i melograni mostravano chicchi rossi come sangue e l'uva era soda e dolce. Si tornava in città, stavano per riaprire le scuole. Teresa chiuse le porte della Villa con particolare enfasi. "Questa è l'ultima estate qui" pensò, e le pareva di avere un serpente nelle viscere. Certi momenti sentiva il bisogno di confidarsi con qualcuno, quel suo talento poteva essere una condanna. Ma la madre le aveva raccomandato di tacere e lei, per natura ubbidiente, teneva quel segreto per sé. Quando un presentimento affiorava al suo cuore, evitava di incrociare lo sguardo dei famigliari, talvolta adduceva un malessere e si metteva a letto. Temeva che quel suo volto spiritato, i capelli fluttuanti, potessero tradirla. Il marito non capì il vero motivo del suo comportamento elusivo e si convinse che Teresa ce l'avesse con lui perché non si occupava abbastanza dei figli. Un po' per blandirla, temeva i suoi strali, un po' per togliersi da casa, l'atmosfera si era fatta cupa, cominciò a portare i due maschi allo stadio.

La domenica Lucio e Sebastiano non stavano nella pelle. Cantavano fino allo sfinimento *La partita di pallone* di Rita Pavone. Erano felici di poter fare tante cose di solito vietate: urlare, cantare, dire le parolacce all'arbitro.

Elena rimaneva con la madre, il calcio era roba da uomini. La sua rabbia cresceva a dismisura, era invidiosa dei fratelli che ricevevano attenzioni a lei negate e masticava veleno. "Non è che bisogna essere scienziati per capire il calcio. Un gruppo di maschi in mutande che corrono dietro una palla! Se lo capiscono loro" si riferiva a Lucio e Sebastiano, "anch'io posso diventare un'esperta." Cominciò a guardare le partite in tv, a leggere i giornali sportivi, a collezionare le figurine Panini. Applicò allo sport lo stesso metodo che usava per studiare: in poco tempo imparò a memoria le formazioni delle squadre di serie A, di ogni attaccante conobbe caratteristiche e soprannomi, si impadronì dei termini tecnici, fece suoi i concetti di calcio d'angolo, punizione e rigore, e da ultimo risolse anche l'enigma del fuorigioco. "Gli faccio vedere io, a 'sti scemi." Ma quelli continuavano a cantare, e lei rimaneva tristemente fuori dalle loro conversazioni.

All'inizio dell'anno nuovo Gigi Riva, attaccante del Cagliari, segnò un goal straordinario in rovesciata. Il Paese intero ne parlò per giorni e ancora la domenica successiva, a tavola, i maschi Accoto ne discutevano animatamente. Elena finì il gateau di patate, lasciò cadere rumorosamente la forchetta; il padre le lanciò uno sguardo di rimprovero, ma lei non si fece intimidire. «Certo che c'ha una potenza! Una cosa così non s'è mai vista.» Aveva assunto l'aria di chi la sa lunga. Sebastiano diede una gomitata al fratello: «Che ne può capire lei, che è femmina?».

«Ne so molto di più di voi» ribatté la ragazza. «Ho visto in televisione la rovesciata acrobatica di Gigi Riva, un attaccante con i fiocchi. Non ha fatto altro che scattare a rete. Vero che il Vicenza aveva un giocatore di meno...»

«Senti, senti» disse il padre mostrando per lei un improvviso interesse. Elena si sentì incoraggiata a continuare: «L'arbitro...».

«Cornuto!» urlarono in coro i fratelli. Lei gli lanciò uno sguardo di compatimento e continuò seria seria, come se stesse parlando di fisica atomica: «Dicevo che l'arbitro ha espulso Cinesinho, ma comunque il Vicenza avrebbe perso, Riva era scatenato e onnipotente».

«Ava', visto che ne sai quanto un maschio, come lo chiamano Gigi Riva?» le chiese Sebastiano con tono di sfida. Si contendevano in quel momento l'ammirazione del padre.

«Rombo di tuono. È agile, elegante, forte, un vero acrobata. E ha un sinistro che levati...»

«Però! Proprio non me l'aspettavo» esclamò Luigi compiaciuto.

La figlia allora ebbe voglia di strafare. «Quest'anno lo scudetto lo vince il Cagliari» disse con tono saputello.

I fratelli e il padre urlarono all'unisono: «Seee, non capisci niente. Secondo te una squadretta come quella batte la Juventus o l'Inter?». Era andata oltre, pensò lei mordendosi le labbra e si chiuse in camera a covare la sua frustrazione. In lontananza sentiva ancora cantare, e giù grosse risate.

Il Cagliari vinse lo scudetto. Elena aspettò inutilmente un riconoscimento dal padre, che invece cominciò a guardarla con sospetto: temeva che avesse ereditato dalla madre lo stesso, inquietante talento.

La prima vacanza

In primavera Luigi ricevette un incarico importante, era elettrizzato. «Una nuova avventura ci aspetta. Ci pensi? Roma!» disse fregandosi le mani dalla contentezza. Teresa accennò un piccolo, malinconico sorriso.

«Che c'è, muddichedda?» Da un po' il marito la chiamava con quel vezzeggiativo che lei detestava. Cosa c'è di più inutile di una mollica?, si chiedeva. Sollecita l'appetito, non sfama, non sazia.

«Devi essere felice» continuò lui. «Ti ricordi quella luna che ti avevo promesso? Ora potrai averla, e anche molte altre cose. Ti porterò dal Papa, passeggeremo per via Veneto, incontreremo attrici famose... Ah, la dolce vita!»

«Magari anche John Wayne?» azzardò Teresa. Le piacevano quegli omoni alti e possenti, *aggiuventati.*

Luigi si rabbuiò, era geloso. «Meglio Joséphine Baker» replicò, e aggiunse: «Dài, muddichedda, ti pare questo il momento di farmi arrabbiare? Stiamo per cambiare vita!».

«Io, veramente, ho paura. La lontananza, la grande città... E se mi perdo?»

«Ci sono io, non può succederti nulla.»

«E mio padre, mia madre?»

«Vedrai che anche loro ne trarranno vantaggio.» Teresa fece un cenno di assenso. Luigi l'abbracciò, dal suo animo traboccava un senso di onnipotenza. Sarebbe andato in alto, sempre più in alto. E al colmo dell'esaltazione disse: «Sai che facciamo, muddichedda? Regaliamoci una vacanza. Vi porto al mare, ho in mente un bel posto».

«L'avevo detto che non saremmo più tornati alla Villa» rispose Teresa. I suoi capelli frizzavano nell'aria.

Partirono per un'isoletta sperduta. Era stato il cancelliere del tribunale a suggerirgli quella meta. «Non c'è niente. Le uniche attrattive sono un carcere di sicurezza e il cimitero. Ma il mare è bello, la vita semplice, si spende poco.»

Portarono con loro Asteria, la giovane collaboratrice domestica assunta qualche giorno prima. Anche Teresa aveva diritto a riposare. La ragazza aveva accettato di aiutare nei lavori di casa, a patto di essere presentata come cugina. «Nessuno deve sapere che sono la cammarera.»

«Va bene» aveva convenuto Luigi che, dopo le umiliazioni subite all'università, comprendeva le sue istanze.

«Vuoi dire che la cammarera mi chiamerà per nome e mi darà del tu?» aveva replicato Teresa, stizzita.

«Se è tua cugina non può certo chiamarti signora Accoto e darti del lei.»

«Non va bene, la troppa confidenza finisce a malacrianza.»

Il suo incubo peggiore era quello delle servette, le pareva che insidiassero la sua posizione, perciò ne aveva già cambiate diverse.

Una che le pareva troppo disinvolta, indossava gonne corte e sorrideva sfacciatamente a tutti. «Tu capisci» aveva detto al marito per convincerlo delle sue ragioni, «se si fa mettere incinta da uno di questi e magari dice che sei stato tu?»

La seconda li aveva infestati di pidocchi e amoreggiava con il meccanico. «Invece di lavorare, se ne sta tutto il giorno alla finestra a fare la scimunita. Che figura ci facciamo con i vicini?»

Una aveva dato uno schiaffo a Elena. «I miei figli li posso pestare solo io!»

Un'altra aveva le tette troppo grosse ed era imbarazzante.

L'ultima faceva la spia alla suocera. «Sparlano di me, lo capisco. Quando entro nella stanza si azzittiscono.»

E se Luigi cercava di rabbonirla, lei rilanciava: «Allora è vero che ve la intendete».

Luigi con Asteria mantenne il punto. «Dài, muddichedda, sarai sempre tu l'unica signora Accoto. E poi, ci pensi? Non mi sembra vero, un po' di tempo solo per noi. Il lavoro, le responsabilità, buttiamo via tutto. Dobbiamo recuperare, altrimenti ci perdiamo» e le aveva passato un dito sulle labbra, un gesto denso, sensuale.

Teresa era rimasta turbata e ne aveva parlato alla madre. «Cosa voleva significare con quel dito?»

«Ti cerca a letto, tuo marito?» le aveva chiesto l'altra.

«Insomma. È sempre sul divano.»

«Allora c'è qualcosa che non va. Vedi quello che devi fare.»

Così Teresa aveva capitolato: «Va bene, portiamo con noi Asteria, ma quando siamo sole mi deve chiamare signora».

I maschi non stavano nella pelle e tempestarono il padre di domande: «Come si chiama il posto? Ci sono altri ragazzi con cui giocare? Quanto tempo rimarremo?».

Lui non diede alcuna spiegazione né risposta, era rimasto un leopardo delle nevi, se sollecitato rilasciava segnali ambigui.

Appena salpata la nave, Luigi sistemò la famiglia in cabina e se ne andò sul ponte, aveva bisogno di stare da solo.

Il vento della navigazione gli bucava la pelle del viso, gli schizzi delle onde arrivavano come una pioggia di spilli. I sedili di legno erano occupati da una tradotta di detenuti. Avevano, quegli uomini, l'espressione dei vinti, le braccia chiuse nei ceppi aggiungevano umiliazione al dramma. Luigi li fissò con la compassione di chi conosce le insidie della vita e tuttavia non può fare a meno di giudicare. Un giovane dallo sguardo limpido, i muscoli scolpiti gli fece posto. Sebbene infagottato nella divisa, esprimeva una naturale eleganza. Luigi lo ringraziò con un cenno e gli sedette accanto.

«Mi dai una sigaretta?» chiese quello. Luigi gli regalò l'intero pacchetto e l'aiutò ad accenderne una.

«Che hai fatto?»

«Niente, sono una persona per bene.»

«Non può essere, altrimenti saresti libero.»

«Tutti abbiamo in carcere una pietra con il nostro nome, non bisogna farsi meraviglia» rispose il ragazzo.

Luigi sentì un tuffo al cuore. La vita poteva cambiare da un minuto all'altro. Ne aveva viste di persone per bene fare una brutta fine. E tremò. Sarebbe potuto capitare anche a lui. Il nuovo ruolo si portava dietro gravami tali che una distrazione sarebbe potuta costargli la carriera e anche la libertà.

«Solo chi non fa niente non sbaglia mai. Chi mangia fa muddiche» aggiunse il prigioniero come se gli leggesse nel pensiero.

«A me non può succedere. Sono intelligente, ho strumenti sufficienti per non sbagliare» rispose Luigi con sicumera, ma la sua voce vibrava di ansia. Dacché aveva ricevuto il nuovo incarico, preso dall'entusiasmo, non si era ancora soffermato a riflettere su certe implicazioni connesse alla responsabilità.

La sirena prese a suonare, la nave stava entrando in porto. Luigi ricacciò indietro l'inquietudine. "Adesso basta" pensò, "il ruolo del cacadubbi non mi si addice." Salutò il ragazzo e raggiunse la famiglia.

Sul molo lo aspettavano il maresciallo e il direttore del carcere, le più alte autorità dell'isola. Era stato il cancelliere ad avvertirli dell'arrivo di "Sua Eccellenza". «Ah, non siete qui per loro?» scherzò Luigi indicando i prigionieri.

«Il carcere è nella testa» sibilò il giovane galeotto e, facendo tintinnare le catene, aggiunse: «Queste non significano niente».

«Allora non dovrebbe essere difficile scappare» rispose lui altero. D'un tratto aveva perso tutta la sua compassione.

«Che vuole questo? Ti conosce?» chiese la moglie.

«Niente, niente» tagliò corto Luigi, e salì in macchina.

La casa era proprio come gliel'aveva descritta il sensale. Affacciava su una distesa di grosse ancore, più in là un braccio di mare limaccioso, a pochi metri la tonnara. I muri erano in tufo, i mobili essenziali, mancavano acqua e luce ma c'erano un piccolo orto, che sembrava il giardino delle fate, e un pozzo. Poi una stanza matrimoniale, la cameretta per Asteria, tre lettini arrangiati in un corridoietto di passaggio per i figli.

Appena entrati dovettero affrontare la prima grana. La padrona di casa aveva all'ultimo minuto deciso di rimanere con loro, occupando la stanzetta destinata ad Asteria.

«Gliel'avevo detto al sensale che non sapevo dove andare. Posso aggiungere una branda in cucina» propose.

Teresa era arrabbiata, i suoi occhi saettavano. «Questa vecchia ficcanaso in mezzo ai piedi non la voglio. O se ne va lei, o la faccio sparire io.»

«Vi aiuto in cucina, magari posso preparare il pesce, so come si fa, sono figlia di pescatore» si offrì la donna. Ogni ragionamento era inutile, e Luigi già vedeva sfumare la sua prima vacanza.

«Magari si rompe un osso!» esclamò Teresa con una rabbia tale che lo spaventò.

«Magari no!» la zittì lui. Dalla notte dell'allunaggio il sentimento di inquietudine verso la moglie era cresciuto. La vecchia era antipatica, forse anche pettegola, non meritava però di rompersi un osso. Luigi addolcì la voce e cercò di blandire Teresa. «Dài, oramai siamo qui, il viaggio è stato lungo. Guarda» le disse trascinandola fuori. Un mare verde cristallino, a tratti blu scuro e striato di argento, circondava l'isola. La spiaggia biancheggiava di sabbia finissima. «Siamo stanchi, cerchiamo di godercela.»

«Lo spazio è risicato, l'acqua bisogna attingerla al pozzo» insistette Teresa.

«Ma le stelle sfavillano» replicò lui carezzandole la nuca e vincendo così le sue ultime resistenze.

Asteria

Asteria era carina. I suoi occhi scuri brillavano di un inusuale riflesso nero. Aveva capelli corvini ma era così luminosa, ché la luce non è solo bianca. Le sue sopracciglia disegnavano un arco perfetto, le ciglia erano lunghe e quando sbatteva le palpebre parevano ali di farfalla. Il corpo era armonioso, i seni morbidi, i fianchi arrotondati, solo le caviglie succulente sbuffavano fuori dalle scarpe in due rotolini simmetrici. Era vanitosa, si truccava come fosse un'attrice. Teneva sempre calati fino agli zigomi un grosso paio di occhiali da sole. «Mi fanno sembrare seducente» diceva a Elena, che la imitava in tutto.

I maschi del paese l'avevano puntata. Alla sera si radunavano a fumare appoggiati alle ancore, echeggiavano fischi di ammirazione e serenate. Luigi se la rideva, forse qualche fantasia maliziosa albergava anche nel suo animo vacanziero.

Fin dal primo giorno la ragazza si mostrò servizievole. Preparava da mangiare, lavava i panni, stirava e si occupava con grande senso di responsabilità dei ragazzi. Era una grande affabulatrice, conosceva la mitologia e raccontava cose che nei libri non si trovavano. La sera, dopo aver messo a letto Sebastiano e Lucio, portava Elena nell'orto. «Il mio nome significa stella e gli antichi chiamavano così chi leggeva il futuro. Guarda. Ci sono un mucchietto bianco e tanti puntini gialli lassù: presto troverò un fidanzato.»

«Facile, con tutti quelli che ti vengono dietro.»

Elena provava un po' di invidia per il suo corpo procace; a lei erano spuntati due seni striminziti, e non si sentiva né carne né pesce. Nelle notti calde, mentre il favonio frusciava tra i pomodori e la luna si specchiava argentea nel pozzo, Asteria le confidava gioie, delizie e tormenti di quella che chiamava "una ficcata storica". Lei ascoltava con la bocca spalancata. Non sapeva niente dell'argomento, in casa non si parlava di queste cose.

Asteria piaceva a tutti, anche a Luigi, che le parlava con lo stesso tono zuccherino che aveva usato con la signora giamaicana. Teresa invece era sempre brusca quando si rivolgeva a lei e doveva controllarsi per non metterla a posto. La ragazza non gliene voleva, era giovane, bella: la gelosia, l'invidia non la scalfivano.

Il direttore del carcere, un tipo tarchiato dalla pancetta sporgente e gli occhi a palla, era caduto nella trappola del suo fascino. Non ci dormiva la notte al pensiero di quelle caviglie polpose. L'uomo aveva cominciato a corteggiarla. Era consapevole della propria bruttezza, ma si sentiva forte della posizione sociale e dello stipendio, era certo che la cugina di "Sua Eccellenza" non gli avrebbe detto di no. Capitava di frequente a casa con una scusa e portava qualcosa in dono: un cesto di pesce, un mazzo di verdure, una busta di frutta. Oppure arrivava a sorpresa in spiaggia con una teglia di pasta al forno, dei biscotti fragranti.

Lucio e Sebastiano gli avevano affibbiato il soprannome di "calamaro", per via della pelle candida e traslucida, quasi opalescente; e delle dita flessibili come tentacoli, che si passava sulle fronte sudata e poi offriva agli altri in un saluto appiccicoso.

"Campa cavallo" pensava Asteria, "il mio cuore batte solo per Nino." Nino era un pescatore dai muscoli tesi, la pelle colore del bronzo, lo sguardo di brace e, a quanto diceva lei stessa, anche una gigantesca minchia. "Un calamaro non può competere con un tritone", e se la rideva.

Il calamaro invitò tutta la famiglia a cena per la sera di Ferragosto. Quindi prese Luigi in disparte e gli chiese il permesso di frequentare Asteria. «Il mio stipendio è buono, la carriera sicura. La ragazza mi piace molto e ho intenzioni serie.»

«Ma se neanche la conosce» obiettò l'altro.

«È vostra parente, mi basta come garanzia.»

«La ringrazio per la fiducia, ma devo parlarne a mia moglie. Sa, è sua cugina e io non posso prendere iniziativa. Comunque ha il mio appoggio.»

«Che vuole questo?» l'aggredì Teresa appena a casa.

«Niente, vorrebbe uscire con Asteria.»

«Dio della pace! L'avevo detto io che c'era qualcosa sotto a quest'invito. Ma lo sa che è la cammarera?»

«No, certo.»

«Se lo viene a sapere finisce a malafigura.»

«Ma che vai a pensare? Sai quanto gliene frega, a quello? Sta praticamente in carcere anche lui, chissà da quanto non vede una donna. E poi Asteria è oggettivamente bella, quando gli ricapita una così?»

«No, non possiamo mentire a un rappresentante delle istituzioni.» Luigi scoppiò a ridere, sua moglie era diventata più realista del re. «Senti, rimandiamola a casa e diciamo che sua madre ha bisogno di lei. Chessò... Inventiamoci una malattia grave.»

Luigi ebbe un moto di fastidio, temeva il potere evocativo delle sue parole. «Al solito, vero?» rispose seccato. «Questa volta ti proibisco di licenziarla. La ragazza lavora con serietà, se ci stiamo riposando è grazie a lei. Troviamo il modo di arrivare alla fine delle vacanze.»

«Va bene, ma vedrai che passeremo un guaio.»

La sera dell'invito Teresa decise di lasciare Asteria a casa.

La chiamò in disparte: «Senti, noi usciamo, tu rimani. C'è una pila di panni da stirare, in fondo ti pago per lavorare».

«Sissignora» rispose la ragazza.

Nessuna delle due si era accorta che la vecchia impicciona stava origliando.

Il carcere era una massiccia costruzione, che spuntava dritta dalle rocce e si allungava sulla superficie dell'acqua come in un gioco di specchi. Uno scroscio di chiavistelli accolse gli Accoto all'ingresso. Una guardia li scortò fino all'alloggio del direttore. Elena aveva paura del luogo chiuso, la claustrofobia era stata sempre un suo problema, persino i vestiti stretti le procuravano una vertigine. Fissava a disagio le alte mura senza intonaco, le muffe che scurivano gli angoli; ascoltava lo sciabordio dell'acqua sotto il pavimento. "Ma tu guarda se è posto dove portare i figli!" pensava. "Mio padre è un egoista, concentrato solo su sé stesso, e mia madre è una vera tonta. Ah, se non fosse per Asteria, sai che vacanze."

Il direttore li ricevette con molti salamelecchi: «Scusate il disordine, sono un uomo solo. Se avessi una moglie sarebbe diverso». Quindi distrattamente buttò lì una domanda: «Come mai non è venuta vostra cugina?». Le guance, soffuse di porpora, tradivano tutto il suo interesse.

«Non sta bene» rispose Luigi, seccato da quella inutile bugia.

«Cose di femmina» aggiunse Teresa per renderla più credibile.

La cena fu servita da un vecchio rugoso accartocciato su sé stesso, le gambe magre che sguazzavano nei pantaloni cachi. Sulle braccia il tatuaggio di una sirena dalla pelle squamata, sul collo una croce e la scritta "mamma".

«È il detenuto più vecchio che abbiamo» disse il calamaro. Elena non aveva il coraggio di guardarlo, nei romanzi che leggeva i carcerati erano tutti assassini. Teneva perciò la testa bassa e dondolava un piede con nervosismo. Ogni tanto le sfuggiva il sandalo, che cadeva sul pavimento con un tonfo. Il padre più volte la fissò con occhi severi.

«Ma a una certa età non li fanno uscire? Come mai è ancora qui?» chiese Luigi interessato alle vicende del vecchio.

«La pena l'ha scontata da tempo, gli hanno dato trent'anni per l'omicidio dello zio: si contendevano la stessa donna. Ma non sa dove andare. Così ogni volta che lo liberiamo, lui commette una rapina e lo rimandano da noi. Il carcere è diventata la sua casa.»

L'uomo tornò dopo poco con un vassoio di pesci cotti sulla brace. «Un applauso a Nicolino» urlò il direttore. Quello sorrise grato, la sua bocca era priva di denti.

«I nostri *ospiti* lavorano tutti» aggiunse il calamaro, e si dilungò sulla funzione redentiva del carcere: «Alcuni di loro sono dei bravissimi artigiani». Alla fine della serata regalò a Teresa uno scialle di lana.

«Però, lavorano bene per essere dei maschi» esclamò lei con sussiego, e lodò la finezza della trama, la precisione delle rifiniture.

«E questo, mi fate la cortesia di portarlo ad Asteria. È uguale al suo. Non facciamo ingiustizie, noi che siamo uomini di legge.» Si abbandonò a una risata gorgogliante, la pancetta gelatinosa sotto la camicia si sollevò come un'onda. Teresa ringraziò, ma sulla strada del ritorno ne voleva conto e soddisfazione. «Sarà contenta dello scialle. La cammarera che si veste come la signora. Ci farà passare un guaio, la *pulzella*.»

«Smettila» la rintuzzò infine Luigi.

Elena provò quasi piacere per quel rimprovero; ce l'aveva con la madre da quando le erano arrivate le mestruazioni senza che lei gliene avesse mai parlato. S'era presa una tale paura...

Nei giorni successivi si avvertiva una certa tensione. Le giornate apparentemente si svolgevano sempre uguali: la mattina al mare, il pomeriggio in paese per il gelato o al cinema. Il calamaro compariva con i consueti doni, il maresciallo passava per essere sicuro che l'"Eccellenza" non avesse bisogno di qualcosa.

Una sera, mentre Asteria prendeva l'acqua al pozzo, le si parò davanti la vecchia impicciona. «Lo so che sei la cammarera e non la cugina» sibilò mostrando i denti gialli e protendendo in avanti i seni grandi come parabordi. «Perciò ora servi pure me, in fondo io qui sono la padrona.»

La ragazza non replicò. La mattina dopo preparò le valigie e se ne tornò a casa. «Mia madre non sta bene» disse a Luigi che la pregava di rimanere.

«Ma come fai a saperlo? Hai ricevuto una lettera?»

«No, queste cose noi greche le sentiamo» tagliò corto la ragazza, e si avviò al traghetto.

Elena l'abbracciò a lungo. «Non saranno più vacanze» le disse in un orecchio. Asteria le lasciò una conchiglia per ricordo, sapeva che non si sarebbero riviste.

La Clinica svizzera

Sembrava non possedessero nulla e invece ci vollero giorni per imballare tutte le loro cose.

I ragazzi si aggiravano per le stanze come sonnambuli. Ripescavano oggetti, giocattoli dimenticati.

«Ti ricordi?»

«Guarda cosa ho trovato.»

Teresa distribuiva scappellotti e ordini secchi come frustate. «Metti questo nella valigia» diceva. «Vai a buttare quello.» Infine, presa da un impeto distruttivo, o forse dalla stanchezza, ché quando pensava di aver finito saltava fuori qualcos'altro, si liberò di tutto il ciarpame che la legava al passato.

Elena nella Casa del silenzio era diventata donna, aveva fumato la prima sigaretta e smesso di credere in Dio. Le sarebbe piaciuto portarsi dietro qualcosa del passato, magari lo scandaloso ritratto di Mao o l'amata bambola. Nulla, non era rimasto nulla, solo l'immagine di una infilata di stanze vuote e una pila di scatoloni ammucchiati in strada. Il sole triste di ottobre si accordava con la nostalgia di una felicità che avrebbe potuto esserci e non c'era stata.

Il giorno della partenza aveva piovuto tanto. Al tramonto, sulla banchina, mentre salutavano i parenti, Elena sentiva le ossa trafitte da una lama. Le succedeva quando prendeva freddo, colpa dei calzini corti che la madre le faceva indossare anche in pieno inverno. Il cielo gonfio di nuvole era tutt'uno con il mare e la nave sembrava sospesa a mezz'aria. Salirono a bordo con la loro Fiat 850 color nocciola, un mucchio di valigie assicurate al tetto da corde robuste. Non erano tristi, ché non lasciavano alle spalle affetti insostituibili, semmai impauriti per quel salto nel buio che si apprestavano a fare.

La cabina era piccola, stavano gli uni appiccicati agli altri: una condizione intollerabile per il solitario Luigi. «Vado a fumare» disse alla moglie, e sparì. Teresa capì il suo bisogno di allontanarsi. «Vai, vai» rispose in tono conciliante. «Chiusi qua dentro a noi non può succedere nulla.»

Le cuccette erano una sopra all'altra e i maschi litigarono: «Vogliamo stare sopra!». Elena si accontentò di stare sotto senza protestare.

Dall'oblò incrostato di salsedine non si vedeva il mare. Si poteva solo intuire l'acqua, per via dello sciabordio sussurrato e del dondolio dello scafo che simulava quello di una culla. La famiglia Accoto attraversò il Tirreno come gli astronauti lo spazio, con lo stesso senso di eccitamento e angoscia.

Si svegliarono che la nave stava entrando nel porto. «Presto, tra poco dobbiamo scendere.»

Lucio fece i capricci, non voleva infilare i calzini. Teresa lo tenne stretto tra le gambe e provò a vestirlo a forza, ma quello storceva il piede in ogni direzione, poi lo lasciava molle a penzolare nel vuoto.

«Chiamo tuo padre!» urlò Teresa.

«Chiamalo» la sfidò lui. Aveva le braccia conserte e il mento proteso verso l'alto, sembrava così temerario, eppure aveva solo nove anni. Qualcosa nella famiglia stava cambiando. La madre gli riempì la faccia di schiaffi, finché lui i calzini li infilò da solo.

Elena si accorse di avere una macchia d'olio sulla gonna. «Voglio dei vestiti puliti» disse con voce querula.

«Sono tutti in valigia» rispose Teresa.

«Io non esco da qui, allora.» Si sentiva esposta, come fosse nuda, ma lo sarebbe stata anche con un abito da gran sera.

«Coprila» suggerì Teresa. Lei ci poggiò sopra la mano per nasconderla.

Luigi si materializzò che la nave aveva già attraccato. Aveva la faccia scura dei momenti di crisi. La moglie non gli chiese dove fosse stato, afferrò i maschi e lo seguì in garage. "Siamo come Pinocchio, e questo è il ventre della balena" considerò mentre aspettavano che il portellone si aprisse.

A Napoli li accolse un sole affettuoso, che li accompagnò per il resto del viaggio. La macchina procedeva lenta sull'autostrada, era troppo carica. Luigi guidava nervoso, il braccio fuori dal finestrino. Li seguiva un rumore di vortice: le valigie, sebbene salde sul tetto, vibravano a ogni accelerazione.

La capitale se ne stava tronfia sui sette colli, sembrava a portata di mano e invece era irraggiungibile. Il grande raccordo anulare si rivelò una trappola perfetta. Luigi fece il giro almeno tre volte, poi imboccò un'uscita a casaccio. Si trovarono incolonnati nel traffico di via del Babuino. Gli automobilisti dalle macchine accanto li indicavano ridendo. Roma in quegli anni era una città del Nord, classista e respingente; loro erano il prototipo degli emigrati e le valigie sul tetto parlavano chiaro.

Dopo un po' i ragazzi cominciarono a dar segni di insofferenza.

«Ho fame.»

«Voglio l'acqua.»

«Devo fare pipì.»

«Silenzio!» li rimbottava Luigi, ma quelli non se ne davano per inteso. Finché il padre cominciò a distribuire ceffoni *all'urbina*. Beccava sempre Sebastiano, si trovava in mezzo a favore di braccio.

Elena se ne stava acquattata nel suo angolino e guardava fuori con stupore. La luce era così morbida che non aveva bisogno di schermarsi gli occhi. Il travertino dei monumenti e delle fontane irradiava un riflesso color panna. C'erano alberi e fiori in quantità. Appena dentro Villa Borghese ebbe un tuffo al cuore.

«Papà, non lo vedi che stiamo andando fuori città?»

Elena non aveva mai visto un parco così grande, tanto che l'aveva scambiato per aperta campagna. A Palermo, dove aveva vissuto fino a quel momento, tagliavano il verde per far posto al cemento. «Papà, torna indietro.»

«Silenzio!» la zittì lui.

Roma era molle e indifferente. Un cinismo sottile spirava nei quartieri, foriero di una nuova solitudine. La famiglia Accoto andò ad abitare in un atticone tirato a lucido e silenzioso.

Un parco ombroso faceva da cornice alle palazzine disposte a ferro di cavallo. Pini marittimi e siepi di alloro sagomate costeggiavano un dedalo di vialetti che conducevano a una piscina e a un piccolo frutteto. A primavera mandorli e peschi si coprivano di fiori dai colori tenui, le ginestre viravano al giallo, e tutto questo in pieno centro.

I vicini erano perlopiù affermati professionisti con al seguito famiglie numerose. Echeggiavano tra terrazzi e viali, i gridolini allegri dei bambini, i canti delle domestiche che indossavano grembiuli inamidati, i "sissignore" degli autisti con tanto di livrea; non c'erano panni stesi all'esterno né mucchi di spazzatura davanti al cancello, le finestre erano schermate da tende: sembrava di stare in una clinica svizzera.

La nuova vita

Luigi voleva con tutte le sue forze dimenticare l'antica povertà. Si liberò perciò delle consunte valigie e diede inizio a un nuovo corso. Lanciatissimo nella carriera, guadagnava abbastanza da potersi permettere il costoso condominio e ben due domestiche. Tecnici e operai arrivavano al mattino in tute fresche di bucato ed eseguivano le riparazioni. A casa tutto doveva funzionare alla perfezione: le serrande oliate scorrevano senza attrito, il bianco delle pareti non presentava né segni né crepe. Al tramonto, quando il cielo virava dal rosso al viola, al blu, sfavillavano le luci, il fuoco bruciava nel caminetto.

Luigi imparò presto quanto contassero le amicizie giuste: quel sistema che da studente vedeva come un nemico ora cominciava a piacergli. E mentre la moglie si allontanava da tutti, lui stringeva nuove relazioni sociali adagiato su morbidi divani, circondato da soffici cuscini di piume. Ospiti in abiti eleganti sedevano a tavola, il bicchiere sempre pieno di vino, una sigaretta tra le dita. Il cibo veniva servito in quantità esagerata, per stupire. Nel suo salotto si tessevano intrighi e relazioni d'amore clandestine, un chiacchiericcio malevolo faceva da sottofondo musicale. Nascite, matrimoni, compleanni, incarichi prestigiosi: ogni occasione era buona per far festa.

A testimoniare il benessere raggiunto, in casa c'erano ben due linee telefoniche. Teresa chiamava la madre tutte le sere. Prima di quel momento non l'aveva mai fatto: occupata a costruire il futuro, non aveva avuto tempo da perdere in chiacchiere.

«S'è fatta vecchia. Oggi c'è, domani non lo so» diceva per giustificare quelle conversazioni che considerava un lusso. Teneva una mano attorno al microfono per convogliare meglio la voce. Il suo tono era lieve. Prima di ogni parola prendeva fiato, rimaneva per qualche frazione di secondo con la bocca aperta, come se cercasse di tradurre dallo scritto all'orale, sostituendo le virgole con le pause, i punti esclamativi con i colpi di tosse, quelli interrogativi con un sospiro.

«La gente non sta mai in casa. Escono al mattino presto e si ritirano la sera. Queste fimmine la casa non la puliscono?»

«Esci pure tu» la sollecitava la madre.

«E qua chi controlla? Lo sai come sono le cammarere. Quando il gatto non c'è i sorci ballano. Per non parlare degli uomini. Lavorano, non lavorano? In ufficio non ci sono mai. Si vedono la sera, al ristorante, per discutere. Ti pare una cosa normale?»

La sua voce era sottile; partiva acuta e, come un vento che attraverso strette gole acquisisce intensità, si trasformava in un turbinio confuso; poi scemava, e in conclusione diventava sussurrante. Chiudeva sempre con la stessa frase: «Mamma, devo preparare da mangiare, arrivederci». Non usava più parole ricercate o citazioni dal latino, adesso preferiva un lessico popolare infarcito di termini dialettali. Nella lontananza dalla sua terra aveva dimenticato ogni affettazione da intellettuale, e la nostalgia la spingeva verso la verità delle sue origini. La nuova vita, che pure aveva tanto desiderato, non le piaceva. Prima di quel salto sociale la quotidianità aveva ruotato attorno a lei, adesso, tra *cammarere*, autisti e tuttofare, le pareva di non contare più nulla.

Nel complesso cercò di restare fedele a sé stessa, mantenendo un profilo sobrio che sfiorava l'avarizia. Continuò a controllare che le faccende di casa fossero eseguite a puntino, a stirare le camicie del marito come marcasse il territorio. Mantenne l'abitudine di vessare le collaboratrici domestiche, che finivano per andarsene sbattendo la porta. «E vogliono pure essere pagate!» gli urlava dietro.

Il marito stava fuori tutto il giorno e quando tornava a casa desiderava solo un po' di pace. Teresa era troppo arrabbiata per tacere e lo investiva di lamentele. Ce l'aveva con le *cammarere*. «Mi mancano di rispetto» diceva. «Non fanno niente. Quando escono si vestono come donnacce.» Luigi fece un accordo con le domestiche: stabilì una "indennità cazziata" a fronte di un atteggiamento più remissivo. Tutte le volte che la moglie le strapazzava, lui di nascosto regalava loro dei soldi, e quelle rimanevano a farsi insultare: «Mi dispiace senora, scusa senora».

«Questa l'ha capito, come comportarsi. Lo vedete come si è calata le bannere?» diceva Teresa soddisfatta.

Allo stesso modo tormentava i volenterosi tuttofare, giovani uomini disponibili a sobbarcarsi la fatica di spostare i mobili, pagare i bollettini alle poste, spedire lettere raccomandate e pacchi di viveri al paesello. Il suo bersaglio preferito era Mortella, un ragazzo basso, dal fisico tarchiato, dotato di una grande resistenza e di un sorriso mite. Mortella aveva stretto amicizia con Lucio e Sebastiano. Li prendeva all'uscita di scuola, giocavano a calcetto insieme e insieme andavano allo stadio, ché Luigi adesso era impegnato anche la domenica. Mortella aveva muscoli potenti e si caricava sulle spalle sedie, poltrone, quadri, pesanti sculture. Sotto lo sguardo attento di Teresa li trasportava da un piano all'altro, ma quella non era mai soddisfatta. «Mortella, lei sbaglia!» lo apostrofava, e lui ricominciava daccapo.

La frase diventò un tormentone. «Mortella, lei sbaglia!» lo salutavano al bar quando entrava per un cappuccino; «Mortella, lei sbaglia!» diceva il benzinaio mentre faceva il pieno alla macchina. Lui sorrideva e non protestava. Un giorno, dopo aver trasportato due cristalli di quarzo grandi come sgabelli al piano di sopra, Mortella se ne stava seduto per terra a riprendere fiato. Aveva gli occhi chiusi e si era sbottonato la camicia. Il petto fitto di peli scuri andava su e giù velocemente. A ogni respiro dalla sua gola proveniva un mugolio, sembrava un gatto che faceva le fusa. Dalla finestra aperta entrava un lieve venticello che gli scompigliava i pochi capelli. Lui si accarezzava il torace, la bocca atteggiata in una smorfia di soddisfazione. Teresa arrivò alle sue spalle, camminava a piedi nudi per non farsi sentire. Serviva a cogliere di sorpresa *cammarere* e facchini. «Mortella, lei sbaglia! Ora li riporti giù» lo rimproverò con un tono particolarmente duro. Chissà, forse non aveva gradito quel suo atteggiamento stravaccato.

Sarà stata la fatica, oppure l'esasperazione, o la vergogna per essere stato colto in un momento di abbandono: l'uomo scoppiò a piangere e si licenziò. «Non avevo mai pianto» disse a Sebastiano e a Lucio, che lo abbracciavano e non volevano lasciarlo andare.

Anche con chi le stava sopra Teresa era sgarbata. Nelle riunioni conviviali taceva ostinatamente e tutti pensavano che si desse delle arie. Talvolta, costretta dalle circostanze, si lasciava andare a considerazioni urticanti; quando poi erano soli, Luigi le faceva delle violente quanto inutili filippiche, che intaccavano il loro rapporto.

Teresa aveva un costante bisogno che il marito riconoscesse il suo valore e chiedeva attenzioni con il ricatto, il silenzio, le paroline velenose sibilate nell'orecchio, gli insulti.

In quel periodo cominciò a manifestare con maggior frequenza la sua inclinazione per la magia. Il malocchio era la sua ossessione. «Fa' corna» diceva ai famigliari tenendo le dita atteggiate in un gesto scaramantico. Spargeva sale dappertutto, le scarpe scricchiolavano sui grani trasparenti.

Ora parlava di più, ma solo per preconizzare disgrazie.

La sua voce aveva assunto un tono profondo e una consistenza piena, come se il suono si propagasse nell'acqua anziché nell'aria. Fin dal mattino presto se ne stava nel suo posto preferito, una sedia tra il tavolo da pranzo e la finestra. Il sole la illuminava da dietro, ne dilatava i contorni, che sfumavano indistinti. Nascosta nella luce, come la Pizia tra i fumi dei bracieri, parlava a sorpresa, facendo sobbalzare chi si trovava nei paraggi.

«Ho sognato matrimoni, chissà chi deve morire?» diceva quasi a sé stessa. «Gatti, questa notte mi sono venuti in sogno tanti gatti. Tradimenti sicuri.» La volta dopo erano gioielli, che significavano inganni. I figli erano paralizzati dalle sue ossessioni. «Oggi non uscite, che ho fatto sogni brutti.»

Seguivano lunghe pause di silenzio vessatorio, di ricatto emotivo, in cui l'atteggiamento del volto, il movimento delle mani valevano più di mille parole. Era diventata una sacerdotessa dell'infelicità. Luigi le portava vestiti, gioielli, la trattava come una divinità di cui cercava di ingraziarsi la benevolenza. Lei accettava i doni impassibile e non modificava il suo comportamento.

Elena cominciò a sentire addosso un grande carico d'ansia e si confidò con la sua amica, l'unica che aveva, ché dalla città non era stata accolta a braccia aperte.

«Forse più che di profezie si tratta di desideri inconsci. Tua madre spera in una disgrazia così può sentirsi importante, necessaria.» L'amica in quel periodo stava leggendo Freud.

«Ma va, sei tutta scema. Quella ha delle premonizioni» rispose Elena.

«E poi, le cose succedono?»

«No.»

«Allora è matta.»

Un giorno Teresa si alzò prestissimo. «Oggi mi sento che deve succedere qualcosa» sussurrò al marito, e subito dopo scoppiarono i tubi dell'acqua.

Arrivò una squadra di operai. I lavori furono complessi, ci vollero giorni prima di individuare la perdita, settimane per rifare impianti, murature, pitture. Teresa pareva un'altra. Sorrideva e chiacchierava gioviale, preparava caffè e panini, apriva bottiglie di vino. Luigi la osservava sorpreso. «Ma tu guarda. Se solo l'avessi capito prima» diceva scuotendo la testa.

Concluse le riparazioni, assoldò in pianta stabile una piccola impresa. «Fate quello che dice mia moglie, e se tutto in casa funziona, allora rompete qualcosa e poi riparatela.» Si trattò di un vero colpo di genio.

Una stanza alla volta, la Clinica svizzera fu smontata con metodica precisione, quindi si ricostruiva, secondo le direttive di Teresa. Il camino venne cambiato quattro volte. La scala lineare, che portava dritto al piano superiore, fu sostituita da una a chiocciola, ma a Teresa girava la testa sui gradini che si arrotolavano in una spirale e tornò alla precedente, e poi a un'altra ancora più comoda con un pianerottolo tra una rampa e l'altra. Le prese di corrente migravano di continuo. Talvolta erano semplicemente i materiali a non andare: il marmo sostituiva l'ottone, l'acciaio il marmo, infine si recuperava il legno. Un bravo architetto aiutava a dipanare quel polveroso gioco dell'oca. Lei, finalmente paga, affrontava il giorno con entusiasmo. Era chiaro a tutti che la ristrutturazione non riguardava muri e pavimenti, ma personalità e relazioni affettive. Sarebbe stata utile una guida sentimentale.

Se Teresa era tetragona e inamovibile nelle sue convinzioni, Luigi cambiava di giorno in giorno, manifestando aspetti del carattere che nemmeno lui conosceva. La rigidità si andava attenuando ed erano mutati anche i rapporti con i figli.

La casa era stata il catalizzatore di quella trasformazione. Da spazio neutro e luogo consacrato al lavoro, era diventata la manifestazione materiale della sua felicità. Abbandonate le stanzette della Casuzza e lo studio della Casa del silenzio, dove aveva combattuto i suoi demoni, ora, tra mobili nuovi e arredi raffinati, si sentiva libero di dispensare carezze e talvolta era capace anche di scherzare. «Questa casa mi sta come un guanto» diceva passeggiando tra i vasi di fiori.

Gli era rimasta addosso una certa instabilità dell'umore. Ancora capitava che esplodesse in scenate e se la prendesse con i figli senza motivo, anche se più di rado. Elena era fortunata a essere femmina, perché il padre non nutriva aspettative nei suoi confronti, mentre pressava i fratelli fino al limite dell'angheria. I due ragazzi erano sofferenti. Avevano i volti tirati, la voce stridula e stizzita. I maschi della famiglia Accoto erano fatti di un tessuto delicato come lino antico, un soffio di vento era capace di lacerarne la trama.

L'occhio pesante

I soldi si possono spendere per libri e medicine: era questo il motto di Teresa. E poiché godeva di buona salute risparmiava sui medici e accumulava volumi. Aveva una memoria di ferro ed era capace di stupire con lunghe, dotte citazioni. Leggeva molto, le serviva a ingannare il tempo. Sembrava che le parole l'attraversassero senza formarla; né la scalfivano i racconti eruditi di sofisticati autori. Negli anni era rimasta uguale a sé stessa.

Il marito, al contrario, si era lasciato plasmare dallo studio. Aveva affinato grazie ai libri gli strumenti di comprensione, il sapere si era stratificato nelle sue viscere, affiorando in certi momenti come un fiume carsico. Ricerca esistenziale e ambizione si erano strettamente legate nel suo animo. La crescita era stata veloce e piena, ma con qualche effetto avverso. Luigi si era calato nel nuovo ruolo sociale fino alle estreme conseguenze. Ora si atteggiava a vanesio ed era pieno di fisime. Usava profumi raffinati, frequentava l'opera, mutuava atteggiamenti affettati che non gli appartenevano. La moglie se ne lamentava con la madre nelle consuete telefonate serali.

«Le camicie devono essere stirate alla perfezione, altrimenti le appallottola e le butta a terra. La piega dei pantaloni deve cadere dritta. La doccia mattina e sera, manco c'avesse la rogna. La cravatta pare una questione di Stato. Da qualche giorno ha sperimentato una cosa nuova: si cambia i calzini tre, quattro, anche cinque volte al giorno. Ti pare giusto?»

«No, non mi pare giusto. Capisco la camicia d'estate, il caldo, il sudore... Ma i calzini sono puliti a fine giornata.»

«Proprio così. Faccio lavatrici di continuo e solo per lui.»

«Non c'è la cammarera?»

«Sì, ma lui è mio marito e me ne occupo io.»

«Perché? Cosa te ne importa? Non è che sei gelosa?»

«Mamma, che dici? È una questione di rispetto.»

«E tu fai una cosa: quando trovi i calzini per terra, invece di lavarli, ripiegali e mettili al loro posto. Tanto non se ne accorge.»

Teresa seguì il consiglio e in aggiunta spruzzò anche del profumo nel cassetto. Per un po' la fece franca, ma alla lunga Luigi se ne accorse. Non protestò, la sua nuova tattica era di lavorare sottotraccia, prese però l'abitudine di lanciare i calzini usati nella vasca da bagno e di aprire l'acqua. Una volta zuppi, non rimaneva altro che lavarli.

Le conquiste sociali avevano agito su di loro in modo diverso: lei guardava all'essenza, viveva in modo francescano; lui era diventato un maniaco della forma, aveva persino comprato un cane. Lui, che si teneva alla larga da tutti gli animali. «Fa lord inglese» diceva.

Ci teneva a fare bella figura, spostava l'orizzonte dei suoi obiettivi sempre più in là, stupiva la moglie con continui progetti.

«Voglio una foto della mia famiglia» annunciò un giorno.

«Perché? Non siamo ancora morti» rispose Teresa facendo le corna.

«I miei amici ne hanno una sulla scrivania, io voglio essere uguale a loro.»

«Ma pensiamo a risparmiare. Se ci capita una malattia?»

«Ne abbiamo abbastanza da pagarci ricovero e funerale» tagliò corto, e assoldò un fotografo di grido.

Un signore dai capelli bianchi e i baffetti sottili bussò un giorno alla porta della Clinica svizzera. «Come ci sistemiamo?» chiese Luigi.

«Fate come se io non ci fossi» rispose quello. Si mosse tra loro per parecchie ore, osservandoli come gorilla in gabbia. Non fu facile dimenticarsi di lui. Le domestiche sorridevano quando lo incrociavano, i ragazzi assumevano atteggiamenti stereotipati. Ogni tanto si sentiva il rumore dello scatto.

Alcuni mesi dopo arrivò un album dal titolo: *Gli Accoto.* Di ogni componente della famiglia era stato fatto un ritratto. Luigi di profilo, la mano sotto il mento, l'espressione pensosa; Teresa di fronte, un riflesso di luce dritto sugli occhi che la faceva apparire come una sfinge inquietante; Sebastiano dietro una tenda, lo sguardo turbato; Lucio con l'amato cane, il piede appoggiato contro il muro, l'atteggiamento mafioso; Elena su una poltrona, un libro tra le mani, la sigaretta stretta tra le labbra.

Nessuno di loro si riconobbe, e i ragazzi manifestarono un disappunto stizzito.

«È quello che siete, ve ne accorgerete più avanti» ribatté il fotografo piccato. L'obiettivo non mentiva mai.

Comunque i ritratti furono appesi alle pareti. «Le foto vanno maneggiate con attenzione; se si danneggiano, porta male» sentenziò Teresa.

Un fine settimana Elena rimase a casa con un'amica. I suoi famigliari erano fuori e lei si era appropriata dell'intero appartamento. La sera chiacchieravano sul letto dei genitori, anche quella era una sorta di trasgressione. Come spesso succede tra ragazzi, il discorso cadde su spiriti e fantasmi. Ne avevano entrambe paura, ma a Elena piaceva avventurarsi in dimensioni misteriose. Possedeva un mazzo di carte con le lettere dell'alfabeto al posto delle figure. Le dispose in cerchio, e tirò fuori un pendolino di quarzo che serviva per dialogare con entità sconosciute.

«Facciamo una seduta spiritica?» propose. Poi chiuse gli occhi, respirò profondamente e chiese: «Ci sei?».

Il pendolino cominciò a vibrare: «S-i... Sì».

«Come ti chiami?» chiese allora l'amica.

«M-a-r-t-a... Marta.»

«Perché sei morta?»

«S-o-n-o s-t-a-t-a a-m-m-a-z-z-a-t-a... Sono stata ammazzata.»

Oscillando ora da una parte, ora dall'altra, lo spirito raccontò la sua triste storia infarcita di particolari truculenti. La seduta andò avanti per parecchie ore, ma quello che sembrava un gioco dopo un po' si trasformò in una vicenda seria. Le due ragazze all'inizio erano divertite, poi il loro umore mutò. Entrambe avevano urgenza di chiudere quel colloquio, eppure nessuna delle due aveva il coraggio di confessarlo all'altra.

«Andiamo a dormire» disse infine Elena stropicciandosi gli occhi. Il suo sguardo vagò sulla parete di fronte e incontrò quello della madre che dalla foto le fissava severa. Impallidì.

«Che succede?» domandò l'amica guardando nella stessa direzione.

Il ritratto si era animato. Elena balbettò: «Non ti sembra...».

«Che gli occhi di tua madre si muovano?» concluse l'altra.

Spaventate, girarono la foto contro il muro, chiusero la porta a chiave e si rifugiarono nel letto di Elena. Le schiene appoggiate l'una contro l'altra, strette strette, raggomitolate sotto le lenzuola, quella notte non dormirono.

Luigi, venuto a conoscenza del fatto, spiegò alla figlia che era quello il famoso occhio pesante di cui erano dotate le donne della famiglia di Teresa. «Perciò io tratto bene mia suocera» aggiunse. Quindi fece cenno ai figli di avvicinarsi. «La nonna con uno sguardo può uccidere un toro. Meglio tenersela buona. E vostra madre pure.»

«Stai scherzando?» chiese Elena meravigliata. «Cos'è,

ancora credi alle streghe?» Voleva essere rassicurata e quella spiegazione le metteva paura.

«Le streghe esistono. Vedi, finché porto lo stipendio a casa io sto tranquillo. Però più avanti, quando raggiungerò l'età della pensione, potrà succedere un guaio pure a me. Tu, Elena, quando non ci sarò io a proteggerti, stai attenta, sei la più a rischio.»

«Ma va'!» Elena chiuse il discorso, non voleva aggiungere altri motivi di sfiducia verso la madre.

Il mese dopo successe un fatto nuovo. Uno degli addetti alla manutenzione, mentre tornava a casa, ebbe un incidente con la moto. Per un po' l'uomo lottò tra la vita e la morte. Nello stesso periodo era sparita da casa la domestica e Teresa la sostituiva con orgoglio, finalmente di nuovo al centro della scena.

Una mattina, si accorse che qualcosa sporgeva da uno dei fori della cappa aspirafumo. "Che è?" si chiese tirando fuori un rotolino di carta un po' bruciacchiato. Lo aprì con delicatezza e impallidì. Alcuni mesi dopo l'operaio, dimagrito e visibilmente sofferente, tornò al lavoro. Zoppicava, la gamba era rigida e biascicava, ché la mandibola era immobilizzata da alcuni ferri.

«Guarda cosa ho trovato» gli disse Teresa facendo attenzione che nessuno la sentisse.

«È una fototessera. Deve essermi caduta» rispose quello.

«Sì, è possibile. Ma chi c'è l'ha messa dentro la cappa?»

L'uomo non rispose.

«Senti, io lo so quello che è successo. Te la facevi con la cammarera, l'hai messa incinta e quando quella ti ha chiesto aiuto, le hai detto che sei sposato. Lei si è vergognata ed è scappata. Magari è tornata al paese, ma prima ti ha fatto la macumba. Se io non avessi trovato la tua foto, ora saresti morto.»

«Signora, che dice? Io con quella tonta? Ma se ho una bella moglie.»

«Sta' zitto» lo fulminò Teresa. L'operaio si arrotolò su sé stesso, era una palla di nervi. «Non dire fesserie. Prendi la foto, portala da un prete e falla benedire. Da oggi io sono il tuo angelo salvatore.»

«Grazie» le sussurrò lui.

«E di' una preghierina pure per me. Sto correndo un bel rischio a interrompere una stregoneria, anche se contro di me il male non ci può. Ora vai, e smettila di fare il puttaniere.» Teresa aveva le pupille dilatate, i capelli dritti in aria, i pugni serrati ai lati del corpo. «Naturalmente, non dirò nulla al *presidente*.» Era così che chiamava il marito da quando aveva fatto carriera.

Elena

Si era incamminata senza protestare sulla strada segnata dai genitori. Giunta all'ultimo anno di liceo crebbe la sua insofferenza verso i controlli serrati, i divieti perentori, i consigli che suonavano come ordini.

I suoi sentimenti stavano mutando. Provava una certa irritazione verso il padre, di cui pativa la rigidità. È vero che lui era allegro, scherzava, faceva il simpatico, ma quando doveva lasciarle un po' di libertà metteva su la faccia brutta dei vecchi tempi.

Nutriva ancora un attaccamento infantile verso la madre, che si era spesa soprattutto per i fratelli, lasciando lei in balia di sé stessa. Le pareva che i rapporti all'interno della sua famiglia fossero costruiti su un grande equivoco, o meglio su una paura che li rendeva guardinghi e insicuri. Elena sognava di potersi fidare di qualcuno: quand'era piccola c'era la nonna a darle riparo, ora sarebbe stato bello poter contare su sua madre e desiderava averla tutta per sé.

«Perché non lo lasci?» le chiese un giorno. «Papà oggi è fuori e tu sei così allegra; lo vedi come stiamo bene?»

«E ai tuoi fratelli non ci pensi?»

«Ma', ti preoccupi solo per loro. E io?» Aveva cominciato a rivolgersi a lei sostituendo con quell'unica sillaba la parola mamma.

«Tu sei grande.»

Elena sentì il solito dolore nel fianco, come una puntura di spillo, che si portava dietro dalla nascita di Sebastiano.

«Potremmo lasciarli a papà, tra maschi si capiscono. Ti immagini quanto sarebbe bello, noi due da sole?»

«Se la famiglia si sfascia avremo mille problemi» rispose Teresa con le braccia alzate per testimoniare la sua impotenza.

«Ma', dài, oramai la legge protegge anche i figli dei divorziati.»

«La legge... Tzè. Vale solo per chi c'ha i sordi.»

Teresa, da quando si erano trasferiti a Roma, aveva sviluppato uno strano rapporto con la lingua. Aveva abbandonato il suo parlar forbito, era tornata al dialetto e storpiava anche le parole. Capitava che nei negozi si rivolgesse al commesso in siciliano, e se quello non la capiva andava via scocciata: «Chistu un capisci nenti».

Elena in quei momenti si vergognava di lei. A scuola aveva subito gli scherzi delle compagne per via delle vocali aperte, degli accenti sbagliati, delle consonanti raddoppiate a casaccio e di quel po' di dialetto che lei credeva fosse italiano. Una volta le era scappato *carnezziere* invece di macellaio, *lacerto* invece di girello. Apriti cielo! Gliel'avevano canticchiato nei corridoi fino alle vacanze. Perciò lei faceva attenzione quando parlava e, sebbene le venisse innaturale, le sue labbra non si aprivano più di tanto, per non sbracare le vocali.

Le parole, tutto ruotava attorno a esse. Dette e non dette, scritte, sottintese, sbagliate, senza senso, a proposito o a sproposito non erano una semplice espressione del suo sentire, ma la causa stessa. Elena cominciò a interessarsene. Le pareva di muoversi su un terreno friabile di ipocrisia. Intuiva che attraverso le parole avrebbe potuto scoprire i segreti che si celavano nei silenzi, il motore misterioso che regolava i rapporti umani. Doveva pur esserci una verità oggettiva, c'è in ogni vita, in ogni fatto. Talvolta le pareva di intuirla, ma era un'ombra indistinta.

Ricercò le parole più inusuali; le covò prima di metterle in fila, una dietro l'altra, fino a comporre una frase. Le sembrava che fossero la via giusta per una sorta di comprensione universale. E più si impratichiva più emergeva una rosa di significati contrastanti, in cui l'ambivalenza regnava sovrana. Esse esprimevano verità e inganno al tempo stesso. Erano materia esplosiva da maneggiare con cura.

Un giorno le capitarono tra le mani le lettere che i suoi genitori si erano scambiati da fidanzati, due pacchetti tenuti insieme da un nastrino di seta. Le pagine di carta sottile erano costellate di: "Grazie di esistere. Per favore non abbandonarmi. Senza di te io...", frasi infarcite di melassa, uscite dritte dritte dal *Segretario galante*.

Se quelle espressioni erano sincere, i suoi si erano amati con passione. Ma a guardarli adesso sembrava impossibile. Quando stavano vicini non si sfioravano mai, i loro occhi non si incrociavano, i corpi erano rigidi, in atteggiamento di difesa. Eppure certe espressioni, certi costrutti non potevano che venir fuori da cuori appassionati. Non capiva, Elena, che l'amorevolezza è evanescente e non resiste agli insulti della vita quotidiana.

Nella scatola dei segreti trovò una cartolina postale firmata da Ada Negri: "Conserva la tua freschezza...".

Caspita, una grande poeta che si prendeva la briga di scrivere a una ragazzina di paese, pensò. Doveva essere brava a scuola, sua madre, chissà quanti sogni nella sua giovane mente. Perché si era immiserita in quel ruolo di casalinga senza scopo? Quelle mezze verità trovate al fondo dei cassetti avevano un enorme potere rivelatore e suscitavano nell'animo di Elena un vortice di emozioni contrastanti.

I doni di Teresa al fidanzato, romanzi ironici di Guareschi, Simili, Wodehouse, erano altrettanto significativi. Le dediche sprizzavano ingenuità a ogni virgola. Uno in particolare di Roberto Gervaso, *La mosca al naso*, la colpì. Sulla copertina un viso tratteggiato a carboncino, l'insetto poggiato tra le narici. Nella prima pagina, con la consueta grafia rotonda, l'immancabile dedica: "Con l'augurio di non starti anch'io sul naso, Teresa" smascherava un bisogno estremo d'amore, la necessità di essere apprezzata. Doveva essere timida, la mamma, e con poca fiducia in sé stessa. D'un tratto Elena sentì sgorgare dal suo cuore una tenerezza struggente, la stessa che da bambina doveva aver provato quando la osservava dal suo nascondiglio. D'istinto corse a cercarla, voleva dirle che le voleva bene, che lei non stava di sicuro sul naso di nessuno, voleva ricompensarla con il suo affetto di quello che le era mancato.

La trovò in cucina. La luce intensa bucava le tende, un pulviscolo dorato mulinava al centro della stanza, nell'aria un sentore di sale e aceto. Teresa, i capelli già grigi nonostante la giovane età, il solito vestito stropicciato, strofinava con accanimento alcune camicie sotto l'acqua corrente, le mani arrossate, la schiena ingobbita. «Che cosa hai da guardare?» le chiese con durezza.

L'amore chiama amore, eppure, per quanto Elena si desse da fare, sua madre sembrava non volerle bene. Improvvisa salì dalle sue viscere una vampata di rabbia. Girò i tacchi. Mai più avrebbe permesso a qualcuno di ferirla, pensava. Doveva allontanarsi soprattutto da lei, ma per combattere il nemico bisogna conoscerlo bene. Così se ne andò a frugare nei cassetti con furia, mossa dalla volontà di violare l'intimità dei suoi genitori, di scoprire il segreto recondito che li rendeva complici e li teneva insieme malgrado tutto.

In bagno, tra le medicine scoprì una confezione di profilattici e rimase turbata. Non l'aveva mai sfiorata l'idea che la madre avesse un corpo di donna e che fosse quello il segreto del legame con il marito. Il corpo era l'altro grande tabù della sua famiglia, non se ne parlava mai, non lo si esibiva, non se ne conoscevano le esigenze e il funzionamento. Subito dopo le venne in mente che anche il padre potesse avere muscoli, sangue, nervi e si sentì a disagio. La comprensione degli altri è un gioco pericoloso. Per inseguire la verità ci vuole una robustezza d'animo che a Elena mancava. Si chiese con chi parlare di tutto questo, non conosceva nessuno di cui fidarsi, se non sé stessa.

Si dedicò allora a elaborare un discorso interiore. Cominciò a riempire diari, agende, quaderni di accadimenti che la riguardavano. Giocava con aggettivi e avverbi, sovvertiva l'ordine del discorso, e quando rileggeva gli appunti, le pareva di avere dentro il caos. Quella sfilza di particolari secondari la portava lontano dal nucleo centrale. L'essenza, il *tò eón* dei greci, continuava a sfuggirle. Usò il rigore descrittivo, l'adesione totale alla grammatica, fu fedele alla sintassi per mantenersi in carreggiata. Più si infilava nei meandri dei precetti formali, più comprimeva la sua energia vitale, più si allontanava dal vero, come se le regole, per quanto utili, fossero fuorvianti. Realtà e finzione narrativa si intrecciavano prima che sulle pagine nella sua anima, agivano sul carattere impedendone la crescita come i fili di rame agivano su radici e rami dei bonsai. Passioni proibite, sentimenti ambigui, pensieri anomali si intravedevano tra le righe. La scrittura lasciava trapelare ombre e dinieghi, ma poi le regole del discorso comprimevano ogni impeto.

Infine, dopo le parole arrivarono i fatti. La ribellione che faceva capolino tra i suoi scritti venne allo scoperto e sancì la frattura con la famiglia.

Pochi mesi prima dell'esame di maturità, Elena cominciò a starsene chiusa nella sua stanza o a sparire per ore senza dire dove andasse. Rubacchiava qualche soldo dalla borsa della madre, trafugava oggetti e poi andava a venderli. Non le mancava nulla, ma così poteva comprare i libri che non passavano la censura famigliare.

I rapporti Kinsey di cui tanto si parlava l'annoiarono a morte. Non c'era nulla in quelle pagine che Asteria non le avesse già raccontato. *Ragazzi di vita*, *La noia*, *Porci con le ali* li teneva sotto il materasso. Marinava spesso la scuola, frequentava posti e ragazzi alternativi. Nessun fidanzato, l'amore si nutre di libertà e la coppia era considerata una costrizione. Ma, nonostante indossasse lunghe gonne a fiori, calzasse rumorosi zoccoli di legno e si adornasse di braccialetti e perline, nell'animo era rimasta la brava ragazza con la camicia bianca, la gonna a pieghe e i mocassini con le frange. Agire contro quello che le era stato inculcato le costava molto. Le filosofie indiane, il buddismo confliggevano con l'integralismo cattolico che le aveva passato la nonna, mentre la convinzione che il corpo fosse suo non trovava spazio tra i cascami del patriarcato che improntavano la sua famiglia. Viveva ogni trasgressione con un forte senso di colpa. E prima di prendere qualunque decisione ci pensava e ripensava, un po' spaventata dalle possibili conseguenze. Consumava una tale energia nel controllo dell'ansia che si sentiva sempre spossata. Ogni passetto al di fuori del sentiero già tracciato provocava le ire del padre. Lei il più delle volte lo voleva morto, altre sognava di trovare un fidanzato identico a lui.

Finito il liceo si iscrisse alla facoltà di Medicina, un corso di studi lungo e complesso, che aveva al centro il corpo. Finalmente avrebbe capito il suo funzionamento, le esigenze, le leggi che ne regolavano l'equilibrio, le finalità. Il padre le tenne il muso per molti mesi, sognava per lei una vita tranquilla, protetta da un marito scelto da lui che non l'avrebbe affrancata dal giogo paterno.

Elena però aveva scoperto una nuova libertà e il processo sembrava irreversibile. Possedeva una Vespa color argento con la quale sfuggiva a qualunque controllo, parlava di politica, fumava canne al parco e si accompagnava a un ragazzo dai lunghi capelli ricci che il padre chiamava "la signorina." La libertà sessuale arrivò con la pillola contraccettiva, un dosaggio di ormoni tale che le pareva sempre di essere incinta.

Il Magazzino

Luigi comprò una casa per le vacanze in un piccolo borgo marinaro, a due ore di macchina da Roma. Garibaldi era passato da lì per rifornirsi di armi prima di salpare per la Sicilia. Il Magazzino, così chiamavano l'appartamento per via dei mobili antichi acquistati nei mercatini di paese, era indovato negli antichi bastioni e affacciava in parte sulla piazzetta centrale. L'umidità trasudava dall'intonaco, il maestrale spifferava attraverso i vetri, raggelando le stanze. Al piano di sotto un fornaio panificava nel cuore della notte. Gli schiocchi della legna accompagnavano i primi risvegli, il tonfo dei sacchi faceva sussultare l'impiantito.

A Elena piaceva quella casa, il vocio dei garzoni le teneva compagnia nel dormiveglia. Il paese era pieno di ragazzi e lei ogni estate si innamorava di uno diverso. Tra gli scogli di Toto aveva assaporato i primi baci, pianto i disperati abbandoni.

Teresa nei mesi estivi era più arrendevole, come se il caldo sciogliesse la sua corazza di ghiaccio; il rapporto con Elena migliorava, sembrava fosse nata tra di loro una nuova complicità. La madre l'aiutava con i suoi amoretti, coprendole le spalle quando usciva di nascosto, e dava credibilità alle sue bugie. Forse viveva attraverso di lei tutto quello che le era stato negato nella giovinezza. Aveva ancora paura delle reazioni del marito. «Se tuo padre ti becca, allora son cavoli tuoi. Io non ne so niente. Ti prendi le botte e stai zitta» aveva tenuto a precisare.

Elena rientrava a notte fonda, il padre era già in piedi e l'aspettava con ansia. La salutava con una fugace carezza sui capelli, le voleva bene, forse troppo, perciò la controllava così tanto, aveva paura che quel suo corpo indifeso potesse subire un danno irreversibile. E quando la figlia era al sicuro, nel suo letto, si metteva a lavorare. Luigi lavorava sempre, anche in vacanza.

Prima dell'alba il caffè era già pronto. Ne portava una tazza alla moglie, che lo buttava giù senza aprire gli occhi e si rimetteva a dormire. Teresa odiava quel posto. L'aria di mare la eccitava, il continuo movimento dell'acqua le dava insicurezza e poi non sapeva nuotare. Preferiva la solidità della terra, l'orizzonte fisso delle colline, la verità degli alberi.

A Ferragosto Luigi si beccava sempre il raffreddore. Allora serrava le finestre, mangiava minestre calde, faceva fumenti con il vapore. Era resistente, ma non forte. Aveva paura del sangue, le malattie lo impressionavano. E se gli saliva la temperatura, si metteva a letto, scriveva il testamento e raccomandava alla moglie la *bambina*, che era oramai prossima alla laurea.

Alla fine dell'estate Teresa copriva i divani con lenzuoli, chiudeva a chiave le porte, serrava le persiane e lasciava il Magazzino con la speranza di non tornare l'anno dopo. «Non durerà per sempre» diceva nei momenti di trance, «qui è passaggio per tutti.»

Elena si innamorò di Marco che era inverno. Stavano sempre appiccicati, lei non riusciva a separarsene. Altro che coppia aperta, era gelosa di tutte e di tutto, persino degli animali che Marco accudiva con dedizione: pesci, gatti, cani e tortore. L'anno dopo, a luglio, al momento di partire per il mare, disse alla madre che non si sarebbe mossa da casa. Lontana da Marco le pareva di morire.

«Portalo al Magazzino, è grande, il posto c'è. Magari fa amicizia con i tuoi fratelli» propose Teresa.

«Sì, proprio loro. Non gli parrà vero a quei due di metterlo in difficoltà.»

«Che sei esagerata! Sono ragazzi, gli piace scherzare.»

«E con papà come la mettiamo?»

«Non è stupido, sa come comportarsi.»

Marco non accettò l'ospitalità degli Accoto e trovò posto in una pensioncina. Si trattava di un capannone per attrezzi adattato ad abitazione, con le pareti e il tetto di lamiera. Di giorno, l'aria si faceva irrespirabile, e si doveva fare attenzione a non toccare le pareti di metallo per non ustionarsi. Perciò quando il sole era alto, Marco ciondolava un po' in spiaggia, poi riparava a casa di Elena. Sebastiano e Lucio fecero di tutto per farlo sentire a disagio. Le conversazioni più imbarazzanti avvenivano a tavola. Sebastiano ruttava e poi indicava Marco.

Lucio rimproverava la madre: «Mamma, lo sai che a Marco il pesce non piace».

«Ma no, signora, non è vero» si giustificava il ragazzo, mentre Teresa gli sfilava il piatto con espressione contrariata.

«Papà, Marco dice che la maglietta che gli hai regalato, è proprio brutta.»

«Non è vero, presidente.»

«Papà, si vergognava a dirtelo.»

Elena cercava di minimizzare, ma li odiava, quei due scemi.

Al ritorno in città sbottò con la madre: «Al Magazzino la prossima estate non ci vengo. Rimango a Roma con Marco. Dillo tu a papà, altrimenti finisce che litighiamo». Elena contava sul suo potere persuasivo.

«C'è tempo. Da qui all'estate prossima pensa Dio. Magari vi lasciate.»

Elena fece il gesto delle corna.

Durante l'autunno le vicende politiche del Paese presero una brutta piega. La contestazione studentesca diventò più violenta, il terrorismo fece diverse vittime.

Teresa, forse suggestionata dalla cronaca, ripeteva che la tragedia era imminente, che bisognava prepararsi al peggio, e investiva i famigliari di continue raccomandazioni: «State attenti a come vi comportate»; «Non uscite, fuori stanno facendo un'opra tanta»; oppure: «Non uscite, ho fatto brutti sogni». La sua ansia era contagiosa e generava malessere.

Il rapimento di Aldo Moro aprì un nuovo capitolo nella vita della famiglia. Luigi era sempre in allarme e viveva attaccato ai notiziari. Dietro ogni piccolo intoppo, ogni stupida novità vedeva complotti. Se andava via la luce lui esclamava: «Colpo di Stato!» e si attaccava al telefono. Aveva un misterioso confidente che gli forniva informazioni riservate. Parlottava nella cornetta per qualche minuto, ringraziava, chiudeva e sussurrava quasi incredulo: «Dicono che è un guasto».

«Non fai prima a telefonare all'azienda elettrica?» chiedevano Sebastiano e Lucio perplessi.

Elena invece era tanto impaurita che non usciva di casa se non accompagnata. Marco era paziente, la seguiva all'università anche in aula e poi la riportava indietro. Persino agli esami non si allontanava da lei e stava seduto al primo banco: Elena sentiva il suo respiro calmo e si tranquillizzava. Mancava poco oramai alla laurea.

L'esame di Clinica medica si svolse in corsia. Marco fu fermato all'ingresso del padiglione: «No, tu no. Solo gli studenti». Lui provò a insistere, niente da fare. Elena raggiunse il paziente che le avevano assegnato. Respirava veloce, le mani le sudavano. L'uomo, di mezza età, l'incarnato giallo, la barba lunga, scherzò: «A dottore', che c'ho? Devo morì?». Lei sentì le gambe farsi molli, il cuore accelerare e corse fuori. Si sedette sul muretto, Marco le offrì acqua e zucchero.

«Io l'esame non lo do, andiamo a casa.»

«Tu sei matta, devi laurearti.»

«Non ce la faccio, ho paura.»

Marcò la fissò con quei suoi occhi azzurri. «Dammi il camice, ho un'idea.»

Tornò dopo poco con il paziente. «Ecco, dillo alla dottoressa, cosa ti senti.»

«A dottore', se me dai un pacchetto de sigarette te faccio sapé quello che dicheno i professoroni.»

Marco gli mise in mano un pacchetto di Marlboro rosse. L'uomo lo fece sparire nel pigiama. «C'ho la *pancrite*. Se me ne dai n'antro te dico pure come se chiameno le medicine.»

«Va bene, ma sbrigati.»

«Aspetta 'n attimo.» L'uomo si allontanò e tornò dopo poco con un foglietto stropicciato. «Tiè, dottore', copia.»

Un altro studente, che aveva assistito al teatrino, si avvicinò. «Senti» disse al paziente di Elena, «non è che sai cosa c'ha il tuo vicino di letto? Me l'hanno assegnato e non vorrei sbagliare, per me è l'ultimo esame.»

«Chiedilo a lui.»

«Non parla.»

L'uomo stese la mano; lo studente gli offrì un pacchetto di sigarette. «Ma sei cecato? Gli ha preso il coccolone, perciò nun parla, c'ha avuto l'*ics*. Manco questo, sai riconosce?»

La diagnosi era corretta, Elena superò l'esame, ma l'ansia oramai era un limite che ostacolava lo svolgimento della vita normale.

L'ansia

L'inverno dopo, una mattina di febbraio, le Brigate Rosse uccisero un professore all'università. Lo colpirono sulle scale mentre parlava con un'assistente. Elena era con Marco nelle vicinanze. Sentì gli spari, le urla, vide la gente correre. Il cuore le schizzò fuori dal petto, rimase pietrificata. Marco la trascinò in un sottoscala dove rimasero a contare i respiri fino all'arrivo della polizia.

Seguirono giorni difficili, la tv era sempre accesa, Luigi si dibatteva in una crisi profonda, sembrava aver perso la sua sicurezza: il sistema in cui aveva tanto creduto si mostrava fragile e lui, che c'era dentro fino al collo, si sentiva altrettanto vulnerabile.

Elena cominciò a soffrire di attacchi di panico. All'improvviso il sangue le si raggelava, un freddo ghiaccio le attanagliava le viscere, apriva la bocca per chiedere aiuto e le parole le si strozzavano in gola. Raggiungeva il letto e passava sotto le coperte intere giornate. «Smettila, non sei malata» ripeteva inutilmente la madre.

Sebastiano cominciò a manifestare un forte disagio. Gli occhi annacquati da uno smarrimento infantile, faceva discorsi all'apparenza senza senso. Il padre intervenne parecchie volte per zittirlo con durezza, era certo che servisse solo più disciplina.

Lucio, il più piccolo, attraversava indifferente e silenzioso i giorni. Tutti e tre somigliavano sempre più ai ritratti appesi al muro.

I ragazzi della contestazione cominciarono a rifugiarsi nel privato, che di colpo non era più politico. Elena pensò al matrimonio come unica soluzione.

«Io mi voglio sposare» annunciò una mattina alla madre. Non aggiunse altro.

Teresa rispose con il suo intercalare preferito: «Tzè».

«O mi sposo con il vostro permesso o scappo con Marco.»

«Lascia fare a me» concluse Teresa. Si chiuse quindi in camera da letto con il marito, lo faceva ogni volta che c'era una decisione da prendere. Nessuno sapeva cosa si dicessero, ma la spuntava sempre lei. Era davvero magica. Tornò dopo poco con un'espressione vincente sul viso. «Va bene. Il matrimonio lo faremo a dicembre. Prima devi laurearti, ha detto tuo padre. E mi raccomando di non parlarne con nessuno, nemmeno con lui. Lo sai com'è fatto, se si sente accerchiato è capace di tornare sui suoi passi. Non diamogliene l'occasione.»

Elena la guardò con ammirazione: era così solida, in quel momento, e sembrava non aver paura di niente. Sarebbe stato bello assomigliarle. D'un tratto aveva ritrovato tutto l'amore che le covava dentro dall'infanzia, e si consegnò nelle sue mani.

L'estate si annunciò con molto anticipo, già a maggio le temperature erano elevate. Ai primi caldi di giugno Sebastiano e Lucio se n'erano andati al Magazzino con gli amici e scorrazzavano per le strade poderali in motocicletta. Teresa fremeva, quei due senza controllo erano capaci di qualunque cosa. «Non vedo l'ora di andare al mare» ripeteva Luigi e una mattina ordinò di preparare i bagagli: «Il Magazzino ci aspetta».

«Io Marco non lo lascio» sbottò la figlia.

Lui mise su la faccia brutta e nera di quando era molto arrabbiato. «Che è 'sta novità? Ho bisogno di vacanze e tu vieni con me.»

«No, io rimango qui.»

«Da sola? Ma se hai paura di tutto!»

«Con Marco!» ribadì lei incrociando le braccia davanti al petto.

«Puoi invitarlo da noi, al Magazzino.»

«Sì, così Lucio e Sebastiano me lo fanno scappare. E poi lui non può muoversi, la pesciolina deve partorire e la tortora sta covando.»

Luigi era trasecolato. «Quando ero giovane, dovevo fare ore di corriera per vedere tua madre. E poi mi toccava parlare tutto il giorno con le mie cognate.»

«Altri tempi» rispose lei.

Luigi comprese che questa volta non l'avrebbe spuntata. Elena innamorata sembrava fatta di sapone e gli sgusciava dalle mani, doveva cambiare approccio.

«Capisco» disse cercando di trattenere il nervosismo. «Ma, povera mamma, le sue gambe ne risentiranno. Con il caldo si gonfiano, lo sai che fa fatica a camminare.»

Le gambe di Teresa erano un tasto sensibile. Le gravidanze le avevano danneggiato le vene e lei le usava come pretesto per ricattare i famigliari: «Tutto si perde con i figli, pure la salute». «Mi prendi le sigarette? Mi fanno tanto male» e indicava le ginocchia. «Rispondi al telefono. Io non riesco a camminare. L'ultimo figlio mi cunsumò.»

«Mi dispiace» sussurrò Elena. «Vai tu con lei.»

«Lo sai che non stiamo tranquilli. Il condominio è quasi vuoto... Se ti succede qualcosa?»

«C'è Marco, chiamo lui.»

«In casa insieme? Senza alcun controllo? Neanche a parlarne, non sta bene.»

«E allora niente vacanze per nessuno» rispose Elena.

Luigi avrebbe voluto prenderla a schiaffi, invece addolcì il tono della voce e sibilò: «Vorrà dire che ci sacrificheremo e staremo con te».

Passavano i giorni e nell'atticone si moriva dal caldo. Teresa teneva una borsa con il ghiaccio sulla testa e le gambe sollevate per aria. "Hai visto, poverina?" diceva lo sguardo pietoso del marito. Lui dal canto suo resisteva bene, aveva sempre freddo, ma masticava veleno pensando alla sua bella casa attraversata dal maestrale e a quel bellimbusto che gli stava rovinando le vacanze.

Al sabato, dopo una notte insonne, Luigi si impose. Svegliò la figlia molto presto: «Partiamo. Con questo caldo ci ammaliamo».

«Andiamo» le suggerì la madre, «non vorrei che tuo padre cambiasse idea sul matrimonio.»

Alle dieci l'autostrada era un nastro di catrame gelatinoso. Salivano dalla carreggiata effluvi nauseanti. La macchina era un forno.

«Accendi l'aria condizionata» sbuffò Elena sgarbata.

«No, altrimenti mi raffreddo.»

«Ma ci viene il colpo di calore!»

«Vabbè, apro il finestrino, ma solo dal mio lato, così non arriva corrente.»

«E dài, accendi» lo supplicò Elena, «mi sembra di avere i miraggi.» L'aria in effetti era tremula e disegnava all'orizzonte complicati arabeschi.

«Va bene, però la metto al minimo.» Luigi girò la manopola, distolse gli occhi dalla carreggiata, non si accorse di una deviazione e sfondò la barriera dei lavori in corso. Pigiò sui freni e si fermò a pochi centimetri da una betoniera. In quel momento la radio annunciò l'attentato alla stazione di Bologna. «Silenzio!» urlò, e alzò il volume della radio.

«Che fai? Metti in moto la macchina, è pericoloso stare qui» sbraitava la figlia.

«Zitta, fammi ascoltare.»

Una bomba. Avevano fatto scoppiare una bomba alla stazione e stavano contando i morti. «Dobbiamo levarci da qui» insistette Elena. Lui sembrava non sentirla. Il suo antico timore dell'eversione era più forte dell'istinto di sopravvivenza. Esasperata, Elena tirò giù il finestrino, la madre fece lo stesso. Il loro fu un atto di sfida all'autorità. Luigi lo capì. La bomba alla stazione era la manifestazione materiale della fragilità del potere dello Stato, i finestrini aperti del suo.

A ottobre morì la nonna. Elena ebbe un tracollo: cominciò per lei una serie di continui, invalidanti attacchi di panico. Teresa minimizzava: «Ava', finiscila, non c'hai niente. Lo scanto fa brutti scherzi».

La figlia piangeva: «Sto male, sto morendo. Chiama l'ambulanza». Era dimagrita moltissimo, non voleva più mangiare.

Il padre, impressionato, la portò dal medico. «È pelle e ossa, mangia solo minestrine, dice che non può ingoiare e in effetti si strozza persino con l'acqua.»

«Si chiama ansia» sentenziò quello, e le prescrisse un calmante. Appena il cuore sussultava, lei buttava giù le gocce e il ritmo rallentava; allora si infilava a letto e sprofondava in un sonno artificiale. Al risveglio le dolevano tutti i muscoli.

A novembre fu trovato in un covo delle Brigate Rosse un elenco di obiettivi sensibili: tra questi c'era il nome di Luigi Accoto, con molte informazioni sulle sue abitudini. In quegli stessi giorni cominciarono ad arrivare le prime telefonate minatorie. «Dica a suo marito che entro quindici giorni gli faremo la pelle» recitava la voce di uno sconosciuto.

A Luigi fu assegnata la scorta, gli agenti di non si sa quale servizio segreto; erano in quattro, due sul pianerottolo e due vicino alla macchina. Parlottavano, ridevano, scherzavano, tra le dita sempre una sigaretta, alla cintura una pistola. Luigi si ricordò allora del giovane detenuto dagli occhi limpidi e delle sue parole. "Aveva ragione quel picciotto, tutti abbiamo in prigione una pietra con il nostro nome. Ora sono carcerato, proprio come lui all'isoletta." Cominciò allora a uscire di nascosto, a tornare a casa in taxi senza avvertire nessuno dei suoi movimenti, a cambiare itinerario a sorpresa. Una mattina gli agenti non erano più sul pianerottolo: Luigi, il solitario leopardo delle nevi che non divide il territorio con nessuno, li aveva congedati.

«Papà, ti ammazzeranno!» piagnucolò Elena.

«Ma dài, le Brigate Rosse non sanno nemmeno chi sono.»

«E perché tutte quelle telefonate anonime?»

«Vogliono spaventarmi. Mi sto occupando di una cosa importante.»

«Non è meglio tenere la scorta? È sempre una protezione...»

«Che scema che sei. Sono loro a comunicare i miei spostamenti. Cosa credi che siano i terroristi?» Luigi sembrava saperla lunga. Forse il suo misterioso informatore, lo stesso della corrente elettrica, gli aveva rivelato qualche segreto.

Il matrimonio

Elena si sposò a dicembre, pochi mesi dopo la laurea, ed era incinta. Indossava un ampio abito bianco, calzava scarpe su misura. Come vuole la tradizione aveva qualcosa di azzurro, un fiocco che la madre le aveva cucito alle calze, di buon auspicio per un futuro sereno; qualcosa di nuovo, una sottoveste di seta impalpabile; e qualcosa di prestato da una persona che ammirava e dalla quale avrebbe dovuto mutuare le qualità. Elena chiese in prestito un paio di orecchini a Teresa, a cui sperava di rubare un po' della sua caparbietà: lei in confronto si considerava arrendevole, e quando si mette su famiglia, poi ci vuole la costanza di mandarla avanti.

Le perle, per quanto bianche e lucenti, non la trasformarono in una vestale paziente, né più avanti in un'autorevole matrona. Non si può diventare quello che non si è, non si può regalare ciò che non si ha.

Il giorno della cerimonia, il padre non voleva lasciarla andare. «Marco non è per te. Sì, è buono, ma non parla mai, se ne sta muto appresso ai suoi animali. Lo so io quanto si soffre a vivere con una che non parla mai. Lascialo perdere.» Forse è geloso, pensò Elena.

«Papà, sono incinta» sussurrò intenerita.

«Che importanza può avere? Il bambino ce lo cresciamo io e tua madre, oppure tu da sola. Ai soldi non ci pensare, ci sono i miei.» Luigi era disposto a passare anche su principi inderogabili pur di tenersela. Elena fu irremovibile: voleva quel marito, voleva quel figlio e molti altri a seguire.

Luigi mise in atto l'ultimo tentativo: «Sei ancora in tempo. La macchina è lì che ti aspetta, vai a casa, trovo io una scusa per gli ospiti». Forse è quello che fanno tutti i padri, ma Elena per la prima volta si sentì amata e per un attimo fu tentata di accontentarlo. Ferma sul vialetto della solenne basilica, tra i resti dell'Impero, gli accarezzò il volto. «Dài, papà.»

Entrarono in chiesa in anticipo. L'organista era andato a bere un caffè. «Mi hai messo fretta, te l'avevo detto che la sposa si fa aspettare» protestò lei.

«Noi, mai in ritardo. Impara. È una questione di rispetto» rispose Luigi, e la prese sottobraccio. Insieme attraversarono la navata nel silenzio. Il musicista arrivò trafelato e recuperò suonando l'Aria sulla quarta corda a tempo di rock.

«È una brava ragazza, ma vuole sempre distinguersi» mormorarono, riferendosi alla sposa, le malelingue. Ce n'erano, quel giorno, ma Elena era così felice che non se ne accorse.

La regia della cerimonia era stata affidata a Teresa, che aveva scelto anche le letture. «La sposa virtuosa adorna la casa» esordì il sacerdote, uno di quei cardinali in pensione che celebravano matrimoni e funerali della buona società. «È un dono del Signore una donna silenziosa...» Elena cercò lo sguardo della madre, era beffardo. "Hai visto che scherzetto ti ho tirato?" sembrava dire. I presenti ridevano, lei si sentì tradita.

All'uscita nevicava. Larghi fiocchi di neve accolsero gli sposi al posto del consueto riso. Lei era pallida e stanca. Lui bello, con quei grandi occhi da principe azzurro, ma sembrava disorientato e infelice.

Il pranzo fu veloce. Nonostante il sontuoso buffet, dopo due ore erano tutti al lavoro, ché era un mercoledì della settimana e bisognava correre in ufficio.

Gli sposi passarono da casa a cambiarsi d'abito ed Elena si attardò a parlare con i fratelli, sembrava non aver più tanta fretta di lasciare la famiglia. La madre fumava in silenzio. E d'un tratto Luigi, con un tono quasi brutale, disse: «Ora te ne devi andare con tuo marito. Che matrimonio è, questo, se non rimanete soli voi due?».

Elena rimase disorientata: era lo stesso uomo che poche ore prima le aveva chiesto di non sposarsi?

Se ne andarono in albergo, uno dei più belli della città. Lei si infilò sotto le coperte, la stanza era gelida, il riscaldamento rotto. Chiamarono la reception. «Non ci è mai successo nella nostra lunga storia» si scusò il portiere.

Arrivarono i fattorini, presero le valigie e le portarono in un'altra stanza. Lei scivolò vestita tra le lenzuola. Accese la tv, che scoppiò con un gran botto. Una fiammata e una nuvola di fumo attivarono il sistema antincendio. «Apri la serranda» urlò al marito, «le esalazioni fanno male al bambino.» E intanto i vigili del fuoco bussavano alla porta. Marco aprì i vetri, sollevò la tapparella, che precipitò ai suoi piedi sfiorandogli la punta delle scarpe.

"Brutto segno" pensò Elena e, dopo aver cambiato camera ancora una volta, chiamò la madre per raccontarle quanto accaduto.

«Ti hanno fatto il malocchio, l'invidia se li mangia vivi» fu il suo commento lapidario.

«Chi?»

«Lo so io.»

«E che faccio?»

«Niente, butta sale.»

«In albergo?»

Elena telefonò a una sua amica che si intendeva di magia. «Perché mi chiami? Già hai litigato con tuo marito?»

«Non scherzare, mi hanno fatto il malocchio.»

«Oh, cazzo! E adesso?»

«Ho pensato che tu potessi aiutarmi.»

«Chiedo a mia nonna e ti richiamo.»

Elena aspettò fiduciosa e nell'attesa osservava Marco che si era seduto a guardare la partita di calcio. Né una carezza né una parola. Se ne stava chiuso in un mondo silenzioso, dal quale lei era esclusa. Certo, la sua vita matrimoniale non iniziava sotto i migliori auspici, pensò, e forse suo padre aveva ragione. Il telefono la strappò da quei pensieri tristi.

«La nonna ha detto che da lontano la sua tecnica non funziona. Ha voluto una foto tua, ti farà una specie di pronto soccorso, ma poi devi porre rimedio.» L'importante era che non succedesse nulla al bambino, si augurò lei, Dio solo sapeva quanto lo desiderava.

Lillo, Ciccio, Marisina

La famiglia si ricompattò attorno alla sua pancia e trovò una nuova vitalità. Per tutta la gravidanza Elena si ingozzò di dolci e gelato; alla fine dei nove mesi era lievitata come un panettone.

Marco conduceva una vita a sé, lavorava tutto il giorno, mangiava in silenzio e la notte dormiva sul divano. In questo somigliava a Luigi.

Il bambino cominciò a scalciare presto. Elena accoglieva con felicità quegli improvvisi sobbalzi e li accompagnava con le sue canzoni preferite. Cantò con passione il repertorio rock degli anni ruggenti, ma la sua voce troppo bassa, troppo rauca o gracchiante, sembrava non appartenerle.

Il fatto era che Elena da piccola non aveva avuto un modello cui conformarsi. Sua madre quasi non parlava, il padre, con il timbro da tenore, era fuori dalla sua portata. E tuttavia, a dispetto di quelle sensazioni, il bambino nel caldo acquario del suo ventre ci stava bene e dava segni di riconoscerla dondolandosi da un lato all'altro a ogni suo richiamo. Elena, rincuorata da quei colpetti, cominciò a cantare tutto quello che le passava per la testa, comprese le ricette mediche: «Aceticooo! Ma cosa dico? Pireticooo. Mettiti il termometro e non sbagliare l'amperometrooo! Il cortisoneee fallo endovenaaa, e poi vai sull'altalenaaa!». Il bambino sussultava e lei cantava più forte: gliel'aveva promesso, a suo figlio, che si sarebbero divertiti.

Appena tornata a casa dalla clinica, mise su un disco dei Pink Floyd, alzò il volume e ascoltò insieme con Lillo il più bell'urlo della storia del rock. «Sarai un uomo libero» gli sussurrò, mangiandoselo di baci. Lillo non fece una piega e continuò a ciucciare con voluttà.

Ciccio fu concepito dopo cinque lunghi anni di notti insonni. Il bambino venne al mondo qualche settimana prima del tempo, poco dopo l'incidente di Chernobyl. Elena non aveva ancora scelto la colonna sonora che lo avrebbe accolto. Le doglie cominciarono all'alba di una tiepida giornata di maggio, il sole entrava obliquo dalle tapparelle socchiuse, il profumo del rincospermo saliva dal giardino. Poche ore e Ciccio si trovò tra le braccia della madre. Era grosso, aveva sempre fame, ciucciava rumorosamente il pollice tra un pasto e l'altro.

Due anni dopo, a sorpresa, arrivò Marisina, la testa pelata e la faccina tonda. La madre fu sottoposta a un cesareo d'urgenza, perciò niente musica per lei in sala operatoria. «Saremo accomunate dal silenzio» pensò Elena mentre si addormentava. Dopo la nascita della bambina, gli attacchi di panico sparirono, l'equilibrio di Elena si stabilizzò. Era così piena di felicità che il cuore batteva lento e costante. L'amore che produceva era una droga più forte delle benzodiazepine e la rendeva invincibile.

Marco con i figli ci stava volentieri. Trascorreva molto tempo con loro, inventandosi giochi un po' rudi, roba da maschi, che si svolgevano sul lettone per attutirne la pericolosità. Si incrinò due vertebre in un campionato di letto-wrestiling e si fratturò il menisco in una partita di calcio-letto. A nulla valevano i richiami di Elena alla prudenza. Lui la ignorava o sbuffava, non gli piaceva contrattare i suoi spazi di libertà; e poi la moglie era così paurosa, un po' di avventura, via! La distanza tra loro aumentò: lui procedeva in solitaria e si allontanava sempre più. Elena se ne accorgeva, ma non aveva energie per risolvere il problema. "Ci ritroveremo più avanti" pensava, e si lasciò assorbire ancora di più dai bambini.

Il Matacubo e la Villetta

Nel ruolo di nonna Teresa diede il meglio di sé, manifestando una inconsueta dolcezza. Si lasciò andare con i nipoti, come aveva fatto già con i cuccioli dei suoi cani. Amava animali e bambini molto piccoli perché erano inermi, non parlavano e dipendevano dagli altri. «Sono così indifesi, puoi fare loro quello che vuoi.»

Pochi giorni dopo la nascita, Marisina cominciò a tossire fino a diventare blu. Quindi, affamata d'aria, scoppiava a piangere. Affaticata dal parto e dall'allattamento, Elena si trasferì dalla madre per qualche giorno. Una notte fu svegliata da una strana sensazione di vuoto. La bambina non era nella culla. Il cuore cominciò a batterle forte quando sentì una voce delicata che si modulava su un rigo musicale. La seguì. Sua figlia era in bagno tra le braccia della nonna. L'acqua bollente scrosciava nella vasca e l'aria era satura di una nebbia fitta. L'aveva consigliato la pediatra di non tenerla sdraiata e di farle inalare del vapore. Marisina respirava abbandonata sul petto di Teresa, che in quel momento irradiava la forza di un gigante buono. Elena allargò le braccia, prese la piccola, la strinse e cercò di cantare, ma le sue corde vocali non si piegarono alla necessità del momento. Marisina scoppiò a piangere.

«Dammi la bambina. Non lo vedi che con te sta male?» Le parole di Teresa arrivarono a schiaffo.

«Forza, amunì.» La sua voce era una lama tagliente. Elena si ritirò sconfitta.

Appena i nipoti furono in età scolare Teresa perse la sua tenerezza. Cominciò a rivolgersi a loro con severità, come aveva fatto in passato con i figli. «I bambini si baciano solo quando dormono. Basta con tutte 'ste smancerie!»

Cominciava un po' a invecchiare. Non aveva perso le energie, ma le mancavano talvolta le parole, dimenticava i nomi delle persone. La sua lingua, o forse la sua memoria, si inceppava. Lei se ne faceva un cruccio.

«Parli troppo poco, la lingua è un muscolo come un altro, dovresti esercitarla» le diceva la figlia.

Teresa era diventata ossessiva, aveva assunto comportamenti ripetitivi e spesso si affidava a rituali innocenti. Le capitava di chiudere il gas prima di andare a letto, e poi di alzarsi per stringere di nuovo la manopola. Contava e ricontava i soldi nel portafoglio e annotava con precisione in un quaderno le sue spese; conservava tutti gli scontrini. Al mattino ordinava gli armadi, impilando i maglioni secondo colore e peso, gli abiti in un unico verso. Non un granello di polvere poteva nascondersi nei cassetti, né una briciola di pane nella credenza. Lo stesso tipo di cure maniacali riservava a famigliari, parenti, amici. Li chiamava spesso al telefono, dava consigli non richiesti, provava a condizionarne le scelte. Si aspettava riconoscenza e invece spesso gli altri si allontanavano. Delusa, si vendicava con silenzi lunghissimi, ricatti emotivi, minacce implicite: tutto era lecito pur di non perdere il controllo.

Adesso che Elena era sposata, il suo bersaglio preferito erano Sebastiano e Lucio. I figli conoscevano bene il suo repertorio, le frasi melodrammatiche: «Chi ti fa più di mamma o ti finge o ti inganna». Oppure: «Se c'è un Dio, quello ti punisce, devi stare attento». Teneva una mutria che non lasciava scampo. E quando le aveva provate tutte sganciava la bomba: «Lo dico a tuo padre» o «Lo dico al presidente». Se dopo quella minaccia non otteneva il risultato sperato, litigava con il suo interlocutore concludendo: «Non ne hai rossore».

Sebastiano e Lucio, oramai adulti, provarono a scappare lontano da lei, che esercitava un controllo stringente, e dal padre che li voleva a sua immagine e somiglianza.

Il primo ebbe una ribellione violenta. Lasciò gli studi, cominciò a vestirsi come un hippy, si infilò un orecchino al lobo. Il padre provò con ogni strumento a riportarlo nei ranghi, lui strattonò la robusta ragnatela che lo intrappolava. Spezzò i nodi con i denti, la sua mascella serrata tremava per lo sforzo; cercò di strappare i fili che gli legavano i polsi, ma quelli avevano la consistenza del metallo fondente e incisero sulla sua pelle cicatrici indelebili.

Teresa non capiva, si sentiva impotente. Era diventata più prudente nelle parole e mostrava una totale disponibilità verso Sebastiano. Trascorreva molto tempo con lui. Lo ascoltava paziente, spendeva intere notti in conversazioni contraddittorie che la lasciavano stordita. Di giorno si concedeva brevi sonnellini, quando anche Sebastiano riposava.

Le abitudini famigliari furono sconvolte. Non ci si ritrovava più a tavola tutti insieme, a orari fissi. I fornelli erano spenti, Luigi era spesso da solo e frugava nel frigo in cerca di qualcosa da mangiare. Sebastiano ce l'aveva con lui, lo aspettava al varco. «Parliamo?» gli chiedeva, e si lanciava in monologhi interminabili. Voleva salvarlo dall'ambizione, dalla vanità, dalla dannazione. Luigi era esasperato. Il suo sistema nervoso, già sollecitato dalle molte ore di lavoro, dalle enormi responsabilità, non poteva reggere un carico ulteriore. Cercava di sottrarsi rimanendo fuori casa. Talvolta esplodeva con Teresa come faceva ai tempi della loro giovinezza, ma lei adesso gli si rivoltava contro. «Vuoi che tuo figlio si perda?» gli chiedeva. Non si trattava di una vera domanda: con quel punto interrogativo imputava al marito la colpa di quello che stava accadendo.

Una notte Sebastiano scappò di casa. Lei pianse senza ritegno, era la prima volta che lo faceva. Tutti ne furono sorpresi, avevano sempre pensato che nei suoi occhi non ci fosse posto per le lacrime. Luigi era annichilito e quasi non la riconosceva. Provò a consolarla: «Non ti preoccupare, ci sono io, il problema lo risolvo». Era certo di poterlo fare: aveva il ruolo, aveva il denaro. Ignorava che la depressione è democratica, come la morte, colpisce a casaccio e non c'è raccomandazione che tenga né soldi che possano scongiurarla. Infine chiamò la polizia perché trovassero il suo delfino. Sebastiano fu riportato a casa con discrezione, ma si sentì sconfitto. Dopo quella sera smise di comunicare e si rifugiò in sé stesso. La sua anima delicata si ammalò.

Teresa non sapeva più a chi dare la colpa della situazione. Se la prese con Elena, non le perdonava la sua normalità quieta. «Tu non lo sai, non puoi saperlo, come ci si sente quando un figlio sta male. Spero che tu non debba mai scoprirlo.» Accendeva una sigaretta fissando la fiamma. Il fumo le avvolgeva il volto e, quando si diradava, i suoi occhi a fessura convergevano verso il centro in un atteggiamento sghembo. «Sebastiano, mischino, non ha nulla perché è ammalato. Tu invece hai la salute, hai tutto.» La madre gliela tirava ed Elena faceva le corna, proprio come le aveva insegnato lei. «Sì, vai, torna a casa, fregatene pure, mentre qui tuo fratello...»

Poi se la prese con il marito. Non perdeva occasione per manifestargli il suo disprezzo e lo feriva ogni giorno con atteggiamenti punitivi. «Se tu non l'avessi rimproverato, se gli avessi comprato la macchina nuova, se lo avessi lasciato uscire senza controllarlo. No, lui ha dovuto chiamare pure la polizia!» Bandì dal suo linguaggio gli ultimi residui amorevoli, assunse toni sarcastici. I suoi gesti si erano fatti più rigidi, si muoveva a scatti come un robot. Se piegava una tovaglia lo faceva sbattendola violentemente nell'aria, chiudeva le porte con un calcio. L'ultimo residuo di gentilezza lo smaltì nell'indifferenziata e affidò la cura della casa e della biancheria alla domestica. Le camicie stirate senza alcuna dedizione furono uno sfregio al marito.

Luigi provò a superare la crisi nell'unico modo che conosceva: costruendo case. Sebastiano se n'era tornato in Sicilia, nella capitale ci stava a disagio, troppo dispersiva. Aveva scelto di vivere in perfetta solitudine al paesello della madre, nella vecchia Villa tra la valle e il cimitero, dove gli Accoto trascorrevano le vacanze quando erano poveri. Luigi diede incarico a un architetto perché tirasse su un matacubo di tre piani dove Sebastiano potesse vivere con le comodità cui era abituato, e non risparmiò su nulla: porte in legno massiccio, cotto toscano, camino di pietra antica, cucina ultramoderna e, incredibile per quegli anni, un rifugio antiatomico con una dispensa colma di gallette, legumi senza scadenza e pillole allo iodio. Gli operai erano la terapia migliore per l'infelicità di Teresa, che nutriva la speranza di riportare il figlio a una nuova quotidianità e sotto il suo diretto controllo. Così si impegnò con entusiasmo nella scelta dell'arredamento. Poi cominciò a fantasticare di tornare anche lei al paesello, nel Matacubo c'era posto per tutti.

«Magari quando andrai in pensione potremmo vivere qui» sussurrava con quel suo sguardo perso. Era lì che voleva stare, dove a torto credeva di essere stata felice. «Magari» mentiva il marito senza convinzione; lui, indietro, non sarebbe mai tornato.

I genitori di Teresa si trasferirono nel Matacubo con la scusa di far compagnia a Sebastiano. Il vecchio padre, giunto all'età di ottant'anni, non possedeva una casa sua. Aveva visstuto nella convinzione di dover morire da un minuto all'altro, possedeva giusto una tomba, la dimora eterna. Il destino crudele gli aveva concesso una lunga vecchiaia che, si sa, vuole certe comodità. Il Matacubo era stato un dono della provvidenza e lui lì dentro ci stava contento: ora non batteva i denti dal freddo, e in bagno ci andava senza ombrello, ché il tetto nuovo non lasciava filtrare la pioggia.

Luigi, per paura di finire al Matacubo con moglie e suoceri, cercò un luogo dove trascorrere in serenità la sua vecchiaia. Anche lui desiderava tornare nella sua Itaca, acquistò allora la Villetta, una piccola casa bianca in riva al mare, circondata da un giardino.

Gli piaceva quel blu totale tra cielo e acqua. I limoni, gli ibiscus colorati, palme e palmette, il grande albero del corallo li aveva scelti personalmente, e ancora una volta tutto era funzionale a lui. Quindi niente ventilatori né aria condizionata, ma coperte calde e tazze da tè, nonostante quel luogo fosse la fabbrica dello scirocco.

Teresa odiava la Villetta, era stata comprata senza consultarla e si vendicò in maniera subdola di quello che chiamò negli anni a venire "lo sfregio". Arredò le stanze alla meglio e rese gli ambienti scomodi e inospitali. Se lei soffriva, dovevano star male anche gli altri. Perciò nessuna cabina doccia, ma solo delle striminzite tende di plastica che non riuscivano ad arginare l'acqua. Tutte le volte che qualcuno si lavava, bisognava asciugare il pavimento del bagno. «Tanto pulisce la cammarera, e con questo, non con il mocio. Troppo comodo, sennò!» diceva sventolando uno straccio. Nel patio mise uno scomodissimo tavolo in ferro, con delle sedie dallo schienale rigido e adorno di ghirigori arricciati che si conficcavano nella carne. «Tanto mangiamo in casa, tuo padre fuori non ci vuole stare.» "Tanto" era una parola che usava spesso per esprimere la sua sinecura.

Luigi come al solito faceva il finto tonto. "E tanto..." pensava malinconico. Quell'aggettivo indefinito nella sua bocca aveva il sapore dell'impotenza. Si sentiva solo, era vicino all'età fragile in cui si ha bisogno di sostegno, compatimento. Li trovò a sorpresa nel marito di Elena. La mattina uscivano insieme in barca per la pesca. Marco infilava il verme nell'amo, ché a Luigi faceva un po' schifo, e ridevano, cantavano. Lui, poi, intonava con voce potente certe arie da opera che rimbombavano in tutta la baia. Tornavano per il pranzo, bruciati dal sole. Puzzavano del pecorino che usavano come pastura, li inseguiva un nugolo di pericolose vespe. E si davano di gomito come due ragazzini. Elena cominciò a sentirsi triste, il marito l'aveva esclusa dalla sua vita e ora le stava rubando il padre.

Teresa alla lunga si adattò. Alla sera in giardino metteva mano a un inutile ricamo. Andava a letto rassegnata, ma nella notte, quando il marito dormiva, sgattaiolava fuori dalla camera e si rifugiava sul divano. «Nella stanza pare di stare dentro un forno. Non ne posso più» ripeteva agitando un ventaglio, il volto paonazzo, il collo sudato.

Luigi

Vissero insieme per molti anni, ognuno dando la colpa agli altri della propria insoddisfazione. Rimandarono di continuo il tempo della felicità, come fossero eterni. Non lo erano. Se ne accorsero quando Luigi si ammalò di qualcosa di grave e inesorabile.

Tutto cominciò con un banale raffreddore, poi sopravvenne un dolore persistente alla gamba, infine arrivò la sentenza crudele di un medico che sembrava venir fuori dalle pagine di Pinocchio: «Se guarisce vivrà, se non guarisce morirà».

Elena cominciò a piangere senza riuscire a fermarsi. Marco la riprendeva: «I bambini si spaventano». D'un tratto era tornato a essere presente.

«Ma così giovane, e così pieno di vita!» ripeteva Teresa incredula.

Luigi non si diede per morto: «L'importante è resistere, prima o poi la cura la trovano».

Quindi tutti compatti mobilitarono le loro forze per scongiurare l'inevitabile.

La malattia fu uno spartiacque: in casa si cominciò a parlare riferendosi al prima e al dopo. Teresa si rapportava al marito con inusuale tenerezza, la stessa che riservava a cuccioli e neonati. Luigi si abbandonò alla nostalgia. Guardò indietro, e di colpo quel passato che considerava uno stigma gli sembrò meraviglioso. Rimpianse ogni aspetto della sua misera giovinezza, persino l'arida campagna del nonno, il casotto in pietra dal soffitto bucato attraverso il quale, nelle notti di luna, passavano raggi color acciaio. Era lì che voleva tornare a chiudere il cerchio della sua esistenza. Costruì allora la sua ultima casa su un pizzo di montagna, lontana da ogni comunità mondana, per vicino solo un gregge di pecore. I suoi figli la chiamavano l'Ovile. Marcò il territorio alla sua maniera: piantò nuovi alberi nel giardino, comprò regali ai famigliari, si sobbarcò un'enorme mole di lavoro, pubblicò libri e saggi.

Anche nella malattia rimaneva un leopardo delle nevi e conservò intatta la sua riservatezza. Ma ai figli, solo a loro, si mostrò nelle sue fragilità, confessò il rammarico per le occasioni perdute o sprecate. Talvolta chiedeva scusa e gli raccomandava di non ripetere i suoi stessi errori. Da ultimo si appassionò alle novità della tecnologia, soprattutto ai telefoni cellulari. Fu felice di possedere un modello così piccolo che entrava piegato nel taschino della giacca. Tac, lo apriva con uno scatto secco, poi chiamava i figli ridendo e godendo di quei momenti di affettuosa intimità che era riuscito a conquistare grazie alla malattia e al progresso.

Con Elena intrecciò un dialogo fitto fitto, quella figlia gli assomigliava. Si sentivano di continuo, all'improvviso avevano tante cose da raccontarsi.

«Che avranno da ciuciuliare?» si chiedeva Teresa. La sua faccia era un grumo di gelosia. "Pare la moglie dell'imperatore Adriano" pensava Luigi rammaricato, come se quell'aspetto della moglie fosse penoso da sopportare. "Quel che per breve tempo avevo consentito a prendere per bellezza non era stato mai che un fiore di giovinezza effimera."

Tuttavia adesso si rivolgeva a lei con particolare delicatezza, aveva bisogno del suo aiuto per combattere la malattia, e si era messo il cuore in pace.

Reagì bene alle cure, la malattia regredì, l'energia tornò

ad abitare il suo corpo, tanto che cominciò a sperare di sopravvivere.

Ma una mattina, all'improvviso, mentre faceva lezione agli studenti, Luigi si ammutolì. Sul suo volto passò un'ombra di tracotanza, odiava fare brutte figure. Poi capì. Era stata colpita la zona nobile del suo cervello, l'area di Broca, che presiede all'uso delle parole, le contiene e con esse incarna la vita. Provò uno spaventoso senso di smarrimento, lui che sapeva dove era sempre e sempre sapeva cosa fare. Capì che era arrivato il momento di ritirarsi. Le spalle curve sotto il peso dell'angoscia, lasciò l'aula senza spiegazioni: del resto non poteva, gli mancava l'alfabeto. La morte lo aveva sfidato a duello, lui raccolse senza rammarico il guanto di sfida. "Tanto ho vissuto come ho voluto."

Fu leale con il suo avversario, niente magia o guaritori; né mai a sproposito invocò i santi. Si affidò alla scienza, anche se ne conosceva i limiti, e a Dio per l'illimitato. Capì che era giunta la fine quando gli ospiti si dileguarono insieme con gli amici. Allora si ritirò in sé stesso. Non emise ruggiti, ché il leopardo delle nevi non ha l'apparato laringeo adatto, ma solo qualche sibilo e rantolo, quindi smise di mangiare, di bere.

L'alba era già passata, Elena gli stava accanto e lo chiamava con insistenza: «Papà, papà, papà». Pareva un metronomo. Non voleva arrendersi, era in crisi con il marito e non gliene aveva ancora parlato. È incredibile come nei momenti più tragici si pensi solo a sé stessi.

Nonostante la fine fosse prossima sembrava che Luigi avesse ancora qualcosa da dire e i suoi occhi vagavano sui famigliari, nel tentativo di comunicare. Le parole erano bloccate da qualche parte dentro di lui. Abbassava di tanto in tanto le palpebre per celare il suo sguardo impotente, infine chiuse gli occhi. Le pause tra un respiro e l'altro si erano fatte più lunghe. C'era silenzio tutto intorno, solo Elena continuava con la sua litania.

«Papà, papà.» Non voleva proprio arrendersi.

Teresa emerse dalle pieghe buie della stanza. «Adesso basta. Devi lasciarlo andare» ordinò alla figlia.

Fu quella l'ultima volta che la parola "papà" risuonò nella Clinica svizzera. Una delicata primavera accompagnò Luigi al cimitero, insieme con un codazzo di gente. Per la legge del contrappasso, lui che possedeva tante case non aveva una tomba. Fu sepolto in quella del suocero. Davanti alla lapide di marmo, Teresa ritrovò la voce e da quel momento, come se il marito le avesse passato il testimone, cominciò a parlare senza sosta.

Teresa

Teresa divise in gran segreto gli oggetti personali del marito tra i figli. A ognuno di loro raccomandò di non dir niente ai fratelli.

Elena ricevette un orologio che mise al polso come portafortuna. Conservava tanti ricordi, aneddoti, episodi buffi, gesti di tenerezza; sarebbero serviti a lenire il dolore. Ma ogni volta che li rievocava la madre si arrabbiava: «Tzè, che ne puoi sapere, tu? Ti stai inventando tutto. Ah, la tua fantasia malata!». Considerava il marito ancora di sua proprietà e ne era gelosa. Fece di tutto per cancellarlo dalla memoria dei figli. Quindi diede un nuovo impulso alla sua vita, proprio mentre cambiava il secolo.

Non volle più tornare al mare: «Sono nata in montagna, e poi lì c'è troppo caldo». Lasciò che Elena facesse sua la Villetta, ma solo formalmente, perché la proprietà rimase sua e le utenze intestate a lei.

Il Matacubo lo diede in uso a Sebastiano, che nel frattempo era riuscito a mettere su famiglia. Nel consegnare le chiavi alla nuora, Teresa patteggiò alcune condizioni, tra le quali il diritto a trascorrere con loro tutto il tempo che voleva. Mise in vendita l'Ovile.

Quindi, rese inaccessibile la Clinica svizzera. Chiuse la cucina, ripose le stoviglie, evitava persino di fare la spesa.

Tenne le serrande costantemente abbassate, il frigo vuoto, i fornelli spenti. Continuò con accanimento a pulire, era quella l'occupazione a lei più congeniale. Si industriò in una manutenzione autarchica. Non riparava nulla di ciò che si rompeva, ma per ogni cosa trovava un uso diverso dall'originario. La lavatrice diventò un contenitore per panni sporchi, la lavastoviglie un condominio di pentole. Il pianoforte, che troneggiava silenzioso con la sua coda nera, un espositore di foto di famiglia. Il frigorifero che non raffreddava più, una dispensa per alimenti non deteriorabili. Se i termosifoni erano pieni d'aria e non scaldavano, alzava il termostato nella speranza che riprendessero a funzionare, infine si metteva addosso una coperta. «Ci dovete pensare voi» diceva ai figli. «Io che operai conosco?» I vasi sbreccati li addossò gli uni agli altri, sì da poterne nascondere le linee di frattura. I pavimenti mostrarono improvvisamente la loro finitezza. Le lacche persero di lucore, qualche crepa si aprì nell'intonaco.

«È destino che le cose si rompano. E tanto anche io, quanto posso durare? Hanno a passari 'sti tre, quattru iorna.»

Le relazioni umane non ressero alla sua furia distruttiva: educare gli altri o, come diceva lei, metterli a posto diventò una sorta di missione. Bersagliò parenti e vicini di continui *lisc'e busso*. Se qualcuno le rispondeva per le rime, si meravigliava: «Dopo tutto quello che mio marito ha fatto per te!». Buttava nel vecchiume l'ingrato, ma manteneva il numero di telefono «perché non si sa mai, nella vita».

Usava nella rubrica un sistema di archiviazione bizzarro che prescindeva dal nome e faceva riferimento alla funzione, o a un accadimento che veniva descritto con minuzia, o alla relazione di parentela: figlio, nipote, scala d'acciaio, falegname, prosciutto, acqua minerale, quello che mi ha portato il portiere, quella delle macchie, terremoto, traditori.

Incapace di ammettere un torto, di lenire una ferita, di chiedere scusa, continuò ad allontanare parenti, amici, persino i figli. Li riteneva irriconoscenti, malvagi, e dal suo punto di vista aveva ragione: le facevano mancare nell'età fragile la tenerezza di cui avrebbe avuto bisogno. D'altra parte non era naturale per quelli allungare la mano in una carezza, far schioccare le labbra in un bacio, allargare le braccia per sollevarla dal pavimento, ché avrebbero potuto, tanto lei era diventata piccola e leggera. Teresa non aveva gettato le fondamenta dell'intimità né dispensato gesti affettuosi senza un perché. Non era colpa sua, ma ora ne pagava le conseguenze.

Le prime fessure si aprirono proprio tra un figlio e l'altro. Lei le allargò di qualche millimetro insinuando le dita e scavando con ostinazione, fino a trasformarle in ferite sanguinanti. Quelli rimpiangevano il padre, anche se prepotente. Era lui il vero collante della famiglia. Ognuno aveva una narrazione diversa della storia famigliare, ma nelle relazioni affettive non vale tanto il principio di realtà, quanto il percepito. Teresa si seccava di ascoltare i loro rimpianti, le pareva che sotto sotto l'accusassero di non valere niente.

«Allora io non conto per voi?» e metteva su il muso. «Se non ci fossi stata *io*, se *io* non avessi sopportato tanto...» e calcava l'accento su quel pronome personale per rimettersi al centro della scena. «Se *io* non mi fossi intestardita, ci saremmo separati e voi avreste fatto una brutta fine.»

Dopo la scomparsa di Luigi non ci furono più feste né riunioni. Fu difficile anche celebrare il Natale. Gli Accoto erano monadi che si allontanavano le une dalle altre. Quando entravano casualmente in contatto finivano per fare scintille. Dopo alcuni estenuanti conflitti l'istinto di sopravvivenza li portò a stringere occasionali alleanze.

Teresa diventò tutt'uno con Sebastiano e spesso andava a trovarlo. Amava il Matacubo, dove poteva comportarsi da padrona. Non esitava, ogni volta che tornava lì, a riappropriarsi dei vecchi spazi, spostando i mobili, sistemando i suoi vestiti nei cassetti. Impartiva ordini senza alcuna prudenza, ne aveva per tutti, anche per «cu si sente u megghiu».

I primi giorni trascorrevano in armonia, la nuora organizzava pranzetti succulenti, i nipoti stavano intorno a Teresa con curiosità, forse aspettavano qualche dono. La tempesta arrivava quasi sempre dopo la prima settimana. La nuora sbottava all'improvviso, quando nulla faceva presagire la tempesta, ed erano urla e improperi. Teresa la guardava stralunata, non capiva. «Ma chi avi chista? È pazza» diceva ai nipoti, cercando la loro complicità. Quelli le si schieravano contro, la accusavano di essere insensibile, tirchia. Sebastiano non poteva che prendere le parti della moglie. Teresa era in grado di sopportare tutto tranne il voltafaccia del figlio. Nel cuore della notte telefonava a Elena: «Devi venire a prendermi. Quelli mi odiano, sono capaci di mettere il veleno nella minestra».

La mattina successiva Elena la trovava sola sul cancello, la porta di casa serrata dietro le sue spalle, gli scuri delle finestre chiusi. L'aiutava a salire in macchina e ascoltava il suo sfogo: «Ti pare giusto che non sono padrona in casa mia?».

«Ma', l'hai data a Sebastiano. È sua.»

«No, il Matacubo è intestato a me, e se non si comportano bene io me lo vendo.»

«Avrà diritto pure lui a stare tranquillo con la moglie!»

«E certo, figuriamoci se mi dai ragione. Sei sempre dalla parte degli altri.»

Lucio si sposò nel bel mezzo di una di queste tempeste famigliari. Sentiva che il fragile lino della sua anima stava per strapparsi e si lasciò salvare da Irene, che ne aveva tutte le intenzioni. Teresa, per motivi di opportunità, divise la Clinica svizzera in due, lasciando che il figlio ne abitasse una metà. Del resto, l'atticone era stato destinato per volontà di Luigi proprio a lui.

Teresa non aveva imparato nulla dall'esperienza di Sebastiano e mantenne il solito atteggiamento da padrona, ma la seconda nuora era un osso duro e una vera esperta in tecniche di guerriglia domestica. Irene aveva in comune con la suocera due elementi: un carattere ondivago e un estremo bisogno di continue rassicurazioni. Passava in pochi attimi dalla cordialità estrema, dalla totale disponibilità all'ostilità dichiarata senza motivo apparente. Magari lei conosceva le ragioni dei suoi improvvisi voltafaccia, ma erano tutte nella sua testa. La ruvidezza delle femmine Accoto le fomentava una rabbia cieca. Bastava un equivoco, una fantasiosa rievocazione di un fatto, una telefonata senza risposta, un "grazie" dimenticato, un "per favore" omesso per provocare una reazione a catena.

Teresa aveva preso l'abitudine di recitare poesie nei momenti più impensati.

«Passata è la tempesta: odo augelli far festa, e la gallina...» attaccava all'improvviso.

Quei versi innocenti erano il preludio di violente baruffe.

«Chi è?» chiedeva poi puntando il dito. Irene a quel punto se ne andava in cucina con una scusa. «Ogni cor si rallegra, in ogni lato... Allora?»

I nipoti mettevano su la faccia smarrita.

«E l'erbaiuol rinnova di sentiero in sentiero...»

«Leopardi? D'Annunzio? Foscolo?» citava Lucio a caso. Era certo che di lì a poco sarebbe esplosa una litigata, e la buttava in caciara.

«Tzè, nun sapiti nenti» chiosava Teresa, poi se ne tornava offesa nella sua metà di casa. «Non sanno tenere manco una conversazione.»

Irene dal canto suo si sfogava con il marito che, chiuso nel silenzio, sognava la fuga. Ora erano i folti boschi del Canada, ora l'oceano sconfinato o il deserto africano. Era più facile affrontare un grizzly, un uragano, una tempesta di sabbia che mettere d'accordo le donne della sua vita.

Teresa si sentiva isolata. Talvolta si armava di buoni propositi per risolvere una volta per tutte la questione. «Ah, ma io ho deciso di far finta di niente. Mi bastò Sebastiano. Questa volta non mi faccio fregare. Chi ha più testa ce la deve mettere nei rapporti» diceva alla figlia. Ma i conflitti montavano ugualmente e lei si trovava con un pugno di mosche in mano a invocare la morte come soluzione definitiva.

Sebastiano a quel punto ebbe un'idea, e regalò alla madre un telefono cellulare. «Così non hai bisogno di andare a casa di nessuno. Se ti senti sola o vuoi parlare in qualunque momento ci chiami. Non devi nemmeno comporre il numero, ho memorizzato i nostri.»

Lei sembrò apprezzare e cominciò a chiamare i figli negli orari più scomodi. «Ehm, ehm cosa fai? Ehm, ehm dove sei?»

Incurante delle altrui esigenze pretendeva una risposta immediata, e ogni pensiero, anche il più banale, era urgente... Se un figlio non rispondeva, telefonava agli altri due e poi ricominciava dal primo. Elena era quella più facilmente rintracciabile. «Ma', che c'è?»

«Insomma, ti pare giusto? Io chiamo i tuoi fratelli e loro non mi rispondono.»

«Ma', staranno lavorando.»

«Sì, io però sono la madre. E un bisogno... 'na cosa... sono sola.»

«Ti ho risposto io, no?»

«Che c'entra?»

Quando Lucio e Sebastiano la richiamavano lei avrebbe voluto conversare, sapere qualcosa delle loro vite. Al massimo però otteneva dei laconici monosillabi. La distanza emotiva, frutto di vecchi silenzi, le impediva di porgere le domande appropriate o semplicemente di capire il momento opportuno. Non basta aver vissuto insieme per raggiungere l'intimità. Infine si rassegnò a scarne comunicazioni di servizio: «Sei a casa? Ci vediamo a pranzo?».

L'esorcismo

Elena in quello stesso periodo incappò in una serie di problemi. Era come se fosse venuta meno, con la morte del padre, una sorta di protezione e il destino ora si accaniva contro di lei. Aveva perso il lavoro, Marco era sempre più distante, pure la casa le si rivoltava contro. Si erano verificati diversi allagamenti, dal tetto a ogni temporale filtrava la pioggia, e un tubo era scoppiato causando ingenti danni agli appartamenti sottostanti. Lei riparava, ma dopo un po' si verificava una nuova rottura.

A detta della madre, la colpa era del malocchio: «Ti ricordo che la vecchia proprietaria della tua casa faceva di cognome Acquaviva. È morta lì dentro, magari è il suo spirito che fa un'opra tanta».

«Che devo fare?»

«Fai dire una Messa in suffragio della sua anima e poi chiama il prete per una benedizione.»

Elena andò dal parroco, un tipo simpatico che in passato era stato segnalato alla curia per alcune presunte relazioni con le pie donne che affollavano la sacrestia. Era così radicato nella realtà che di sicuro avrebbe capito, pensava Elena, mentre riluttante assisteva alla celebrazione della Messa. Officiava quel giorno il banchiere di Dio, un sacerdote americano molto potente, sospeso dal Vaticano per via di alcuni intrallazzi finanziari. I due, amici di vecchia data, si muovevano attorno all'altare in perfetta sintonia. Uno alto, prestante, le braccia protese; l'altro più piccolo, canuto, con due vispi occhi azzurri. La vita era stata generosa di doni con loro, per questo sorridevano e innalzavano lodi al Signore. "Se Dio esiste, di certo avrà qualcosa da ridire" considerava Elena che, se non avesse avuto quella stupida soggezione della madre, non sarebbe stata lì.

Finita la funzione raggiunse la sagrestia. «Padre, ho bisogno di aiuto. Conosce l'esorcismo dell'acqua?» disse tutto d'un fiato.

Lui la fissò con quei suoi occhi glauchi. «No, l'acqua no. Conosco quello dei topi. L'ho fatto per i miei genitori, una volta che il granaio ne era pieno. Eravamo molto poveri e quelle bestie furono come una piaga biblica. Non avremmo avuto da mangiare per tutto l'anno e sarebbero mancate le sementi per il raccolto successivo. Così andai in campagna. Ci rimasi tre giorni a pregare. Al quarto giorno i topi uscirono a frotte, si buttarono nel canalone vicino. Tu, invece?» chiese poi al collega, che ridacchiò e gli diede di gomito.

«No. Però ho fatto esorcismi più potenti. In America è frequente quello dei soldi.»

Elena si sentì presa in giro, stava per andarsene. Il parroco la fermò e le mostrò un quaderno usurato dagli anni. «Qui dentro ho un rimedio per tutto. Lasciami il tempo di studiare e poi mi faccio vivo io.»

L'americano scoppiò a ridere facendo tintinnare la grossa croce d'oro sul petto. «Il mio amico stregone» esclamò battendogli una pacca sulla spalla. «Non è meglio chiamare un bravo idraulico?»

«Sai come sono questi americani» si scusò allora il parroco. «Hanno una mentalità pratica e al soprannaturale non ci credono, se non fosse però che hanno fede in Dio.»

Qualche giorno dopo il prete bussò alla porta, era accompagnato da un chierichetto con un secchiello d'acqua e il turibolo. «Tu rimani qui» disse a Elena. «Preferisco affrontare il Male da solo.» Quindi percorse il corridoio, pregò in ogni camera, sostò a lungo nel soggiorno scavalcando dossi e cunette, ché il parquet si era sollevato in più punti. Muoveva rapido le labbra, pronunciava formule in latino, spruzzava acqua benedetta e roteava l'incensiere. Nella cucina i fumi dell'incenso si condensarono in una nuvoletta lattiginosa. «È qui» disse con aria ispirata, poi scatenò le forze del bene. «Dammi notizie» aggiunse prima di andare via. Elena gli infilò in tasca una busta con l'offerta.

Gli allagamenti cessarono come per miracolo e senza l'intervento dell'idraulico. La vecchia Acquaviva probabilmente aveva gradito le preghiere, il suo spirito si era acquietato.

«Lo vedi che avevo ragione?» gongolò la madre e, visto che era stata lei a risolvere la situazione, dopo l'esorcismo si incistò nella vita della figlia come una saprofita nella corteccia dell'albero.

Teresa arrivava presto al mattino in casa di Elena. Non bussava, si era procurata un mazzo di chiavi. Apriva le finestre, sedeva a far colazione con i nipoti e intanto si informava con la tata dei fatti altrui: «Mia figlia dov'è? Mio genero è uscito? I bambini sono tranquilli?». Così era venuta a conoscenza del fatto che Marco dormiva sul divano, che Elena usciva ogni sera senza il marito, che in casa regnava l'anarchia.

«Cu' si vinni i trispa e cu i tavuli» sentenziò. La tata la fissò allocchita. «Nun capisci niente pure tu! Trispiti e tavole. Un tempo i letti non avevano le reti, avevano piedi di ferro, sui quali poggiavano assi di legno. Nelle famiglie povere ognuno si vendeva un pezzo. È un modo di dire, si usa quando marito e moglie non sono d'accordo.»

Con la scusa di mettere ordine, Teresa cominciò a frugare nei cassetti, cercava prove di tradimenti. Intanto borbottava: «Guarda che disordine, manco pare figghia mia».

Apriva la posta, controllava le bollette. «Spampazziano

a destra e a manca. Come se non li guadagnassero, i sordi. La volete spegnere, la luce?»

Dava ordini alla tata: «Tu, prepara il pranzo. Apparecchia per tutti, che è 'sta cosa che ognuno mangia per conto proprio? E metti un posto pure per me, voglio vedere se si siedono a tavola.»

Metteva in riga i nipoti: «Dove stai andando? Non è ora di uscire. Avete fatto i compiti? Spegnete la televisione. L'arte di Michelaccio, mangio, bevo e vado a spasso».

Considerava la figlia una sorta di appendice del proprio corpo. Quando Elena invitava delle amiche, si intrufolava tra di loro e spettegolava mettendo in evidenza i suoi difetti. «Sono la madre, l'ho fatta io, posso dire quello che voglio.»

Nutriva verso di lei un'invidia immotivata. Se la figlia indossava un vestito nuovo storceva la bocca: «Grazioso. Ne avevo uno uguale alla tua età». Voleva il suo stesso rossetto, anche se non si era mai truccata. E quando un quotidiano locale pubblicò una lettera di Elena sulle vergognose condizioni del parco, Teresa a denti stretti sibilò: «Pure io so scrivere. Che ti credi che lo sai fare solo tu? Ada N...».

«Lo so, Ada Negri ti ha scritto un biglietto più di settant'anni fa.»

Talvolta, nel fine settimana, quando la tata andava via, lei rimaneva a dormire nella stanzetta e a notte fonda girava per casa a rimboccare le coperte ai nipoti, a controllare le manopole del gas, a spegnere le luci. Durante una di queste ronde notturne affrontò Marco. «Che fai sul divano?» gli gridò tra capo e collo. Quello aprì gli occhi, erano venati di rosso. «Non lo vedi che sei tutto torto, mezzo stranchillato? Devi andare da tua moglie.»

Marco non rispose, si trascinò in camera da letto. Al mattino dopo, ancora stropicciato dalla notte, uscì presto per non incontrare la suocera, ma da quel momento cambiò atteggiamento. Tutto a un tratto aveva sempre da ridire, recriminava, era aggressivo, urlava contro Elena, rimproverava i figli. «Non rompete!» esplodeva, quindi sbatteva la porta. Marco era stato stanato e, fuori dalla cuccia, mordeva e ringhiava. Nel giro di pochi mesi fu chiaro a tutti che quel matrimonio era pieno di crepe; Teresa come suo solito le allargò fino a farle diventare vallate.

Elena esauriva tutte le sue energie litigando con la madre. Urlavano per la polvere, per la tv, per qualunque sciocchezza, anche un piatto di pasta.

«È ora di scolarla.»

«No, è cruda.»

«A me piace al dente.»

«Siamo a casa mia, lo decido io.»

«Ecco, la proprietaria! Con quali soldi ti sei fatta la casa?»

«Vuoi rinfacciarmi ogni regalo?»

«Hai una sensibilità morbosa.»

«Tu sei una madre cattiva.»

«Io, cattiva? E tu? Passati una mano sulla coscienza. Non vi ho accuditi com'è giusto che una madre faccia? Vi ho lavati, cambiato i pannolini; ho confezionato maglioncini, sciarpe e cappottini; cucinato...»

«Frittate rinsecchite e minestrine senza sapore.»

«Sei pazza, sei ingrata e velenosa.»

«Certo, perché non faccio quello che vuoi tu.»

«Tzè, tzè. Tu, cara figlia mia, hai la lingua lunga e mi hai sempre odiata. Già a due anni ce l'avevi con me.»

«Ero una bambina.»

«Eri pessima ancora prima di nascere. Mi hai tenuta tre giorni in travaglio. Certi dolori... Io neanche un lamento ho fatto. Sono stata zitta.»

«Come tuo solito, vero? Era meglio se parlavi e ti sfogavi, ma non avevi il coraggio, c'era papà, allora.»

«Sei piena di veleno e lui è meglio che non lo nomini, prima di essere tuo padre era mio marito.»

«Certo, è sempre tutto tuo.»

«Perché, non me lo sono guadagnato quello che vedi? E

poi parli sempre di me, pure a tua nonna raccontavi le cose mie. Te lo ricordi?»

«No, mamma, ero troppo piccola.»

«Quella era mia suocera, ne voleva la minima scusa per farsi i fatti miei e tu avevi la bocca larga, cascittuna. Lo facevi apposta.»

I figli di Elena risentivano del clima teso e mostravano la loro sofferenza. Lillo era un adolescente dalle gambe lunghe e sempre in fuga. Non stava mai a casa, marinava la scuola, studiava poco. Raccontava delle balle fenomenali che avevano il sapore della fiaba.

Ciccio era diventato ipocondriaco, lo chiamavano "fracicone". Crescendo aveva smesso di pronunciare la parola "mamma". A Elena si rivolgeva chiamandola per nome, neanche lui le riconosceva il ruolo. Si divertiva a bersagliarla di richieste, come se volesse metterla alla prova.

«Elena, devo fare i compiti» le diceva con certi occhi sgranati che alla madre veniva voglia di mangiarselo di baci.

«Dài, sediamoci.»

«No, ho mal di testa.»

«Ti do una Tachipirina?»

«No, la medicina non la prendo.»

«E allora riposati.»

«No, non posso.»

«Ti scrivo una giustificazione?»

«No, la maestra si arrabbia.»

«Non andare a scuola, domani.»

«No, ci devo andare.»

«Dài, allora proviamo a fare i compiti.»

«Non posso, ho mal di testa.»

«Ti do una Tachipirina.»

«No, la medicina no...»

Il dialogo finiva e ricominciava daccapo e continuava per ore, le stesse frasi ripetute senza un accenno di stanchezza. Elena dopo un po' aveva voglia di prenderlo a schiaffi, ma si tratteneva: mai si sarebbe comportata come Teresa, lei voleva dimostrare di essere diversa. E continuava a rispondere con calma, anche se la sua voce tremava per il nervoso. Ciccio se ne accorgeva. La guardava con quei grandi occhi trasognati, sulla bocca un sorrisino ambiguo: «Aò, che te stai a incazzà?».

Marisina, la più piccola, mantenne all'inizio il suo carattere allegro e giocoso. Aveva in testa una matassa di ricci fitti e dorati. Elena ne era orgogliosa e ogni sera li pettinava con cura. «Ahi, mi hai fatto male!» urlava la piccola, e cercava di scappare. La madre serrava le gambe e la immobilizzava. «Hai i ragni tra i capelli» e affondava la spazzola. Poi l'abbracciava forte. L'amava tanto quella figlia, come i suoi fratelli del resto, ma con loro si concedeva solo qualche rispettosa carezza. Aveva letto da qualche parte che il primo turbamento, per i maschi, viene dal corpo della madre, e lei cercava di rispettare la loro integrità. Certo, da neonati se li era tenuti sulla pancia, anzi, avrebbe voluto farli tornare dentro. Ma poi si era rassegnata a consegnarli alla vita, o perlomeno così le sembrava di aver fatto. La femmina no, era la sua creatura, con lei avrebbe riscattato la sua infelice infanzia. Perciò teneva il guinzaglio corto. Senza rendersene conto si stava comportando come sua madre.

La presenza di Teresa agì sul carattere di Marisina in modo subdolo. Alla lunga le sue risate cessarono, le pause silenziose si fecero più lunghe e frequenti. Doveva aver ereditato dalla nonna la stessa attitudine al silenzio, pensava Elena, e non se ne preoccupava. La genetica ha leggi ineludibili. Certi caratteri spariscono dall'albero genealogico solo apparentemente; essi sono custoditi per sempre nel DNA mitocondriale materno e si appalesano a distanza di anni, dopo aver saltato qualche generazione.

Marisina cominciò a sostituire intere frasi con mugugni: uh voleva dire "sì"; mah, bah o bo avevano significati diversi a seconda del movimento delle mani.

Elena la blandiva, la coccolava, nel tentativo di strapparle qualcosa di più di una semplice sillaba. Il suo karma era quello: lottare contro il silenzio, conquistare parole.

Quando Elena e Marco uscirono allo scoperto e cominciarono a litigare senza freni, Marisina diventò sonnambula. La trovavano nella notte a camminare per casa che parlava senza sosta, quello che non diceva da sveglia lo spifferava nel sonno.

All'età di cinque anni manifestò con chiarezza il desiderio di andare a scuola: «L'asilo è una palla e io voglio imparare a leggere».

Elena pregò il preside di accettarla alle elementari prima dei sei anni, ma la legge non lo permetteva, l'accesso alla scuola era rigidissimo. «Si vogliono scoraggiare i precocismi» rispose quello, una brutta parola per nascondere il fatto che non siamo tutti uguali.

«Amore, mi dispiace, ma non è possibile» le disse dopo l'incontro. La bambina sollevò i suoi occhietti che contenevano l'universo, i riccioli si infittirono per il dispiacere. «Allora io non parlerò più in classe fino a quando non sarò alle elementari.»

«Non so come aiutarti» si scusò la madre, e le comprò un gioco.

«Grazie, ma non cambio idea.»

E ogni mattina, appena varcato il cancello, Marisina, coerente con quanto annunciato, si azzittiva, ricominciando a parlare all'uscita.

L'insegnante convocò la famiglia. «Avete problemi in casa?» chiese. Elena e suo marito si guardarono sbigottiti. Sì, le cose non andavano bene, ogni tanto litigavano, ma succede, nelle coppie. «Marisina, parla, così la smettono di preoccuparsi» la pregarono i genitori. Lei fu irremovibile e mantenne il punto fino all'anno successivo.

La voce di ogni femmina Accoto dunque non era uno strumento neutro di comunicazione, ma lo specchio del vissuto affettivo. Teresa aveva fatto del silenzio un superpotere grazie al quale raggiungere gli obiettivi. Marisina usava il mutismo selettivo come scudo per proteggersi. E se l'una taceva per attirare l'attenzione su di sé, l'altra lo faceva per distoglierla.

Elena era cresciuta nel silenzio e lo aveva combattuto con determinazione. Si era mossa a tentoni tra timbri e tonalità e non temeva di mostrarsi per quello che era. Già, ma chi era? La sua voce, quella che aveva scelto, le pareva che non le appartenesse. Solo quando cantava riconosceva la sua essenza, ma erano attimi, e subito dopo tornava a chiedersi chi fosse veramente.

Crescendo Marisina cominciò a manifestare un forte desiderio di autonomia, assunse un'espressione dura, un fare misterioso. Le piaceva star sola in casa e ne approfittava per guardare film dell'orrore. I fratelli la chiamavano "Carrie", come la pericolosa ragazzina di Stephen King. Poi smise anche lei di pronunciare la parola "mamma". «Ma'» sibilava, e non c'era verso di farle aggiungere il resto.

D'estate Elena portava i bambini al mare, nella Villetta. Marco li raggiungeva per qualche giorno. Trascorreva le vacanze su uno scoglio in simbiosi con dei pesci guizzanti, oppure sdraiato sul prato a osservare le formiche. Oramai era evidente che tra lui e la moglie qualcosa si era rotto. L'anno in cui Lillo superò la maturità Marco non si presentò. Al ritorno i suoi cassetti erano vuoti, spariti l'acquario e le orchidee che coltivava nella vasca da bagno.

Elena pensò di potersela cavare da sola. Del resto, anche quando c'era Marco sembrava non facesse niente. Se ne stava fuori al lavoro per ore, e al ritorno occupava uno spazio risicato tra il divano e la scrivania, senza mai sconfinare, silenzioso e sornione, quasi dormiente. E invece, appena andato via, Elena capì che il marito era un leone, con la sua presenza allontanava iene e predatori, proteggeva i cuccioli, placava i conflitti.

Elena sbatté fin da subito il naso contro la sua stessa insipienza, non riconobbe il nemico e si trovò preda suo malgrado. Teresa fu la più tenace tra i cacciatori. Spolverò la scrivania del genero, impilò i libri rimasti, coprì il computer con un panno: «Quando torna lo trova pulito». Aveva creato un altro mausoleo.

Quindi prese in mano la gestione della casa. Al mattino presto, prima ancora che il borbottio della moka svegliasse gli animi insonnoliti, in cucina era tutto un soffriggere di cipolla, un pippìare di ragù, un sobbollire di carni. Eppure nel suo frigo non c'era nemmeno un limone. «È inutile che faccio la spesa, se voglio qualcosa da mangiare posso prenderlo qui.» Tirava su le tapparelle con un gran rumore e spalancava i vetri. «Aria, facciamo entrare un po' di aria.» Non le importava di chi stava ancora a letto e con brutalità lo strappava al sogno. Si fece carico dell'educazione dei nipoti. «Tu, vai a pettinarti. Tu, copriti bene che c'è freddo. Tu, prendi il libro che ripetiamo storia.» La sua voce dura schioccava ordini e rimproveri. Infine sferrò l'attacco finale e cercò di sottomettere la cammarera, la tata dei nipoti, una ragazza mite e sensibile che con la sua pacatezza era stata l'elemento di equilibrio nei momenti difficili. La tata era per natura monogama, riconosceva solo l'autorità di Elena, perciò tendeva a sottrarsi, opponendo una passività disarmante. Teresa allora le ordinava un sovraccarico di pulizie, voleva sfiancarla per tenerla lontana dai nipoti. «Accussì a finisce di dòrmiri, accussì s'insigna.»

Quando il controllo fu totale, Elena cominciò provare un senso di estraneità verso la casa, verso la sua stessa famiglia. Stava fuori molte ore, i figli crescevano e lei non si accorgeva di quanto succedeva; c'era sempre la tata, per fortuna, a garantire una certa continuità. Marco, come un capobranco esiliato, si era dato al nomadismo. Compariva ai margini, miagolava con i figli, ruggiva contro le iene che impietose cercavano di distruggere il covile, ma nulla poteva contro le zecche che lo mordevano al collo, all'orecchio. In un tempo sospeso, scandito da compleanni solitari, ricorrenze disattese, feste non celebrate, i ragazzi conclusero gli studi. Teresa si inacidì, Elena si adattò alla nuova condizione.

La pandemia, Costanza, Viola

Fin dal primo anno di università Marisina cominciò a mostrare una paura patologica dei vecchi. Un giorno che si trovava con la madre in una sala d'attesa, mentre aspettavano di essere ricevute, comparve sulla porta un signore avanti negli anni. Elegante nel cappotto grigio di buona fattura e borsalino intonato, la schiena dritta; un bastone con il pomello d'argento sosteneva i suoi passi. Era un uomo d'altri tempi, si capiva dalle movenze e dal saluto che rivolse ai presenti, toccandosi con la mano la falda del cappello. Percorse pochi metri e si fermò al tavolo della segretaria. Fu allora che Marisina tirò fuori dalla tasca due bustine di zucchero e le ingoiò velocemente. Era pallida e sudava freddo.

«Ti senti male?» le chiese Elena preoccupata.

«Un poco.»

«Perché?»

«Non lo vedi? C'è il vecchio.»

«E allora?»

«Mi fa impressione» rispose Marisina infastidita. «Com'è che non lo capisci?»

Elena la comprendeva benissimo, ricordava bene i suoi attacchi di panico. La fobia dei vecchi si risolse da sola una volta conseguita la laurea.

Marisina discusse la tesi con la stessa faccia contrariata di quando frequentava l'asilo, gli occhi schermati dalla sua capigliatura leonina. Quindi partì per un viaggio esotico con il fidanzato di sempre, conosciuto sui banchi di scuola; al ritorno era incinta.

La pancia cresceva e lei sembrava una bambina che aveva ingoiato una palla. Le doglie arrivarono prima del tempo. Viola venne al mondo per i piedi, sulle note di *Vita spericolata*: l'aveva scelta Marisina la colonna sonora del suo parto, doveva considerarla una così grande avventura, la maternità.

Al nido, il naso schiacciato contro il vetro, Elena scrutò ansiosa tra quei fagottini esposti come cuccioli di un allevamento. Poi indicò una bambina tanto chiara da sembrare pelata, le guance paffute, i grandi occhi, l'espressione adulta, la bocca spalancata in un urlo rabbioso. «Voglio quella» disse, come se potesse scegliere. Era proprio la sua nipotina. Gliela misero in braccio, la piccola si azzittì; si erano riconosciute.

Fu semplice fare la nonna, non era molto diverso dal fare la madre. Il cuore traboccava d'amore, i muscoli vibravano di una rinnovata energia. Solo qualche preoccupazione in più per Marisina, di nuovo silenziosa fino al mutismo. Perciò al mattino Elena saltava giù dal letto e correva da lei: non voleva che la figlia rimanesse sola mentre il compagno stava al lavoro, ché nel vuoto i demoni prendono consistenza. E poi Viola non faceva altro che piangere, specie la notte, c'era bisogno che la mamma riposasse. Alla sera, spalmata sul divano, il mal di schiena che non le dava tregua, Elena considerava di aver vissuto solo per quello e la sensazione che ne ricavava le piaceva.

Nel mese di ottobre i medici segnalarono alle autorità sanitarie un aumento di casi di polmonite. Nello stesso periodo arrivarono notizie catastrofiche dalla Cina, era in corso una epidemia dovuta a un virus sconosciuto. A Natale le malattie respiratorie ebbero un'impennata, ma si stava tutti insieme, si starnutiva, era naturale, e poi era quello il periodo dell'influenza. L'allarme fu dato dopo la Befana e la gente si trovò chiusa in casa da un giorno all'altro, mentre i militari presidiavano le strade.

Teresa affrontò la pandemia con la consueta indifferenza. «Tutti 'sti stori» diceva al telefono alla figlia. «Fannu n'opra tanta, pi' un rifridduri!» Ce l'aveva con tutti, specialmente con i politici: «Un pugno di delinguenti. Ma mu' vo' diri che pensano di fare?»; e anche con i giornalisti: «Fanno schifo. Ripetono sempre le stesse cose e una alla fine si fa persuasa che hanno ragione. Ma tu ci cridi a 'stu fatt' a virus?».

Un giorno la realtà irruppe nella vita di Teresa, che si svegliò raffreddata. Il test per il Covid risultò positivo. Il virus gliel'aveva attaccato la domestica, l'unico essere umano che frequentava in quel momento.

«Cretina! Vai in giro con gli autobus e poi mi porti in casa le malattie.»

«Io no giro, senora. Tutti casa. C'è chiuso e poi c'è lolcan.» Intendeva lockdown. «Io sempre mascherina.» Teresa si arrabbiava moltissimo e la rimproverava aspramente. Elena al telefono gettava acqua sul fuoco. «Ma', siamo tutti bloccati a casa. Ci vuole il permesso per girare.»

«Dovrebbe venire solo da me, io sono vecchia, non c'è l'ha una coscienza? Mi ha infettato, alla mia età. È una crrretina» e pronunciava quella sfilza di erre con un particolare piacere.

«Deve mangiare. Ha bisogno di guadagnare. Idita non si diverte a prendere i mezzi pubblici, lo fa per andare al lavoro.»

«Tu, figlia mia, sei sempre stata contro di me. Anche ora preferisci la cammarera a tua madre.» Poi si rivolgeva a Idita: «Tu è meglio che non vieni più». Da un po' di tempo calcava l'accento su quel pronome personale, "tu", che serviva da richiamo alla responsabilità.

«Ma', come fai da sola? E le pulizie? Non hai la forza.»

«Oggi ho messo a posto il letto, ho pure sollevato il materasso. Ma tu che ne sai?» urlava al telefono e chiudeva con un secco "buona notte", anche se erano le nove del mattino.

La malattia tenne in ansia tutta la famiglia. Si temevano gli effetti devastanti della prima ondata su una persona così anziana. Teresa se la cavò con una salva di starnuti. In quei giorni nessuno andò a trovarla per la paura del contagio, nemmeno Lucio che le abitava accanto. E lei, sfuggendo al controllo dei figli, si liberò di documenti, vecchie lettere, comprese quelle di fidanzamento, fotografie sue e del marito; cancellò gli ultimi residui di un'esistenza che stava durando, a suo dire, anche troppo. Quindi comunicò che avrebbe venduto quel che era rimasto. Teresa era lucida quando faceva questa minaccia: sapeva che i figli erano legati al passato e lei cercava di togliere loro ogni radice. Aveva sviluppato tecniche raffinate per infragilire l'avversario. Lo studiava e una volta individuatone il punto debole, *bum*, colpiva senza pietà e non faceva prigionieri.

Elena lontana da lei si sentiva più leggera, quasi rinvigorita.

«'Stu Covid arrivò a tempo giusto. Così non vieni più» le disse un giorno la madre mentre lei depositava i sacchetti della spesa sul tavolo.

«Ma', c'è il lockdown, la polizia oggi mentre venivo da te mi ha fermato due volte» si difese lei.

«E tu che hai detto?»

«Ho scritto nel certificato "Assistenza madre vecchia".»

«Io non sono vecchia. Visto che presti tanta attenzione alle parole, usale meglio.»

«Vecchietta?»

«Ora mi stai facendo siddiare.»

«Anziana?» sussurrò intimidita Elena.

«Voi siete anziani, cazzo vero!»

Da qualche tempo diceva molte parolacce, e pensare che non ne aveva mai pronunciata una, da giovane.

«Avanti negli anni?»

«Tzè, tu non sai proprio niente. Ma tanto 'stu 'nverno deve finire.»

Mancava poco alla primavera, ma era l'inverno del suo cuore che durava da un'eternità. Talvolta Teresa cercava consolazione e chiamava il figlio preferito che, lontano chilometri, non subiva le pressioni cui erano sottoposti i fratelli. Quella che era stata una via di fuga si era rivelata la sua salvezza; Lucio, nell'appartamento accanto, era il più esposto. Nel periodo dell'isolamento, preclusa ogni via di scampo, per barcamenarsi tra madre e moglie Lucio studiò una strategia difensiva molto efficace. Al mattino non sollevava le tapparelle e non apriva la porta quando Teresa suonava il campanello. Faceva finta che in casa non ci fosse nessuno. «Ci siti? Unni siti?» la sentivano borbottare. «Ah, con chisti di ccà non ci può manco 'stu fatt' a Covid.» E se ne andava con quel suo passo strascicato, accompagnato dal *tunf, tunf* del bastone.

Marisina chiamava al mattino Elena, poche parole per dire che aveva bisogno di aiuto: «Ma', vieni? Non ho chiuso occhio». Elena compilava il modulo per assistenza famigliare e sfrecciava da un punto all'altro della città, sfidando polizia e carabinieri, la macchina piena di buste della spesa, panni puliti e stirati, medicine, pannolini.

Mentre la figlia riposava, lei portava Viola a passeggio in un quartiere vuoto. Giocavano insieme con i cartelli stradali, raccoglievano gli striminziti fiorellini gialli che spuntavano dall'asfalto, inseguivano le taccole gracchianti. Viola compì un anno in pieno lockdown, i negozi erano chiusi. "Non sia mai che mia nipote non debba avere un regalo" pensò Elena. Comprò un gioco da un'amica farmacista, ché un nuovo decreto del ministro della Salute proibiva la vendita di giocattoli nei supermercati e nelle farmacie, gli unici negozi aperti insieme agli alimentari. Che senso aveva tenere esposte palle, bambole, costruzioni con sotto il cartello: "Vietata la vendita"? La torta la prese al forno; la candelina la trovò tra vari rimasugli in un cassetto, ma era nuova: non voleva augurare a Viola un anno usato. Le note di *Tanti auguri a te* rimbombarono nel silenzio irreale della città.

Costanza arrivò durante la seconda ondata di Covid. Era

sottopeso e fu necessario intervenire prima della fine della gestazione. Il tempo di lavarla e la sequestrarono le infermiere. «La regola del Policlinico è che il neonato rimane sei ore in osservazione» dissero. Elena si arrabbiò, protestò con una forza che non sapeva di possedere: «La bambina deve stare con la madre, deve sentire il calore del suo corpo, il battito del cuore». Ma rimbalzava contro un muro di gomma. Con la scusa del Covid erano stati aboliti tutti i diritti, anche quelli dei bambini. Elena minacciò di denunciare i sanitari per sequestro di persona, di buttare giù la porta della nursery, finché la spuntò e le consegnarono la nipotina. L'attaccò al seno di Marisina e intanto non smetteva di cantare e parlare. Le raccontò che l'aspettava da più di sessant'anni, le parlò dei bisnonni, dei nonni, dei genitori, degli zii, della sorellina, di tutto quello che avrebbero fatto una volta uscite da lì: non una, mille vite. La sua voce era sostanziosa e morbida, come un bignè di San Giuseppe.

«Ma', che le dici?» sussurrava Marisina.

«Tutto quello che mi viene in mente, compenso il tuo mutismo. Nessuno di noi deve più provare l'angoscia del silenzio.» Tra quelle pareti estranee Elena ricomponeva un legame che nessun taglio del cordone poteva spezzare. Il suo chiacchiericcio ininterrotto rimbalzava tra i pigolii di Costanza e il respiro affannato di Marisina.

Quando la pandemia finì rimase tra le persone una diffusa, irrazionale paura. Un vago senso di pericolo offuscava la felicità ritrovata. La collera era il sentimento più comune; i rapporti erano conflittuali, tesi, la rissa incombeva come una valanga sulla neve fresca.

La rabbia di Teresa, forse a causa dell'eccessivo isolamento, cominciò a manifestarsi in forma parossistica. Quando raggiungeva i livelli di guardia, urlava contro le persone, gli oggetti, i muri. «Me ne devo andare di qua. Io le odio, le case. Aveva ragione mio padre che le considerava una camurria. Lo vedete? C'è sempre qualcosa di rotto. E vai a trovarlo un operaio. Pure quel delinguente di portiere non si fa più vedere. Ah, ma io l'ho messo a posto. Non è che può fare quello che vuole. E ora mettiamo a posto questo e pure questo.» Quindi dava un calcio alla porta che non si chiudeva, una botta al lavandino otturato. «Cazzo vero!» esclamava, le guance viola che spiccavano sotto i capelli bianchi.

Poi diventò gelosa delle sue pronipoti. «Sempre cu' sti picciridde, pensi solo a loro» diceva a Elena.

«Ma', sono le mie nipoti.»

«Non sei normale, chista è fissazione.» Infine, sospirando fece una considerazione ovvia che a Elena suonò come un anatema: «Ora hai queste due bambine e puoi stare contenta».

L'occhio pesante di sua madre poteva colpirla negli affetti più cari, pensò lei, e smise di parlargliene. Alla fine dell'anno Marisina comunicò che andava a lavorare all'estero. Lo fece senza nessun preavviso né alcuna delicatezza: zitta zitta stava fuggendo.

«Dove?» chiese Elena.

«Lontano.»

«Vabbè, quante ore di macchina ci vogliono?»

«Ma', si deve prendere l'aereo, vado in America.»

«E le bambine?»

«Ma', sono le *mie* bambine, vengono con me.» Elena sentì le gambe ammollarsi.

Prima della partenza Marisina sposò il padre delle sue figlie. Fu un giorno indimenticabile, il caldo era scoppiato all'improvviso e soffrivano tutti nei vestiti primaverili di lanetta. La sposa indossava un vestito bianco virginale che si era acquistata da sola e in gran segreto, sembrava dovesse fare la prima comunione. Ai piedi le sue scarpe da ginnastica rosse, usurate dal tempo. «Portano fortuna» si giustificò. Sulle spalle il chiodo nero. Uscì di casa sottobraccio al padre. Marco era emozionato. Per strada una comitiva di turisti giapponesi la fermò e un po' ridacchiando, un po' dandosi di gomito l'un l'altro, chiesero il permesso di fotografarla. Elena non capiva cosa ci fosse di tanto divertente.

Entrarono tutti insieme disordinatamente e vociando nella sala cerimonie del municipio. Le bambine, attaccate alla gonna della madre, non la lasciarono un momento. Lei disse sì in un soffio, nessuno lo sentì. Elena si cullò nell'illusione che il matrimonio non fosse valido, ma anche quando lo fosse stato, a cosa sarebbe servito?

Il mese dopo Marisina afferrò le sue cose e salutò con gli occhi lucidi; da un po' aveva sempre il pianto in pizzo. «Se stai tanto triste, perché parti?» le chiese Elena.

«Ma', lascia perdere!»

«Io non ti capisco. O sei felice, e allora sorridi, o non lo sei, e allora piangi.»

«Ma', me ne devo andare.»

Elena l'accompagnò fino alla macchina, sperando in un ripensamento dell'ultimo momento. Infine sbottò: «Ti auguro che Costanza o Viola da grandi facciano l'astronauta, così capisci cosa vuol dire stare lontana da chi ami». La guardò poi mentre si allontanava, non si distingueva la madre dalle figlie, erano tre bambine senza protezione.

Era stata Teresa a tirargliela, si disse Elena che intanto aveva cominciato a soffrire di strani disturbi. Le faceva male il cuore. «Nostalgia» diagnosticò il medico. Era vero. Le mancava Marisina, la piccola di casa, il cacanido, il piscialetto dal quale le madri non si staccano mai; pativa la lontananza delle nipotine dagli occhi lucidi e dai capelli di miele. Era rimasto negli armadi il loro profumo di lievito, Elena lo usò come antidoto.

Le telefonate da un capo all'altro del mondo erano strazianti.

Viola chiedeva se in Italia ci fosse il cielo. «È ancora giorno? È notte?»

Costanza ripeteva con insistenza: «Nonna, nonna, nonna...»

Altre volte correvano in tondo e urlavano. Elena, squassata dal dolore, le immaginava in quella casa di mattoncini Lego, il soffio dell'aria calda nei tubi del riscaldamento, i rami degli alberi davanti alle finestre, un castoro lamentoso nel prato. Ma non erano le nipoti il suo cruccio, i piccoli si adattano presto, bensì la figlia. Si sente sola?, si chiedeva. Qualcuno l'abbraccerà? Avrà paura?

Teresa in quel periodo non ebbe mai una parola di comprensione, anzi sembrava si divertisse a insultare Marisina: «Tua figlia non ragiona. Andarsene così, e senza farsi sentire. È cattiva, è stronza. Dopo quello che ho fatto per lei». Era il modo più feroce che aveva architettato per ferirla.

«Smetti di parlare male di Marisina. A te piace quando me la prendo con Lucio o con Sebastiano?» protestò Elena.

«Che c'entra? Quelli sono miei figli.»

Dunque per Teresa lei non era figlia, non era madre, non era niente. Un giorno, di fronte all'ennesima provocazione: «Non è che poi sono tante belle 'ste bambine, sei tu che esageri», Elena reagì e disse: «Basta».

I Monolocali

Elena cambiò casa. Ne scelse una lontana dalla madre, all'interno della ZTL: avrebbe eliminato la metà delle visite indesiderate. Era all'ultimo piano di un palazzo senza ascensore e con scale abbastanza ripide da scoraggiare il più tenace degli agenti immobiliari. La ristrutturazione fu costosa, il trasloco impegnativo, ma molti cascami si persero per strada. Abbandonò un quartiere piccolo borghese con la vocazione all'ordine per un altro slabbrato e chiassoso. Entrò entusiasta in uno scomodo appartamento che sua madre sprezzante aveva definito i Monolocali. Fu come trasferirsi sulla luna. Ma subito si sentì fiduciosa e ben disposta verso tutti.

"C'ho impiegato un po', ma alla fine ho fatto bene. È stato il miglior affare della mia vita" si disse una mattina all'inizio dell'estate. Le stanze, l'una dentro l'altra, erano abbarbicate a un cielo dal colore mutevole, ora grigio piombo per le nuvole minacciose, ora azzurro e gonfio di promesse, ora bianco d'afa e caliginoso per la sabbia spinta dallo scirocco. Girò intorno lo sguardo, l'animo colmo di gratitudine per l'amico architetto che aveva trasformato una scomoda soffitta in un accogliente rifugio. Le finestre del palazzo di fronte le sorridevano stropicciate, i fili delle antenne e i fiori sui davanzali ondeggiavano al vento.

L'aria era lucida. Un improvviso temporale durante la notte aveva spazzato via ogni traccia di polvere. Risplendevano i tetti quieti, aspettando di tingersi di rosso al tramonto. Elena avrebbe voluto rimanerci per sempre, in quel posto tanto amato, anche dopo morta. L'aveva scritto persino nel testamento: "Spargete le mie ceneri sui coppi, ve ne sarò grata *per sempre*", e aveva riso con il notaio di quelle parole che le erano apparse così appropriate. Cosa c'è di più eterno della morte?

Un uomo a torso nudo la salutò dal terrazzo di fronte. Lei sollevò la mano in un cenno, poi finì di mettere in ordine. "Datti una smossa" si disse. Il lunedì faceva visita alla madre, che sulle gambe malferme non riusciva più a salire le scale.

Si vestì senza cura, sperando di evitare almeno per una volta le ficcanti domande sulle sue spese pazze.

«Io mi sono tolta il pane di bocca, e tu guarda come spampazzi i sordi» era il suo rimprovero abituale. Teresa storpiava di proposito le parole. Sapeva che la figlia si infastidiva per quelle grossolane manifestazioni di ignoranza.

«Hai studiato, hai vissuto tra gente di livello, hai una biblioteca immensa e non ti è servito a nulla. Soldi, si dice soldi.»

«Sordi» ripeteva l'altra, negli occhi un lampo luciferino.

Elena la chiamò al telefono per accertarsi che fosse in casa. E dove avrebbe dovuto essere? Non usciva più da anni. Mentre aspettava che rispondesse controllò la posta, mise ordine tra le bollette, per ultimo arrivò il consueto: «Pron...». A Teresa scocciava rispondere, perciò troncava le parole.

«Ciao ma', come va?»

«Ehm, ehm, ehm come va? Bah, non ti so dire. Forse non sto bene, sento un caldo terribile.»

«Normale, è estate.»

«Lo so bene che è luglio e ci deve essere caldo. A te pare che sono rimbambita?» Il richiamo alla realtà era suonato alle sue orecchie come un insulto. «La mia testa funziona meglio di tutte le vostre messe insieme.» E continuò in un crescendo risentito fino alle consuete lamentele: «Io sono ammalata lo vuoi capire?».

«Ma', che dici? Le tue analisi del sangue sono perfette: meglio delle mie.»

«Che c'entra? La vecchiaia è malattia. *Senectus ipsa est morbus.*» Citava Terenzio per dimostrare la sua superiorità culturale, la stessa che negli ultimi tempi l'aveva portata a considerare Tolstoj uno scemo e Dostoevskij uno che ti prende per il culo. Superati i novant'anni le sue convinzioni si erano modificate e aveva cambiato idea sugli scrittori russi, in altre epoche adorati come semidei.

"Invece di risolvere i problemi, si lagna sempre" sospirò Elena. Non si rendeva conto che a una certa età il lamento è già soluzione. «Ma', pensavo di passare a trovarti.»

«Così sistemiamo un po' di cose» rispose quella e concluse: «Poi parliamo».

"Così" e "poi" erano gli avverbi che avevano sostituito il "tanto" della giovinezza.

L'uno indicava uno stato di fatto immodificabile che, proprio perché immodificabile, giustificava la sua inerzia. «Non c'è nulla da fare, le cose vanno come devono andare» chiosava, procrastinando una decisione. In questo modo si assolveva dalla sua accidia. Il poi, d'altro canto, rimandava il momento dell'azione a un indefinito tempo futuro. Teresa era convinta che, cambiando le circostanze, la questione si sarebbe risolta da sola, liberandola dalla responsabilità di fare una scelta.

Elena pensò di rinunciare alla visita del lunedì. Le capitava spesso, esasperata dai battibecchi, di levarsi le scarpe e rimanere nei suoi Monolocali a ingozzarsi di cibo. Ma si era pesata da poco, aveva tre chili in più, meglio sarebbe stato uscire.

"Basta, cosa fatta, capo ha" concluse tra sé, e riluttante si avviò alla macchina.

Il lunedì i negozi erano chiusi, i furgoni, posteggiati in doppia fila, i motori accesi in barba ai divieti, ammorbavano l'aria con zaffate di gasolio. Fuori dalla ZTL un fugace sentore di erba sovrastava il puzzo degli scarichi.

La strada piena di curve si arrampicava su per una collina fitta di alberi. Un'alta muraglia correva parallela alle corsie. Costruita dopo una grossa frana che aveva minacciato la stabilità di un intero quartiere, era stata imbrattata con colorate frasi d'amore e disegni sofisticati. Ah, gli adolescenti! Basta una parete bianca e si scoprono artisti.

In cima alla salita svettavano i cespugli di sambuco dai fiori giallini grandi come cavolfiori. Ferma al semaforo, Elena percepì un intenso profumo. Chiuse gli occhi e tornò all'infanzia. L'acqua e anice che beveva nelle calde giornate estive, l'anisetta servita in bicchierini dai bordi dorati.

Le era tornata, dopo tanto tempo, un'improvvisa curiosità per le storie della sua famiglia, la stessa che l'aveva spinta da ragazzina a frugare nei cassetti dei genitori. C'era qualcosa in quell'intreccio di relazioni conflittuali che avrebbe voluto comprendere. A ogni incontro poneva alla madre domande insistenti che spesso rimanevano senza risposta. I suoi fratelli dicevano di non rammentare nulla del passato. Come se fosse così doloroso da doverlo cancellare. Lei invece ci teneva a ricordare.

Il suono dei clacson la riportò al presente. Gli automobilisti frettolosi se ne fregavano di lei. La strada era semideserta, ai lati una fila di condomini tronfi nel loro lusso. Le macchine invadevano i marciapiedi polverosi. Elena faticò a trovare posto. Avrebbe potuto entrare in garage, ma l'uso le era stato interdetto da Lucio. Anche con lui le cose non andavano bene. Morto il padre, gli Accoto avevano risentito della troppa libertà. La famiglia è come la società, funziona solo se c'è qualcuno che comanda.

Due africani dall'espressione apparentemente bonaria spazzavano gli aghi di pino. I mucchietti, a distanza regolare l'uno dall'altro, se ne stavano come evanescenti pietre miliari ai bordi della carreggiata. Elena aprì il cancello, si inerpicò per il viale. Dai balconi pieni di vasi fioriti colava acqua, cercò riparo sotto al porticato. In quelle palazzine disposte a ferro di cavallo non c'era stato alcun ricambio generazionale, e anziane coppie conducevano un'esistenza senza scossoni, protetti dall'agiatezza e dalla loro stessa inerzia. Ogni tanto, la morte interrompeva la monotonia di giornate sempre uguali.

Elena rallentò il passo. Il suo corpo si rifiutava di tornare nella Clinica svizzera e reagiva con una molle pigrizia. Sentiva l'ansia affiorare e il respiro farsi veloce. Cercò di contrastarla con qualche ricordo felice, ce ne dovevano pur essere. Ne trovò alcuni, li poteva contare sulla punta delle dita, erano sbiaditi, probabilmente non erano stati poi così intensi.

Romeo

Il gatto di Teresa era allungato sullo zerbino. Scattò in piedi e lesto, appena aperta la vetrata, scivolò dentro. Aveva un manto nero, lucido; il corpo stretto e lungo sembrava una locomotiva. Miagolando impaziente, la coda arcuata come un punto interrogativo, aspettò che lei finisse di parlare con il portiere. «Sali» gli ordinò Elena indicando le scale, ma quello continuò ad agitarsi davanti all'ascensore. Era così pigro. «Sali» ripeté; non voleva trovarsi con lui chiusa in uno spazio ristretto. Romeo era infido e imprevedibile: mentre faceva le fusa all'improvviso tirava fuori le unghie e si attaccava alle gambe. Salirono a piedi fino al quarto piano. A ogni gradino il gatto le si avvicinava e provava a strusciarsi contro i suoi pantaloni. «È inutile che marchi il territorio» lo rimproverò, «io non sono tua, sono mia.» Poi sorrise al ricordo di quel vecchio slogan che mandava il padre su tutte le furie. Anche Romeo, come il padre in passato, non diede peso alle sue parole e le si appiccicò alle caviglie.

«Fossi mio ti avrei castrato» sibilò Elena indispettita. Per la verità c'aveva già provato Irene, la moglie di Lucio. «Me ne occupo io» aveva detto alla suocera, lasciando sulla tavola una pila di panni da rammendare.

«Armaluzzo...» si era opposta Teresa, che con i cuccioli manteneva anche in vecchiaia un rapporto speciale.

«Dài, nonna.» Irene chiamava così la suocera, ché di mamma ce n'era una sola. «È più semplice da gestire, e se lo operiamo adesso che è piccolo non soffrirà.» Poi lo aveva infilato nel trasportino, diretta dal veterinario. Nell'ambulatorio la vicenda si era complicata: qualcuno dei nipoti riferì poi che Romeo era scappato appena aperto lo sportello; Irene sosteneva che fosse saltato giù dal tavolo operatorio, addirittura rintronato dall'anestesia. Di certo c'era che il gatto aveva fatto ritorno a casa dopo qualche giorno orientandosi tra le strade del quartiere, schivando le macchine, attraversando sulle strisce come un umano. Era intero però, in tutti i sensi, e il suo carattere disubbidiente e irrequieto ne fu la prova.

Superato lo choc Romeo prese l'abitudine di trascorrere le notti fuori casa, spinto dagli ormoni che lo abitavano. Teresa era orgogliosa delle sue prodezze: lei che non aveva mai osato ribellarsi apertamente guardava con una certa ammirazione a chi non si conformava alle regole, a meno che le regole non fossero le sue, perché allora montava su tutte le furie. Ogni sera comunque apriva la porta e lasciava che quello si avventurasse per il quartiere e tornasse al mattino affamato, malconcio, sul corpo i segni di violente battaglie. Lo accoglieva con la tenerezza aspra che le era propria. «Pezzo di cretino, guarda come sei ridotto.» Quindi disinfettava le sue ferite e lo gratificava di qualche buffetto. Il gatto se ne stava sdraiato, buono buono, finché lei finiva di curarlo; poi vuotava la ciotola delle crocchette e sprofondava nel sonno, recuperando energie per la notte successiva.

Era riuscito a evitare la castrazione chirurgica, ma dovette impegnarsi per scampare quella psicologica. Teresa a un certo punto cominciò a essere infastidita dalla sua disubbidienza. Il controllo sul gatto e sulla casa era tutto quello che le rimaneva. Prese a trattarlo con durezza, gli agitava davanti al muso il bastone. «Ci penso io a te!» urlava quando quello occupava la sua poltrona preferita, o si allungava pigro sul divano, o passeggiava a ritmo sulla tastiera del pianoforte. Lo inseguiva caracollando sul parquet che risuonava di colpi sordi. «Non andare di là», *tunf, tunf,* «pezzo di maleducato!» O più spesso: «Pezzo di stronzo!».

Romeo appariva completamente indifferente ai richiami. Saltava giù dalla poltrona con balzi esagerati, si arrampicava agile sullo schienale delle sedie, spariva sotto mobili massicci, riemergeva metri più in là e con atteggiamento provocatorio si faceva le unghie su tende e divani. Teresa, un po' indispettita, un po' orgogliosa, stava al gioco. Infine, ansimando, si lasciava andare sulla poltrona; Romeo allora andava a strusciarsi contro le sue gambe magre. «Armaluzzo...» sussurrava, poi gli allungava un calcio: «Pezzo di stronzo».

Elena e Teresa

In cima alle scale Elena aspettò di rifiatare. Il volume della tv era così alto che riusciva a sentire il chiacchiericcio inutile dei talk mattutini. Teresa era diventata completamente sorda, ma non lo ammetteva. Spesso questa sua menomazione era causa di ulteriori equivoci che segnavano l'inizio di aspre litigate.

La figlia suonò il campanello tre volte, era quello il segnale convenuto. Seguì lo stropiccio di pantofole e qualche invocazione: «Dio della pace, Signurimè». Teresa si materializzò sulla porta e aveva la consistenza di un ectoplasma. I capelli bianchi erano una raggiera lattescente attorno al suo viso antico. La gonna a pieghe le cadeva informe fino ai polpacci. Dalla camicia a righe spuntavano le braccia sottili, un vecchio maglione del marito la riparava dagli sbalzi di temperatura. Lo scialle confezionato con avanzi di lana pendeva sghembo dalle spalle. Non seguiva il ritmo delle stagioni, Teresa, e a luglio ancora indossava i vestiti dell'inverno, continuava a mangiare broccoli coltivati a forza nelle serre e minestre calde. Accostava i colori a casaccio, non le importava nulla della moda. Da giovane non aveva potuto permettersi neanche una sartina. E quando era arrivato il benessere, aveva perso ogni velleità femminile. Possedeva diversi vestiti eleganti, residui di passate mondanità.

Le stavano ancora, ma non erano appropriati a quella fase della sua vita e poi non aveva mai amato certe frivolezze. «Peccato che non abbiamo la stessa taglia» diceva a Elena. «Potresti usarli tu. Però ce n'è qualcuno che forse potrebbe andare, perché non lo misuri?» La figlia non la degnava neanche di una risposta e lei coglieva in quella negazione silenziosa un offensivo rifiuto del suo corpo vecchio. Eppure non era stata il suo ventre a metterla al mondo, il suo seno a nutrirla?

«Ah, qua sei? Non ti fai mai vedere!»

«Ti ho chiamata mezz'ora fa per dirti che sarei passata.»

«Sì, vero. Vuoi il caffè?»

«No, grazie. L'ho preso fuori.»

«Quando vieni qui non devi fermarti al bar.»

Quella fece spallucce. La miscela della famiglia, come la definiva la madre, non le piaceva.

«Ma è la migliore.»

«Lo era.»

La torrefazione di cui si serviva Teresa, un tempo molto rinomata nel quartiere, adesso vendeva prodotti scadenti. Ma lei, come succede agli anziani che sopravvivono ancorati ai ricordi o a finte rappresentazioni della realtà, continuava a considerarla la migliore.

«Allora andiamo di là, così qui *lei* finisce di lavare il pavimento.»

"Lei" era la collaboratrice domestica: non la chiamava mai con il suo vero nome, preferiva indicarla con il pronome personale oppure con il pronome dimostrativo "questa". Idita era lei, questa, *idda* o la *cammarera*, se era molto arrabbiata. In generale Teresa non pronunciava mai il nome corretto di nessuno. La nuora che le abitava accanto era "questa di qua", suo figlio "questo di qua", i nipoti "quelli di là" e con il pollice indicava la porta di casa. Dal questo al quello ci passava una generazione. Namal, un tuttofare del condominio, era diventato "Hammas" o *chistu*, il portiere "quel delinguente", con la g, dacché ci aveva litigato, anzi lo aveva "messo a posto".

Elena posò la borsa sull'asse da stiro, puntò dritto al salone, in penombra come sempre. Le serrande non venivano più alzate da anni; alcune stecche spezzate ne impedivano lo scorrimento nelle guide, Teresa non aveva nessuna intenzione di farle riparare. «In terrazzo ci posso andare lo stesso, passo dalla cucina, è tutto aperto. E la luce non manca, ci sono tante, troppe finestre.»

Elena schivò i divani, sembravano comodi, morbidi, ma nessuno ci si sedeva più. Il rito della convivialità, le chiacchiere rilassate, i confronti affettuosi erano finiti insieme con il padre. Ogni mobile era stato ridotto a oggetto d'esposizione. Destino, quello di perdere le funzioni: non succede anche al corpo umano? La memoria si assottiglia e restituisce fantasie senza senso, i polmoni non ventilano, il respiro si fa corto, i muscoli diventano mera copertura: è il ciclo della vita.

La stanza da pranzo, un moderno bovindo circondato da vasi di fiori, era in perfetto ordine; tutto intorno il caos.

«Senti, tu!» urlò Teresa. Idita arrivò al terzo richiamo. «Tu, metti a posto il tappeto e poi pulisci la cucina.»

«Io ora cuscina, senora.»

«Tu, chi ti ha detto di fare la cucina?»

«Tu detto, senora.»

«E che fai lì?»

«Io lava pavimento, senora.»

«No, tu prima sistema qui.»

La inondava di ordini contraddittori fino a paralizzarla nell'indecisione, per poi concludere che era una cretina. Idita aveva avuto una vita difficile, segnata dalla violenza del marito. La sua psicologia di donna maltrattata faceva di lei la vittima perfetta. Perciò stavano insieme da tanti anni.

Teresa d'altra parte aveva relazioni conflittuali con l'umanità intera. Con chi le stava sotto era crudele, doveva dimostrare che comandava lei; con chi le stava sopra era offensiva, serviva a chiarire che non si sentiva inferiore a nessuno, anzi era migliore degli altri. Il senso di inadeguatezza, che un tempo la faceva agire con timidezza, ora aveva preso la via della tracotanza.

Si sedette quindi davanti al tavolo. Appoggiata a quel lucido ripiano trascorreva noiose giornate leggendo autori caduti nel dimenticatoio, risolvendo parole crociate, confezionando sottili presine con le quali ci si scottava. Però era ancora capace di rammendare, cucire, attaccare bottoni, ogni volta che "questa di qua" glielo chiedeva. Oppure trasformava vecchi vestiti adattando al suo corpo invecchiato camicie del marito, abiti smessi della figlia.

Una stuoia bianca ricamata a chiacchierino proteggeva il ripiano, su cui gli oggetti erano disposti secondo un ordine preciso. Al centro una ciotola di cristallo per la posta inevasa, motivo di continue recriminazioni. «Quello di là» e intendeva suo figlio Lucio, «non vuole fare niente. Sono mesi che gli dico di controllare l'estratto conto della banca. Avrò diritto di sapere quanti soldi ci sono?»

«Te lo posso leggere io» si offriva Elena.

«Tzè, tu?» replicava roteando la mano nell'aria. Non voleva che la figlia sapesse di quanti soldi disponeva. Non rivelava mai le sue cose ai famigliari. Da bambina era stata costretta a celare la sua indole, da giovane sposa i desideri, finché dissimulare era diventato un automatismo.

Sedute l'una di fronte all'altra si guardarono in silenzio, entrambe cercando un argomento di conversazione neutro. Almeno per una volta sarebbe stato bello non litigare.

«Vuoi questo?» chiese Teresa, indicando una piccola sveglia tra i tanti orologi che segnavano ognuno un tempo diverso.

«No, grazie, oramai si usa il cellulare.»

«Non è carina?»

«Sì» convenne la figlia, che si era ripromessa di essere gentile.

«Allora prendila, il rivestimento è di tartaruga, è così originale.»

Nei momenti di serenità Teresa provava a riavvicinarsi ai figli attraverso gli oggetti che possedeva. In cambio si aspettava che quelli la includessero nella loro vita quotidiana. Più che un regalo era un baratto.

«Un'altra volta, oggi non so come portarmela.»

«Ma pesa sì e no cinquanta grammi, la puoi mettere nella borsa.»

«È piena.»

«Vabbè, vabbè, sei troppo delicata. Allora prendi questa. O quello, lo vuoi?» Teresa indicò di volta in volta una penna dal rivestimento dorato, un calamaio di cristallo, un piattino d'argento. Gli oggetti accumulati in passato, che le erano serviti a costruirsi un'identità, oggi li considerava zavorra. Elena continuò a fare cenno di no con un leggero movimento della testa, finché l'altra si arrese.

«Che ti volevo dire? Lo vedi che non ho più memoria? Ah, sì, vieni, ho una cosa da mostrarti.» Provò diverse volte a sollevarsi sulle gambe. «Dio della pace» invocò con i pugni stretti, quindi si alzò in piedi. «Guarda cosa ho trovato. E si accende pure» esclamò con espressione divertita indicando un abat-jour. L'asta era scolpita in un ramo di legno grezzo, sul paralume di pergamena color crema erano stati disegnati ingenui pupazzetti.

«Stava sul mio comodino» sussurrò Elena, nel petto un senso di disagio che aveva dimenticato.

«Già, nella nostra prima casa di proprietà» rispose Teresa con orgoglio. «Allora non l'hai dimenticato...»

«Impossibile dimenticare la Casa del silenzio» sussurrò la figlia, lasciandosi travolgere dalla malinconia.

«Era bella, vero? L'ho convinto io tuo padre a comprarla. Comandavo io. Lui mi lasciava fare, basta che non aveva camurrie. Tanto poi usciva e fuori faceva u capataz.» Si mise a ridere. «La desideravo tanto, una casa tutta mia. Ne avevo cambiate troppe da ragazzina. Mio padre era sempre in fuga. Quando non gli conveniva più ci faceva segno, io e le mie sorelle raccoglievamo le nostre bagattelle e ci sistemavamo sul carretto tra i materassi e le pentole. Non facevamo in tempo ad abituarci a una parete, a familiarizzare con i vicini, a interiorizzare i rumori notturni, che arrivava un nuovo trasloco. A lui non importava nulla della nostra sofferenza. "Fora dai ball!" urlava, facendo il verso a un suo fratello che abitava al Nord, e via, ci trovavamo da un'altra parte. Tuo padre era diverso, non mi diceva mai di no» sospirò Teresa, poi fece oscillare il paralume. «Abbiamo chiesto un mutuo, non avevamo sordi. Lo pagavamo con la quinta parte dello stipendio. All'epoca tutto veniva acquistato a rate: i libri per studiare, le riviste di aggiornamento professionale. Le cambiali ci sembravano una bella cosa.»

«Fu così che iniziò il consumismo.»

«Sì, a pensarci adesso è stato un male. Meglio il fascismo: poche cose ma sicure ed eterne. Moro l'aveva detto, di stare attenti: a forza di cambiali saremmo rimasti senza liquidità.»

«Parlava dell'Italia.»

«Perché noi non eravamo in Italia? D'altra parte i sordi erano così pochi. Comprare a rate era l'unico modo per lasciarci alle spalle la povertà della guerra. Era grande la casa nuova, te la ricordi?»

Elena annuì.

«Tutte quelle porte. Tutte rotte. Certo che tuo fratello era un ragazzino particolare. Se voleva una cosa...»

«Ah, lo so, eravamo pieni di lividi. Lucio tirava certi calci!»

«Esagerata! Era piccolo, si difendeva.»

Elena sentì lo stomaco contorcersi, le dava sempre torto. La madre si accorse del suo disappunto. «Tu e la tua sensibilità. Te la ricordi la stanza da pranzo? Quel bel tavolo di marmo. Eri sempre chiusa lì. Facevi tante cose carine. Guarda, ho ancora il cuore di velluto che mi hai regalato per la festa della mamma. Non capisco come è successo che sei diventata comunista. Hai disegnato pure un ritratto di Mao Tse-Tung.»

«Mamma, erano gli anni Settanta!»

«Che c'entra. Le tue compagne di scuola tratteggiavano bamboline, casette, alberi... Ah, eri così diversa» continuò Teresa. «Che fatica per metterti al mondo! Ho travagliato tre giorni interi prima che nascessi. E non ho detto né ahi né bai.»

«Perciò c'ho messo tanto. Il bambino ha bisogno della voce della mamma per trovare la strada.»

«Tzè, è inutile che fai la scienziata con me. La verità è che sei sempre stata mammolina, anche prima di nascere. Ci stavi bene al calduccio qui dentro, non ne volevi sapere di nuotare nel mare della vita. E poi eri grossa, i medici hanno ballato la contradanza sulla mia pancia per tirarti fuori, e io zitta. Ero così stanca che quando sei arrivata non ho potuto prenderti tra le braccia.» Elena fece una smorfia di rammarico, sapeva bene quanto duro fosse per ogni bambino il tragitto verso la vita, e doloroso, come tutte le separazioni. Perciò i suoi figli se li era tenuti stretti stretti, attaccati al petto.

«Sì, eri mammolina. Mi stavi sempre appiccicata. Non potevo uscire che ti mettevi a piangere. Nemmeno a scuola volevi andare, eppure ti piaceva studiare. Eri così rispettosa. Com'è che hai fatto questa riuscita?»

«In che senso?» replicò Elena stizzita.

«Niente, fai conto che non ho detto niente. Andavi bene a scuola. Solo con l'inglese mi davi qualche preoccupazione e così ti abbiamo mandata a lezione privata. Ci tenevamo alla tua istruzione. Te la ricordi la professoressa? Ludmila Iljiascenko, già il nome!»

Elena si rabbuiò, ancora la russa non l'aveva dimenticata.

«Che c'è? Non era buona? Eppure aveva il sangue blu.»

«Tu e la tua fissazione. Il sangue è di colore rosso!»

«Ma che ne puoi capire, tu. Quella era amica della moglie del principe di Lampedusa.»

«Fin troppo amica, direi intima» sottolineò Elena maliziosa .

«Ma che dici?»

«Questo diceva la gente, che lei e la principessa se la intendevano.»

«Hai una lingua! Sempre così, sei stata.» Portò la mano al petto, controllò che i bottoni fossero ben chiusi. Elena si accorse che le sue dita tremavano e che sulla camicia c'era una macchia d'olio. «Ci cambiamo, ma'? C'è una patacca, qui.»

«Tu pensa per te. I miei vestiti sono a posto. Possibile che mi devi rimproverare sempre?»

«Non ti sto rimproverando.»

«Non faccio mai nulla di buono, secondo te.»

«Perché ti offendi? Io non mi seccherei se tu mi facessi notare che il mio vestito è sporco. Lo dico per te.» Elena cercò di modulare il tono della voce, ma Teresa capiva oltre le parole e sentiva che la figlia non le perdonava il suo decadimento. Come se invecchiare fosse una colpa.

«Non fa niente, tanto non mi vede nessuno» concluse, e guardò lontano. Gli occhi le erano diventati trasparenti. Le iridi un tempo castane apparivano ora di uno sbiadito verde oliva. Colpa della cataratta o dello sperdimento?

«Raccontami qualcosa di papà. Perché ti sei sposata?» tornò a bomba Elena. Non era semplicemente curiosa. Aveva paura dell'oblio, perciò faceva domande: sperava, attraverso le parole, di tenere la madre in vita oltre il tempo che le era stato concesso.

«Che è, il momento dell'interrogatorio?» saltò su la donna. Era sempre stata diffidente, ora vedeva complotti ovunque.

«No, così... Ogni tanto mi viene in mente. Era bello quando c'era lui. Non dovevamo pensare a nulla, ci rassicurava sempre. A me manca molto. A te no?»

Teresa fece spallucce.

«Allora perché l'hai sposato?»

«Ah, non lo so» rispose con sincerità disarmante.

«Non mi dire che era il tuo unico corteggiatore. Eri carina, laureata, di buona famiglia...»

«Ah, sì, potevo scegliere.»

«Perché proprio lui?»

«Perché ha insistito tanto.»

«Insomma, ti piaceva o no?» La parola "innamorata" era meglio non pronunciarla, sarebbero rimaste entrambe incastrate nelle sabbie mobili dei sentimenti.

«Certo, un po' di simpatia me la faceva. Cosa te ne importa? Tuo padre è morto, riposi in pace. Se proprio vuoi sapere qualcosa, parliamo della casa.»

«Va bene.»

«I mobili della camera da letto me li ha comprati mio padre. Lui sì che mi voleva bene.»

Elena sgranò gli occhi: ne aveva sempre parlato male, ora lo stava beatificando. Teresa con i ricordi faceva il gioco delle tre carte.

«Lo so che stai pensando» sibilò Teresa come in trance, i capelli si allargarono a raggera attorno al suo volto.

«Che cosa?»

«Che sarebbe stato meglio se fossi morta io, al posto di tuo padre.»

«No, ma'» negò Elena senza convinzione.

«Fortuna che la vita non la decidi tu. È vero, sarebbe stato meglio, voi tutti contenti e io adesso riposerei. Che senso ha questo lungo vegetare?»

«Ma', basta. Però con me non mentire. Lo so che ti sei sposata per sfuggire alla tua famiglia.» Elena si stava intristendo.

«Chi te l'ha detto?»

«Tu.»

«Non mettermi in bocca parole che non ho mai pronunciato. Pensi di prendermi per fessa? A me la testa mi ragiona meglio che a tutti voi!»

«Vabbè, vabbè, non ti arrabbiare.»

«Te lo ricordi quel periodo?» chiese Teresa. Sembrava fluttuare in un'altra dimensione. «Tuo padre era sempre incazzato. E quando gli hai fatto lo scherzo di Carnevale? Non la smetteva di urlare, la faccia gli era diventata nera. Madonna! Diventava scuro scuro quando gli salivano le arterie. Si stracanciava.» Elena la guardò con gli occhi innamorati di quando era bambina. Perché non riusciva a tenersi stretto quel sentimento?, si chiese. Lei voleva amarla, sua madre, con costante intensità. Invece bastava una parola e la tenerezza si trasformava in astio.

Teresa scoppiò a ridere. «Vedo che ricordi bene. Ti ho protetta sempre da tuo padre e dalla sua isteria. Te lo ricordi quando uscivi con il fidanzatino di turno e io dicevo che eri a casa da un'amica? Allora ti conveniva e sembrava che mi volessi bene... E ora niente, sono diventata una cosa inutile. Tutto cancellato. Il mio, il nostro passato, non è mai esistito.»

Elena pensò che le cose irrisolte era meglio lasciarle andare. Il padre non c'era più. Un mare infinito l'aveva inghiottito, del corpo nessuna traccia, della sua voce nessun ricordo, se non in quel perentorio: «Elena!» che risuonava a orari precisi, quelli della puntura di morfina negli ultimi mesi di malattia. E tuttavia non poteva fare a meno di muoversi a ritroso tra i ricordi.

«Com'era la tua prima casa?»

«Due stanzette striminzite; il soffitto era così basso che stavamo piegati sulle ginocchia per non sbattere la testa. La Casuzza, la chiamavamo. Due finestrelle affacciavano sulla piazza e valevano il sacrificio. Sotto c'era un via vai! E liti, promesse, giuramenti, battibecchi. Non mi sentivo sola. Qui invece c'è un silenzio...» Il silenzio era tutto nella sua testa. «Che te ne pare che quelli sono sempre fuori? Non si sente niente.» Quelli, i nipoti, talvolta erano fuori, sì, ma non sempre. Parlavano con un tono di voce normale che lei non riusciva a percepire. Elena cercò di riprendere il filo del racconto, tenendo insieme i pezzi di un passato che non conosceva.

«E da che parte si trovava?»

«In centro, davanti alla cattedrale di San Domenico, al primo piano di un palazzo nobiliare ma sdirrupato, pieno di gintuzze. Tuo padre l'aveva affittata senza consultarmi. L'arredò di testa sua, ma tanto non mi consultava mai quando doveva prendere delle decisioni. E poi mi faceva credere che l'aveva fatto per me.»

«Se prima hai detto che in casa comandavi tu!»

«Tu, figlia mia, sei in malafede. Pur di darmi contro... Questo te lo sei inventato. T' u niscisti da' manica? Come un prestigiatore tira fuori dalla giacca fazzoletti, palloncini, colombi, tu invece fantasie. Comunque ora mi sto seccando. Perciò statti zitta, oppure non ti racconto più niente.» Elena fece il gesto di cucirsi le labbra.

«Avevo una scopa piccola piccola che sembrava quella delle bambole, con un manico corto corto, e un secchiello striminzito. Sai i giochi dei bambini? Era così» Teresa avvicinò i palmi rugosi fin quasi a sovrapporli. «Come potevo lavare il pavimento con tanto d'acqua?» e mostrò indice e medio. Le dita ripresero a tremare. «Lo vedi? Non riesco neanche a scrivere. Avevo una bella grafia, le vocali tonde e piene di svolazzi, ora guarda.» Prese un foglio e scrisse il suo nome. Le lettere erano frastagliate e si sviluppavano in obliquo.

«Ma', non ti distrarre. Dimmi, che avete fatto dopo?»

«Dopo cosa?»

«Dopo la Casuzza e la Casa del silenzio dove sei andata?»

«Di nuovo? Ma stai strammiando? Poi dici a me che sono rimbambita.»

«No, ma', io non l'ho mai detto. Sei tu che ti lamenti della vecchiaia. Io volevo che mi raccontassi di te.»

«Dopo siamo venuti qui a Roma e a Roma mi toccherà morire, fine» sbuffò Teresa. Tutta quella curiosità per la sua vita l'aveva messa in allarme.

«Dimmi qualcosa di più allegro.»

«Che cosa? Abbiamo traslocato nella Clinica svizzera, come la chiami tu.»

Elena sgranò gli occhi.

«Ti fai meraviglia? Guarda che le cose le so. Faccio la fessa per non pagare u dazio. Comunque non prendiamo questo discorso. Qui sono *arrivati i dollari*, come nel film. La casa è grande, tre volte di più di quella del silenzio, ma tu lo sai bene, hai cercato di buttarmi fuori da qui tante volte.»

«Io ho la mia. Che me ne faccio di tutto questo spazio? E se ben ti ricordi sono stata io a proporti di venire da me, quando è morto papà.»

«Appunto! Volevi cacciarmi fuori dalla mia casa.»

Elena arrabbiata scattò in piedi, prese la borsa per andare via.

«Se esci non mi vedrai mai più» urlò la madre con tono melodrammatico.

Elena respirò a fondo e si sedette sul pizzo di uno sgabello, pronta a infilare la porta se quella non avesse misurato le parole.

«I mobili della casa nuova li ho comprati io. E anche il secchio e la scopa, questa volta delle dimensioni giuste.» Teresa lo disse con orgoglio, gonfiando il petto. «Gli amici ci portarono molti regali, non mi pareva vero. Piatti, bicchieri, posate, sculture, portacenere. Non sapevo dove mettere le cose. E pensare che da bambina mi è mancato il necessario. Tuo nonno, mio padre, guadagnava poco ed era così attaccato ai soldi. Non ne aveva mai per la famiglia. Ho usato lo stesso cappotto per undici anni, dal liceo all'università. Ogni tanto la sarta lo rivoltava.» Tacque, sembrava smarrita nel labirinto della sua memoria.

«E papà?» la incalzò la figlia.

«L'ho conosciuto a lezione, ma sarebbe stato meglio non l'avessi mai incontrato.»

«Dài, mamma, non ti ha costretto nessuno e papà era un bel ragazzetto.»

«Non era bello, ma intelligente sì. Io però ero più brava di lui. Agli esami io prendevo trenta e lui ventinove. A me davano la lode e a lui no. Ho finito con centodieci e il bacio accademico. "Perché sei carina" mi disse una volta, era arrabbiato.»

«Era geloso» sorrise Elena intenerita.

«Macché, voleva primeggiare.»

«Se eri così brava, perché non hai cercato lavoro?»

«Tuo padre non voleva. "Troppe mortificazioni" diceva. Comunque non mi ha fatto mancare nulla. Ne ha fatta di strada. Gli dobbiamo essere riconoscenti per tutto questo.» Teresa sollevò il braccio e indicò la grande stanza luminosa. «Questo rappresenta il meglio del mio matrimonio. Per il resto, tuo padre me ne ha fatte di tutti i colori.»

«Pensavo che foste molto innamorati. Tutte quelle lettere che vi siete scambiati...»

«L'amuri, l'amuri, brodo di ciciri. I sordi contano, e tuo padre me ne portava abbastanza da vivere bene. Perciò non me ne sono mai andata. Ah, ma l'ho rispettato finché non è morto, e anche dopo.»

Teresa si era messa intanto a riordinare, spostando con fatica pesanti vasi di cristallo.

«Non potresti trovarti una occupazione meno faticosa? O delegare il compito ad altri?»

«Tzè, a chi? Quella è una cretina incapace.» Teresa lanciò uno sguardo di odio alla collaboratrice domestica. «Io invece so davvero come si fanno le pulizie. Vieni con me.» Aprì l'anta di un armadio. «Guarda!» Gli scaffali erano ordinati come l'archivio di una biblioteca. «E questi qua li hai visti?» C'era un ripiano di vestiti piccoli piccoli.

«Abiti per bambole?»

«Sì, li ho cuciti io. Non sono carini?»

«Perché non fai qualcosa di utile? Una coperta, un maglione per me...»

«Ci vuole troppo tempo e io non ne ho.»

«Lo dici da dieci anni almeno. Adesso avrei un intero armadio di maglioni.»

«Questi non li hai mai visti» disse Teresa cambiando discorso. Le mostrò un'attrezzatura da lavoro variegata. Pennelli di ogni forma e dimensione per raggiungere anfratti, e chiodi, spazzolini duri per la pietra, morbidi per i materiali delicati, strofinacci di lana, cotone, pelle.

«Ma', in cosa ti sei laureata, in puliziologia?» scherzò Elena. La madre odiava che la prendessero in giro, era troppo insicura per accettare che si facesse ironia su di lei.

«No, in Giurisprudenza. È colpa di tuo padre se sono rimasta prigioniera nel ruolo di casalinga. A questa età cosa posso inventarmi, secondo te?»

«Leggi, studia, telefona alle amiche, ai nipoti.»

«Tzè. Ti pare facile. Ho iniziato a fare le faccende di casa quando mi sono sposata e ora non mi posso più fermare.»

«E se non avessi preso marito, cosa avresti voluto essere?»

«Bah, non lo so.»

«Magari una professoressa? Le donne della tua generazione insegnavano tutte» le suggerì Elena.

«Perché no? La letteratura mi piaceva e mi esprimevo benino. Che ti credi, a mia mi scrisse pure Ada...»

«Ada Negri, la storia la conosco a memoria.»

«Comunque fu la mia insegnante di italiano a spedirle un mio tema e quella mi rispose con un biglietto: "Conserva la tua freschezza". Parlava facile, lei. Cosa potevo conservare dell'ingenuità della mia giovinezza con quel padre che mi era capitato e quel marito che avevo scelto? Non dovevo sposarmi. Ah, se tornassi indietro, altro che famiglia!»

«La suora, allora» Elena cercò ancora di scherzare.

Teresa la prese sul serio. «Perché no? Magari diventavo madre badessa. Che ti pare che sono una schifezza, vero? Ora devo finire di riordinare. Io alla casa ci tengo, non come chista di ccà» e con il pollice indicò la porta di fuori. Si riferiva alla nuora. «Tu no, tu sei come me, anche a te le case piacciono.»

Era un complimento?, si chiese Elena. Da ragazza provava invidia per la caparbietà della madre, che le pareva forza. C'aveva sperato, di somigliarle un po'. Ah, quegli orecchini, brillavano di promesse. Ma per quanto bellissime e luccicanti, le perle avevano garantito solo una grande infelicità. Il suo matrimonio era naufragato e lei non era riuscita a tenere dritta la barra dell'esistenza. Si sentiva sola, Elena, come quando era bambina, e sovraccarica di responsabilità.

Il telefono

«Devi farmi una commissione» disse Teresa. Ci aveva messo un po' prima di pronunciare l'intera frase: non era la lingua a incepparsi, ma il pensiero. «Lo vedi? Non trovo le parole. È perché non ho nessuno con cui parlare. Colpa vostra che mi lasciate sola.» Aveva sempre bisogno di un capro espiatorio. Persino per terremoti e alluvioni era capace di trovare un responsabile.

«Non è vero! Dacché è morto papà parli a macchinetta.»

«Tzè, mi rimproveri sempre.» Quindi aprì una scatola. Tra prolunghe, telecomandi e pile esauste trovò quello che cercava.

«Fallo riparare» ordinò a Elena. «Non si sa mai, quando siete fuori, ho bisogno di qualcosa...» Si trattava del vecchio cellulare che le aveva regalato Sebastiano.

«Ma', oramai non si aggiusta più niente, semmai te ne compro uno nuovo» rispose la figlia.

«Fallo riparare» ripeté, e non era un ordine, ma una richiesta d'aiuto. Quell'oggetto serviva a mantenere un contatto fisico con il figlio tanto amato quanto lontano. Un oggetto transizionale, come i peluche per i bambini che cambiano spesso città. «Voglio proprio questo. Quelli nuovi sono complicati.» Con il progresso Teresa aveva un fatto personale. Capire il funzionamento della tv era stata un'avventura, usare la lavatrice una punizione.

«Puoi sempre imparare. Rinunci a tutto per partito preso. Hai smesso persino di guidare e adesso dipendi dagli altri.»

«Colpa di tuo padre. "E non c'è bisogno che ti stanchi" mi diceva, "cu avi la commodità e nun sinni servi, nun c'è cunfessore che l'assolve". Io cretina gli davo retta e così ho lasciato scadere la patente. Le cose perse sono perse per sempre.»

«Ricordo che mi accompagnavi a scuola in macchina.»

«Già, c'era anche Lucio con noi. Era piccolo, ma quante ne combinava in quel tragitto? Puntava i piedi sullo schienale del sedile e lo sollevava. Mi spingeva contro lo sterzo, io frenavo di colpo, le macchine dietro inchiodavano. Mi trovavo spalmata sul clacson che non smetteva di suonare. Però mai un incidente.»

«L'avevo dimenticato. Lucio tendeva quelle sue gambette corte, i polpacci gonfi come pagnotte.»

«Pareva tagliato con l'accetta, tuo fratello, ed era *tosto*.» Teresa intendeva dire monello.

«Sì, però a lui non gli dicevi nulla.»

«Ora non cominciare. Era il terzo, non avevo più la forza di educarlo. Ero anche più matura, capivo di più. Vai a sistemare il telefono, altrimenti chiudono i negozi.»

Elena si infilò in macchina e partì a razzo. Sentiva in quel momento il peso della responsabilità, la stessa che le cadeva addosso quando il padre le chiedeva di fare ricerche nel repertorio giuridico.

Si districò nel traffico, scansando le macchine in doppia fila, gli autobus fermi al centro della carreggiata. Attraversare la città a quell'ora era un percorso a ostacoli.

Il commesso del negozio sgranò gli occhi sorpreso: «Non se ne vedono più da anni!».

«Si può riparare?»

«No, costerebbe troppo e non so nemmeno se il laboratorio ha i pezzi di ricambio.»

«Ne ha uno uguale?»

«Sì.» Le porse una scatola.

«Non è proprio lo stesso» obiettò Elena. «La posizione dei tasti è invertita.»

«Signora!» esclamò quello, non credeva che facesse sul serio.

«Non è per me... Sa, mia madre è anziana e capricciosa.»

«Dimensioni, peso e marca sono identici. Questo è il modello che ha sostituito il vecchio.»

Elena ci pensò su qualche minuto, poi decise di comprarlo. «Speriamo che non se ne accorga.»

Sulla strada del ritorno la raggiunse un messaggio del figlio. C'era nel testo un link e nessun'altra spiegazione. Accostò al marciapiede, cliccò: era una vecchia intervista del padre. La sua voce era profonda, calma, solida, e veniva da un'altra dimensione. Elena si accese una sigaretta, non fumava più da tempo, ma ne teneva un pacchetto per i momenti di emergenza.

L'ultima conversazione, pochi mesi prima che morisse, l'avevano avuta proprio al telefono. Lui parlava con difficoltà. «Devi aiutarmi tu» aveva detto. Elena non aveva riconosciuto quella voce interrotta, le era parso che non appartenesse al padre; e poi lui non le avrebbe mai chiesto aiuto. In quel momento ricordò certi suoi discorsi, espressioni. "Chi me lo può impedire?" era la sua preferita.

Ora il passato le stava restituendo qualcosa che le era appartenuto, e un'onda calda riempì il suo cuore.

«Devo registrare la voce di mia madre» si disse. «Alla sua età da un momento all'altro potrebbe smettere di parlare. Magari ne sentirò la mancanza quando non ci sarà più.» Poi considerò che le mancava da sempre.

«Non è lo stesso» protestò Teresa.

«Ma', il tuo non possono ripararlo. Guarda, non c'è differenza, solo i tasti invio e chiudi sono invertiti. Uno è a sinistra e l'altro a destra; ci sono i colori a indirizzarti, rosso e verde, non ti puoi sbagliare.»

«E la rubrica?»

«Al centro, come nel vecchio.»

«E i numeri?»

«Ora li memorizzo.»

«Io non lo so, non capisco, non sono capace di usarlo» ripeteva come una bambina indispettita.

Elena ricominciò daccapo a spiegare, cercando di non alzare la voce. Teresa però continuava a ripetere no, no, no. «Tu, figghia mia, fai sempre di testa tua e vuoi comandare sopra di me.»

Perché ce l'aveva con lei?, si chiese Elena, eppure desiderava solo essere amata. Amore... Se pensava all'amore vedeva sé stessa nell'atto di far felice qualcuno. Forse aveva ragione sua madre. "Brodu di ciciri!"

«Dài, proviamo: invio, verde; chiudi, rosso. Rubrica al centro. Numero uno io, numero due Sebastiano, numero tre Lucio. Ci siamo tutti in ordine di anzianità.» La madre continuava a scuotere la testa.

«Possibile che non si riesca ad aggiustare un tinto telefono? Ora sono stanca, mettilo là, poi ci penso io.»

La mattina dopo il suo telefono squillò, era la madre.

«Indovina chi sono?»

Elena alzò gli occhi al cielo, gliel'aveva detto cento volte che sul display si evidenzia il nome di chi chiama.

«E indovina da che telefono chiamo?»

«Dal cellulare, ma'. Il numero compare.» Anche quello le aveva spiegato, Teresa però continuava a stupirsi, proprio come i suoi paesani davanti al monolite grigio, quello che portava la voce asciutta pure sotto la pioggia.

«E perché con la linea fissa non succede?»

«L'apparecchio è così vecchio che sfugge alla lettura degli smartphone.»

«Non è vero.»

«Ma', perché dovrei dirti una bugia?»

«Boh! Io so solo che quando chiamo il medico, l'elettricista o qualcun altro non mi rispondono. Che fa, non lo sanno che sono io? E perché non dicono pronto?»

«Appunto, non sanno che sei tu. Dài, ma', te l'ho appena spiegato.»

«Non me lo ricordo. Ripetimelo.»

«Perché sul display appare la scritta: "Numero sconosciuto". Ora che il numero del cellulare è riconoscibile vedrai che le cose cambieranno.»

«Però quando faccio il tuo numero, tu mi rispondi.»

«Io lo so che sei tu.»

«Lo potrebbero immaginare anche gli altri. Per esempio, ho cercato tuo fratello prima. Che fa, non lo sa che sono io? E non mi ha risposto.»

«Forse non poteva. Più tardi si farà sentire.»

«Chiamalo tu, vediamo se da te si fa beccare. Di solito ti preferisce, tutti ti preferiscono.»

«Va bene, ci penso io.»

Per qualche giorno Teresa si divertì a sorprendere i figli con telefonate improvvise. «Chi sono? Dove siete? Che fate?» Poi si stancò e abbandonò di nuovo il cellulare nella scatola dei fili elettrici.

Un anno dopo, era appena partita per le vacanze, Elena ricevette una telefonata al mattino presto. Sul display lampeggiava il numero di Idita.

"Che succede? Mamma..." pensò lei raggelata. "Sarà morta? Proprio mentre sto fuori, per farmi sentire in colpa. Non poteva aspettare?" E oscillava tra la rabbia e il dispiacere. Il fatto è che la morte, come il parto, una volta scaduto il tempo può avvenire da un momento all'altro. «Pronto» rispose infine con la testa incassata tra le spalle.

«Sono io» la voce di Teresa era più tremula del solito, ma con la stessa nota autoritaria. Più si indeboliva, più diventava prepotente. «Il mio telefono non funziona. Se vuoi sentirmi chiama qua.»

«Ma', tra poco Idita andrà via, tu rimarrai sola. Perché non accendi il cellulare?»

«Non ne ho.»

«Te l'ho comprato nuovo l'anno scorso! Tiralo fuori e mettilo in carica.»

«Se vuoi dirmi qualcosa, chiama Idita» ripeté Teresa incurante delle sue proteste.

«Passamela» le ordinò la figlia.

«Ciao, senora.»

«Avete trovato il telefono?»

«Nonna no vuole.» Dall'altro lato si sentivano le proteste di Teresa. «Aspetta, io passa nonna, lei nervosa.»

«Dunque» disse la madre, «io l'ho trovato, ma mi viene difficile usarlo.»

«È uguale a quello che ti ha regalato Sebastiano.»

«Non me lo ricordo.»

«Fattelo spiegare da Idita.»

«Quella è una cretina.»

«E se ti serve qualcosa?»

«Io non ho bisogno di niente» rispose. «Se proprio mi serve qualcosa c'è il portiere, e lo chiamo con il citofono.»

«Non ci avevi litigato?»

«Che dici? Quello basta che gli do i sordi e corre.»

Eccola lì, Teresa, con la sua fede incrollabile nel denaro.

«Metti in carica il telefono, per favore» disse Elena a Idita.

«Fatto, senora, no funsiona, tu metti soldi.»

Elena provò a fare una ricarica attraverso l'app, senza riuscirci. Chiese allora a un suo amico di andare dal tabaccaio, ma la SIM, inutilizzata da tempo, era stata disattivata dal gestore.

"Che si cuocia nel suo brodo" concluse esasperata. Tra loro due funzionava così. La madre la stuzzicava, lei l'assecondava con pazienza, quella alzava il tiro e finivano per litigare. Come succedeva con Ciccio quando era piccolo. Teresa poi passava agli insulti, sapeva bene dove colpire, e finiva con: «Parliamo di altro, che ora mi seccò 'sta discussione», privandola del diritto di replica.

Elena guardò l'orologio, era tardi, Idita aveva finito l'orario di lavoro. Nell'emergenza la madre sarebbe stata sola, ché lei si trovava a molti chilometri di distanza. Già si immaginava i carabinieri che sfondavano la porta. "Mi denunceranno per abbandono di incapace." Con quel pensiero nella testa la notte non chiuse occhio. Il giorno dopo il telefono suonò presto.

«Sono io, signora.» Era Claudio, un elettricista che Teresa chiamava per qualsiasi cosa.

«Claudio, buongiorno, ancora al lavoro il tredici agosto?»

«Veramente ero in ferie, sono tornato perché sua madre ha un problema. Il telefono fisso non funziona, ma non posso ripararlo. Dipende dalla linea, è interrotta. Tutta la zona è isolata, ci vorranno almeno settantadue ore.»

Ancora un giorno e Idita sarebbe andata in vacanza. "Possibile che dobbiamo affrontare sempre emergenze e non c'è modo di prevenire?" pensò Elena. Bisognava assolutamente sistemare il vecchio cellulare.

«Non lo so usare» ripeté Teresa. «Ma tanto ho detto a Claudio di comprarne uno nuovo, lui sicuro me lo trova uguale a quello che mi aveva regalato Sebastiano. Parla con lui, se proprio stai preoccupata.»

«La signora mi ha detto di comprare un cellulare nuovo, ma il problema è la SIM. Non posso intestarmi l'utenza di un'altra persona e la signora da questo orecchio non ci sente.»

La burocrazia era diventata particolarmente farraginosa nell'ultimo ventennio, che ne sapeva Teresa, ferma ai pochi obblighi del dopoguerra?

«Va bene, Claudio, grazie, me ne occupo io» rispose, quindi disse alla madre di fare una delega.

«Come si scrive?»

«Sei laureata in Giurisprudenza, non lo sai?» Elena era furiosa. «Scrivi.» E cominciò a dettare: «La sottoscritta... Nata a... Residente in... Delega Idita Perez a riattivare la SIM con il numero...».

Teresa ripeteva come una scolaretta diligente ogni parola, interrompendo di tanto in tanto: «Aspe', aspe', come hai detto? Non ho sentito. Non ho capito».

Idita poi, sotto il sole cocente, raggiunse il negozio, riattivò la SIM e con Teresa chiamarono Elena. «Adesso possiamo sentirci quando vuoi, sei contenta?»

Nella relazione con il telefono si manifesta la vera natura degli esseri umani. Il cellulare è il terreno delle menzogne, delle verità forzate, delle omissioni colpevoli. Gli uomini gelosi ne pretendono il controllo e il messaggio: "L'utente non è al momento raggiungibile" scatena reazioni parossistiche. Gli innamorati dormono abbracciati a esso, illudendosi di trovare il tepore di un corpo in quella batteria che scotta per l'uso prolungato. La polizia ne ha fatto il suo cavallo di Troia, li usa per spiare, intercettare. Per Teresa era solo un obbligo. Elena invece lo amava, era il filo che teneva insieme i suoi affetti ed era lesta a interrompere qualunque occupazione se sul display scorgeva il numero dei figli.

«Come va?»

«Bene.»

«Il lavoro?»

«Giornata un pochino faticosa.»

«Che stai facendo?»

«Mi sto preparando un piatto di pasta e poi vado a dormire.»

Ogni sera annullava la distanza con queste semplici formule. Ma quando attaccava il suo desiderio di affetto rimaneva insoddisfatto e le montava un senso di vuoto. Ci vogliono carezze, sguardi, persino schiaffi e urla, per sentirsi amati.

Romeo

Romeo continuava con le sue scorribande notturne. Acqua fresca e crocchette non gli mancavano, ché nel quartiere lo conoscevano e in molti gli lasciavano le ciotole per le sue necessità. Perciò spesso non tornava a casa. Teresa non se ne preoccupava: quel gatto era forte, un combattente, non poteva succedergli nulla. Talvolta però il gatto rimaneva chiuso fuori, e per quanto graffiasse la porta, la sua padrona non lo sentiva. Scendeva allora nell'androne e lì rimaneva in attesa che qualcuno gli aprisse la vetrata. Intrappolato per ore, Romeo lasciava dei nauseanti ricordini che il portiere doveva poi pulire. Alcuni inquilini si erano lamentati di improbabili agguati ai loro animali domestici, di cacche trovate sullo zerbino, di lucertole morte immerse nel vomito. Nel condominio era montato il malumore e addirittura c'era chi raccoglieva firme contro di lui, asserendo che fosse pericoloso, oltre che poco igienico. L'amministratore scrisse a Teresa perché tenesse in casa la belva, ma lei da quell'orecchio non ci sentiva. «Che faccio? Lo lego?» urlava dal terrazzo alla signora del piano di sotto. «E tu, i tuoi cani, li fai pisciare in casa? Sul tappeto buono?»

Poi successe un fatto increscioso. La coppia di molossoidi della vicina, la stessa che guidava la sommossa anti-gatto, aggredì un innocuo barboncino. Il canuzzo morì per le ferite riportate. «Assassina!» Teresa cominciò a lanciare insulti e anatemi contro di lei. L'omicidio le era tornato utile per spostare l'attenzione dal suo gatto. «Tu sì che sei bravo, armaluzzo» gli diceva, accarezzandolo con accresciuta tenerezza. Quindi gli apriva la porta e lo lasciava uscire, sperando che ne combinasse una delle sue.

Una mattina, mentre i due cani passeggiavano nel parco, Romeo saltò fuori all'improvviso. Si parò loro davanti, la schiena sollevata, il pelo arruffato, soffiava come fosse fatto di vento. I cani cominciarono a ringhiare e tiravano, tiravano. All'improvviso fecero un balzo indietro e poi un salto avanti, strattonando il guinzaglio. La padrona cadde per terra, fu trascinata per il viale. Chiamarono l'ambulanza, la donna si era fratturata un osso. Per terra rimase una scia di sangue. Romeo, nonostante fosse dieci volte più piccolo, era riuscito a ferire i suoi nemici, si era quindi arrampicato su un albero e da lì continuava a soffiare, mentre quelli abbaiavano agguerriti.

Per qualche settimana non si parlò di altro. Due opposte fazioni si fronteggiavano. I gattari che parteggiavano per Romeo e avevano disseminato il viale di biscottini e crocchette. E i canari, che difendevano "la coppia di assassini".

Alcuni mesi dopo la donna, oramai guarita, aveva bussato alla porta di Teresa. «Dovete tenerlo in casa. È un pericolo, non può girare libero come vuole» urlava alterata. Teresa non si impressionò. L'ascoltò senza interromperla e poi, accarezzando Romeo, le rispose con voce assertiva: «Il mio gatto ha un senso profondo della giustizia. Lui era amico del barboncino, ha vendicato la sua morte. Piuttosto dovresti risarcire i danni alla proprietaria». E lasciò che Romeo continuasse a girare indisturbato, a fare l'amore nelle notti di luna, a sfidare i suoi avversari nell'oscurità del parco, a vivere libero come aveva sempre fatto.

La casa del Risetto

«Ti devo parlare.» Teresa quella mattina aveva il tono serio delle grandi occasioni.

«È urgente?» chiese Elena allarmata. Erano appena le otto, un orario per entrambe inusuale.

«No, però dobbiamo affrontare la questione.»

Dopo poco Elena le sedeva di fronte.

«Dobbiamo risolvere il problema della tomba.»

Si trattava di una questione spinosa. Gli Accoto non ne possedevano una. Luigi non aveva mai pensato alla sua morte, perciò riposava in pace accanto ai suoceri.

Nella casa del Risetto c'erano in tutto sei posti, uno per ogni componente della famiglia. Sepolti i genitori e il fratello, ne erano rimasti due. A tempo debito, secondo le convinzioni di Teresa, ci sarebbe andata prima lei che era la più grande, e poi le sorelle si sarebbero accordate tra di loro. «Le cose giuste Dio l'aiuta.»

Luigi era sì un intruso, ma nessuno si era opposto alla sua presenza, visti i buoni rapporti con i suoceri. «Come sorride u papà, eh?» diceva Teresa quando andava a trovarlo. «Gli piaceva mio marito, lo considerava un vero uomo.»

Quando era morto uno dei due cognati, lei si era opposta alla sua sepoltura nella tomba di famiglia: «Se andiamo avanti così, non ci sarà posto per noi».

«Tuo marito sì e il mio no?» aveva reagito la sorella piccata. Tra loro c'era della ruggine per questioni di eredità, un terreno di nessun valore che il padre aveva lasciato a Teresa, la figlia preferita.

«U papà non ci voleva stare con Ignazio da vivo, figuriamoci da morto» aveva continuato lei senza alcun tatto.

«Hai già fatto in casa quello che ti è parso e piaciuto, vuoi comandare pure sulla tomba?»

«E se nel frattempo moriamo tutte e tre insieme, come ce l'assegniamo il posto? Ci tiriamo u paro e u sparo?»

Ma le sorelle non avevano mollato l'osso, e per la prima volta Teresa aveva dovuto assoggettarsi alle loro decisioni.

«Guardate, u papà com'è arrabbiato» aveva sottolineato lei dopo la tumulazione. Poi era venuto meno anche l'altro cognato. «Tanto lui ha la tomba di famiglia. E poi è giusto che riposi accanto alla prima moglie, e a tempo debito lo raggiungeranno le figlie di primo letto.» Teresa aveva messo le mani avanti prima che arrivassero i necrofori, cercava di salvaguardare l'ultimo posto rimasto per sé.

«Io sono sua moglie, la sua vedova» aveva ribadito la sorella più piccola con la voce rotta dal pianto. «Con me deve stare, per l'eternità. Perciò lo mettiamo con papà e poi vedrò come fare per sistemarmi anch'io vicino a lui.»

«Non sarai gelosa?» si era meravigliata Teresa.

«Lo amavo tanto, non posso separarmi da lui» piagnucolò quella.

«Nun lu capisciu» era intervenuta allora la vecchia tata, che si sentiva responsabile di tutte loro. «Io a me' marito bonarma ci fici na tomba che pare un monumento. Ma eravamo maritati. Vossia è solo junciuta.»

«Come ti permetti? Non siamo uniti, ma sposati in municipio.»

«Non vale. Il matrimonio è un sacramento, si fa in chiesa.»

«Non potevamo, io ero divorziata.»

«Appunto. Secondo me ha ragione tata. Avessi fatto l'annullamento alla Sacra Rota, ma in comune... No, non sei veramente sposata e u papà potrebbe risentirsi.»

Avevano litigato violentemente, le sorelle erano piene di livore. Teresa non l'aveva avuta vinta neanche questa volta e il cognato abusivo era finito insieme con gli altri. Il ghigno del defunto padre era diventato una smorfia di disgusto.

«Ora, sono la primogenita, la prossima a morire sarò io e dove andrò a finire?» disse quella mattina Teresa alla figlia. «Non vorrei che alle mie sorelle venisse in mente di fare qualche *accorpamento*, chessò, sistemare u papà e a mamma insieme... I morti devono essere lasciati in pace. Con la tomba funziona diversamente dalle case. Non si può traslocare se non ci si trova bene. Perciò, come ti dicevo, devo costruirmi la mia. Ho già chiesto una concessione al comune, per un lotto nel nuovo cimitero. Mi prendo tuo padre e me lo porto lì. E magari anche i miei genitori. Le mie sorelle così se ne rimangono sole con quelle schifezze di mariti.»

«Cosa vuoi che faccia?» chiese Elena, che sapeva di muoversi su un terreno minato.

«Chiama un geometra, fai un sopralluogo. Dai l'incarico all'architetto di fare un progetto.»

Elena agì con cautela. Passò qualche mese e sua madre la convocò di nuovo con urgenza.

«Non la voglio più la tomba.»

«Perché?»

«Non lo so, non ci vedo chiaro. Il nuovo cimitero è senza guardiano, metti che vengono i ladri?»

«Che devono rubare? Ossa? Fiori finti? Ceri?»

«Non lo so, io comunque non ci vedo chiaro.»

«Ma', di' la verità.»

«La verità è che le mie sorelle hanno sempre arraffato tutte le mie cose. Magari muoiono prima di me e si fottono la mia tomba. No, non voglio.»

«Sono molto più giovani, vedrai che non succederà.»

«No, quelle pur di fregarmi sono capaci di morire prima,

magari si ammazzano.» Teresa aveva le pupille vitree, il suo occhio pesante era pronto a colpire.

Le due donne se ne andarono a breve distanza l'una dall'altra e prima di Teresa. D'urgenza alla tomba furono aggiunti altri due posti.

«L'avevo detto io» esclamò Teresa con aria di trionfo.

«Ora la tomba è al completo, manca solo il posto per te» commentò Elena.

«Non te ne dare pensiero, sono destinata all'eternità.»

Teresa

Superati i novant'anni Teresa si era oramai liberata di quasi tutti gli oggetti che riempivano la sua casa. Aveva fatto sparire vasi, borse, biancheria, dando fondo all'inutile e al superfluo. Dall'accumulo alla rottamazione era stato un attimo. Spesso però dimenticava di averlo fatto, così andava a caccia di certe cose che le erano passate per le mani.

«Dato figlio, senora» diceva la domestica.

«Stai zitta tu, che non sai niente» la rintuzzava lei. Talvolta sulle tracce di una giacca, una coperta, un lenzuolo si perdeva nel sottoscala, in soffitta, in cantina. Si rivolgeva allora a Idita: «Li hai rubati tu!».

«No senora, tu dato.»

«Ma se scopro che li hai presi tu...» Gli occhi cisposi guizzavano nelle orbite infossate e lo sguardo bruciava di cose indicibili.

Gli oggetti più preziosi li teneva nascosti, e non era un caso. Le ristrettezze l'avevano segnata e si era abituata a soppesare ogni cosa. La misura di tutto era stato il denaro: l'aveva desiderato tanto, ora lo voleva in modo spasmodico e se non ne aveva lo chiedeva al figlio con una nota di ansia nella voce.

«C'è 'stu quadru. Si lu putissi vinniri. Così mi metto un poco di sordi nelle mani.» Non aveva paura di diventare povera, ma di non possedere il contante con il quale le pareva di poter mantenere il controllo.

Talvolta la coglievano degli slanci di generosità. «Lo vuoi?» diceva ai figli indicando qualcosa che lei riteneva di grande valore. E appena leggeva nei loro occhi un lampo di desiderio, cambiava idea. «Lassalu cca, poi ci pensiamo. Ora so che questo ti piace, lo terrò in considerazione.» Il dono spariva poi dentro uno dei suoi nascondigli segreti.

Nei momenti di rabbia minacciava di vendere, distruggere tutto quello che era rimasto. I figli si erano abituati e non reagivano più. «Lo vuoi?» tornava a chiedere. E quelli rispondevano: «No, che ci faccio?». Allora passava ai nipoti. «Lo vuoi?» domandava mostrando un anellino trovato nell'uovo di Pasqua, un braccialetto di latta. «Ma mi raccomando, non dirlo a tua cugina, non ne ho un altro così prezioso e non saprei cosa regalarle.» In questi casi giocava a metterli gli uni contro gli altri.

Il suo occhio pesante negli anni era diventato un automatismo, ora non aveva più bisogno di un motivo per lanciare un anatema. La vecchiaia, che lei a volte negava, altre usava per ricattare, la chiamava alla realtà con piccoli, frequenti incidenti. Cadeva spesso ma si rifiutava di usare il deambulatore. «Quello serve a chi non cammina e io mi muovo.» Il bastone era solo un'arma con la quale intimorire il gatto e la *cammarera*. Si trascinava da una stanza all'altra, le mani appoggiate alla sedia. Talvolta finiva per terra e ci rimaneva per ore. Come uno scarabeo rovesciato agitava le gambe, le braccia, e intanto malediceva figli e nipoti che non c'erano mai al momento del bisogno. Se riusciva a girarsi sulla pancia, strusciava fino a trovare un appiglio solido, quindi si rimetteva in piedi. «Signurimè!» era il suo urlo di trionfo.

«Ti porto dal medico?» le chiedeva Elena.

«U medicu? Che mi deve fare?»

Forse per tirchieria, o per incapacità, negava al suo corpo qualunque attenzione e, come aveva fatto già con la casa, trovava soluzioni di fortuna. I denti residui erano malati e segnati da linee di frattura, ma rifiutava di andare dal dentista. «Perché spendere i sordi e fare arricchìri u dentista? Tanto mangio picca e magari domani sono morta.»

La solitudine era grande quanto la sua rabbia, ma non si accontentava di una compagnia qualsiasi, desiderava avere intorno solo i figli e i nipoti. E quando erano a tiro, li rimproverava. Non mostrava nostalgia o rimpianto per il passato, parlava male del marito, dei genitori, di chi non c'era più. Erano stupidi perché erano morti.

All'inizio di ogni estate la famiglia si poneva il problema delle vacanze.

«Ma', perché non vieni con me?» le proponeva la figlia. Lei rispondeva sempre nello stesso modo: «Io ti ringrazio, ma... no».

Quella mattina Elena andò a salutare la madre prima di partire per il mare. La trovò in cucina, lucidava l'argenteria, davanti a lei un mucchio di portaritratti, posate, cestini, angioletti.

«Ciao ma', come va?»

Teresa lasciò cadere le cose che aveva in mano. «Pulisci, ripara, metti in ordine. Sono stanca, non mi va più di occuparmi di niente.» I suoi occhi traboccavano scontento.

«Perché stai facendo 'sto lavoro proprio oggi che fa tanto caldo?» le chiese.

«Secondo te, siccome è arrivata l'estate, mi siedo e non faccio niente? E a questi chi ci pensa?»

Teresa aveva il viso congestionato, i capelli sugli occhi; con il polso si asciugò il sudore, sulla fronte le rimase una scia grigia.

«Almeno apriamo la finestra.»

«Se apri entra caldo.»

«Allora me ne vado, non si respira.»

«Tutto 'stu cauru senti? Io sto benissimo. Siediti che ti

passa.» Poi urlò in direzione del salone: «Senti, scimunita, dove sei?».

Idita comparve trafelata. «Io camera, senora.»

«Finisci qua, ma fallo bene, come ti ho insegnato io, altrimenti ti costringo a rifarlo.» La ragazza sorrise affabile.

«Sempre che ride. Questa non capisce niente» concluse Teresa e pareva sconfitta, con quelle spalle curve, la pancia sporgente, i seni vuoti. Elena ebbe un moto di stizza per quella vecchiaia ostentata.

Teresa si sciacquò le mani, raggiunse l'ingresso e fissò per qualche minuto il suo armadio preferito. Sembrava cercasse qualcosa.

«Lei, senora, sempre apre, guarda, chiude, apre. Poi arrabbia con me» sussurrò Idita.

«Mi spiace» rispose Elena.

«No fa niente, senora. Lei vecchia, io so.»

«Vediamo se c'è qualcosa che ti interessa?» chiese allora Teresa, il naso infilato in una pila di biancheria.

«Ma', abbiamo già guardato la settimana scorsa.»

«Sei sicura? Ci sono ancora tante cose carine. Ah, se ne potessi vendere qualcuna... mi metterei un po' di sordi in mano!» E aggiunse: «No, questa non l'hai mai vista» sciorinando una copertina di percalle bianco, sempre la stessa da mesi. «Non è carina? L'ho cucita io!»

«Va bene» acconsentì Elena.

«Ecco, mettila in una busta.» Poi, rivolta alla domestica: «Tu, vieni cca, porta na busta per mia figlia».

«Io qua, senora.»

«Ora zitta e levati, che combini danno. Noi andiamo di là e tu continui qua.» Il loro dialogo era una secca partita di ping pong, rimbalzavano da un campo all'altro gli avverbi di luogo qui, qua, lì, là come palline.

«Io finito, senora.»

«Zitta, fai come ti ho detto. Lo vuoi il caffè?» aggiunse poi rivolta alla figlia.

«Va bene» acconsentì Elena. Avrebbe finto di berlo, si era stancata di ripetere sempre la stessa tiritera.

«Come stai?» chiese di nuovo Elena.

«Male. C'è caldo.»

«Accendi l'aria condizionata.»

«Mi tocca stare chiusa nella camera da letto. Il refrigeratore, il coso, dillo tu come si chiama, nel salone è rotto.» Il suo vocabolario si era ridotto ancora di più.

«Chiama l'operaio e fallo aggiustare.»

«L'ho fatto. Ha detto che devo cambiarlo, ma non ci penso proprio. Perché spendere tutti questi sordi? Sono vecchia, magari all'anno prossimo non ci arrivo e per venti giorni non ne vale la pena. Se comincio a spampazziare i sordi che ho da parte, a mio figlio cosa gli lascio?»

«Chiamo io l'operaio?»

«Fatti i fatti tuoi; anche se non hai bisogno che io te lo dica, già te li fai abbondantemente. Lo so che di me i miei figli se ne stanno fregando. Tu con la scusa della salute, l'altro con il pretesto della famiglia, ve ne andate in vacanza e salutami a soreta. A me non fa impressione, sono abituata a stare da sola, ma certo non sono contenta. E comunque ho sentito alla televisione che il condizionatore d'aria consuma ossigeno. Quando lo accendo devo aprire le finestre, così c'è il ricambio d'aria.»

«Ma', così l'ambiente non si raffredda.»

«Infatti lo tengo spento.»

«E muori di caldo.»

«Magari! Il fatto è che per questo non si muore. Tu capisci che se tengo sempre acceso l'apparecchio si può rompere? Con questo caldo poi come resisto?»

Era un dialogo tra pazzi che si ripeteva puntualmente da giugno a settembre, quando le temperature salivano e l'umidità saturava l'aria.

«Perché non vieni con me al mare?»

«Io ti ringrazio... ma no.»

«Però ti lamenti che fa caldo, che sei vecchia, che sei sola. Insomma non so più come prenderti» sbuffò Elena.

«Senti, figlia mia, intanto non voglio essere rimproverata.»

«Questa fissazione che hai. Ogni volta che non siamo d'accordo dici così.»

«Smettila di urlare. Ho mal di testa.»

«Me ne vado!» Elena scattò in piedi esasperata.

«Se esci non mi vedrai più.»

Elena tornò a sedere e in silenzio sorseggiarono l'orribile caffè.

«Perché non ti calmi? Sei sempre arrabbiata.»

«Mi tratti male» rispose la figlia.

«E tu come mi tratti?» chiese l'altra di rimando.

In qualche modo sua madre aveva ragione, considerò Elena. I ruoli si stavano invertendo, avrebbe dovuto riappacificarsi con lei e guardarla per quello che era, una vecchia sola. "Ora mi alzo e l'abbraccio" pensò, ma non ci riuscì. Rimase in piedi con le mani penzoloni e il desiderio di scappare.

«Ma', ti saluto.»

«Quando ci vediamo?»

«Tra due mesi.»

«Perché?»

«Parto per le vacanze.»

«Già siamo a luglio?»

«Sì.»

«Il tempo... Faccio sempre le stesse cose, non mi accorgo dei mesi che passano.»

Elena partì con il cuore gonfio di speranza. Le era rimasto un sentire infantile e all'inizio dell'estate nuovi sogni riempivano le giornate, compresa l'idea di un dolce, amorevole principe azzurro. Nella Villetta ci stava bene. L'acqua del mare a pochi metri, il giardino ombroso rendevano sopportabile il caldo meridionale. L'atmosfera era dolce e le giornate trascorrevano senza scossoni. I mobili, gli oggetti erano solidi come i ricordi che evocavano: un albarello dai disegni antichi, comprato dal padre da un maestro di ceramica; dei comodini in ferro battuto, scovati da Teresa nella bottega di un rigattiere; un tavolo tarlato sotto la tv; i quadri colorati che facevano da contrappunto al bianco delle pareti; una formaggera di ceramica gialla, unico oggetto sopravvissuto della Casa del silenzio. Nei cassetti, ben ordinate, ancora le magliette del padre a evocare il tempo della coesione.

Al tramonto, quando la luce si ammorbidiva e le zanzare saettavano, Elena veniva assalita dai sensi di colpa. Sua madre era sola e il pensiero la intristiva. Allora la chiamava.

«Come stai?»

«Male. C'è caldo.»

«È vero.»

«Fortuna che c'è l'aria condizionata in camera da letto.»

«Vero.»

«Però stare tutto il giorno chiusa in una stanza... »

«Vero.»

«Poi manca l'ossigeno e mi viene mal di testa.»

«Pure a me.»

«Perciò apro la finestra e mi passano tutte cose.»

«Lo capisco.»

«Ti auguro una buona notte.»

«Buonanotte.»

In quelle conversazioni crepuscolari, entrambe ostaggio della nostalgia, riuscivano a non litigare.

Teresa trascorreva un intero mese in perfetta solitudine, rimuginando sempre gli stessi pensieri. Le pareva di vivere avvolta nella nebbia mentre contava i giorni che mancavano al ritorno di Lucio e preparava *u paccu* per Sebastiano. La composizione d'*u paccu* era la sua occupazione preferita. Teresa avrebbe voluto vivere con quel figlio tanto amato; non potendo farlo, gli mandava pezzi di sé: abiti smessi, coperte, biancheria per la casa.

«Guarda, non sono perfetti?» chiedeva a Idita, ignorando deliberatamente i buchi, i pallini, le macchie del tempo.

«Manda delle cose nuove, un oggetto bello» le aveva detto più volte la figlia. «Li tratti come parenti bisognosi e poi ti lamenti se non apprezzano il regalo.»

«Stai zitta, tu. Sei sempre pronta a rimproverarmi. Io lo so quello che faccio. Quelli sono così contenti!» Ma non era vero, e aspettava per mesi una telefonata. «Nemmeno mi hanno ringraziata. Almeno una volta, quando è arrivato *u paccu*, potevano chiamarmi.»

Quelle vecchie cose, i ninnoli di nessun valore, le tovagliette, gli asciugamani tornava a cercarli nei giorni successivi.

«Tu fatto pacco figlio» le diceva la domestica.

Lei scuoteva la testa. «Scappano tutti, pure le pentole, i piatti, i bicchieri.»

«Tu pacco, senora.»

Lei la guardava con le pupille fisse: «Cosa ti ho detto?».

«Dove sciugamano racamato?»

«No, ti ho detto spolvera la libreria.»

«Io fatto, senora.»

«Quando? Tre mesi fa...»

«No, senora. Prima.»

Teresa faceva scorrere sul ripiano lucido le dita. «Ecco, vedi? È tutto pieno di polvere.»

Dopo pranzo, il silenzio calava sulle stanze vuote, la malinconia sull'intero condominio. Si sentiva solo il fruscio del vento tra i viali convoluti e privi di vita. Le siepi sagomate e gli alti alberi, riparo nelle lunghe estati per bambini e tate, ora proiettavano ombre sinistre. Teresa, esasperata, bussava alla porta del figlio. Rimaneva imbambolata aspettando che qualcuno le aprisse. Avvicinava allora l'orecchio, incollava l'occhio allo spioncino. «Niente, non si sente niente.» Lentamente tornava in casa sua; attraversava lo stretto passaggio che metteva in comunicazione il suo terrazzo con quello di Lucio e puntava dritto al soggiorno. Le tapparelle erano abbassate. "Che fanno fuori tutto il giorno?" si domandava, quindi sedeva su uno sgabello e aspettava. Si addormentava nel sole del tramonto. Al risveglio era disorientata, i capelli scompigliati dal vento, lo sguardo un po' confuso di chi non sa dove si trova.

«Mah, non c'è più famiglia» sospirava.

Idita la conduceva in casa per un braccio. «Tardi, senora, tu mangia.»

«No, no, nnno!» Prendeva la rincorsa prima di pronunciare quella sillaba, provava un gusto speciale nel negare agli altri ogni possibilità di avvicinamento. Aveva trascorso tutta la vita a delimitare il suo spazio, tracciare confini, alzare muri, affermare la sacralità della distanza emotiva. Il suo castello interiore era fatto di no, se e ma.

L'occhio pesante

L'anno successivo, in prossimità delle vacanze, Elena discusse a lungo con Lucio.

«Devi convincere mamma a prendere una badante in casa con lei. Idita va via nel pomeriggio e non può rimanere sola. Oppure la portiamo al mare con noi.»

«Come faccio? Non ne vuole sapere.»

«Prova, con me si arrabbia, a te almeno dà ascolto.»

«Non lo so, mi sembra complicato.»

«Il condominio si svuota. Se succede qualcosa ci denunceranno per abbandono di incapace. E guarda che per me non sarà facile la convivenza con lei.»

«E se risponde di no?» Lucio sembrava spaventato.

«Trova il modo di persuaderla. Dille che ci sarai anche tu, che passerai a trovarla ogni giorno, le nostre case sono così vicine.» Lucio, dopo aver girato il mondo in fuga dal passato, si era rintanato nello stesso luogo del padre. «Dille che potrà finalmente vedere Sebastiano» continuò Elena. «Vedrai che non saprà resistere a questa illusione. Promettile che potrà rimanere per qualche giorno al Matacubo. E poi ci saranno i nipoti a tenerle compagnia. Ciccio, con lui ci sta bene. Dille che potranno giocare a carte insieme. Insomma spremiti un po'.»

Lucio aderì con il pessimismo che gli era proprio. Lavorò Teresa ai fianchi con quella sua logica estenuante che lo portava a spaccare il capello in quattro fino a far capitolare l'interlocutore. La blandì, la tentò, la sedusse, cercò di intimorirla.

«Se è destino che devo morire, anche in compagnia morirò» rispondeva lei; aveva tenacia e resistenza da vendere, non si arriva a quell'età per caso.

«Mammina, allora mi costringi a rimanere in città.»

«E chi ti ha detto di restare.»

«Ci farai denunciare. Hai sentito al telegiornale di quella vecchietta che è rimasta sola e hanno arrestato la figlia per abbandono di incapace?»

«Io non sono *vecchietta*.»

«Anziana?»

«Voi siete anziani.»

Infine Lucio, senza rendersene conto, usò la strategia del padre: il ricatto emotivo. «Mammina, dài, lo sai che il caldo mi fa male, non vuoi che mi ammali, vero?»

Teresa era molto sensibile all'argomento salute. «Va bene, fai il biglietto» capitolò. «Però se non mi piace, mi riporti a casa.»

«Ma certo, tanto io sono lì, nel condominio accanto alla Villetta.»

«E comunque mi riservo di non partire fino all'ultimo momento» aggiunse. Il più era fatto, Teresa non avrebbe mai sprecato un biglietto.

Il viaggio si svolse senza intoppi, anche se lei in aeroporto ebbe da ridire sull'assistenza, sull'aereo, sulla sedia a rotelle che non voleva usare. Lucio parava ogni colpo con la tecnica difensiva appresa nel pugilato, mentre la madre, che menava alla cieca, perdeva terreno.

Elena l'aspettava e si mostrò contenta del suo arrivo. C'erano pure le sue amiche e il nipote Ciccio. Appena messo piede nella Villetta, Teresa sembrò contrariata e cominciò a recriminare: «Io lo sapevo che non dovevo venire». Quindi fece cenno al figlio. «Tu, accompagnami», e attaccata al braccio di Lucio si infilò in casa, prendendo possesso dello spazio con l'atteggiamento di una imperatrice. «Lo capisci che si è fatta trovare con le amiche? Non poteva aspettare per ricevere» gli sussurrò. Era sorda, il tono di voce risultò alto, la sentirono tutti. Quindi si rivolse a Elena: «La mia stanza ce l'ha il bagno?».

«Sì.»

«Solo per me?»

«Sì.»

«Fammi vedere.»

La camera era fresca, le lenzuola profumate, si sentiva il respiro del mare.

«Ti aiuto a disfare il bagaglio» si offrì Elena.

«No, mettilo là, poi ci pensa la cammarera. Perché ce l'hai una cammarera, vero?»

Il suo aspetto fisico si era trasformato, le labbra erano tirate fino a scomparire, le gengive e i pochi denti in mostra. Il viaggio era stato faticoso, il caldo era forte, la lasciarono sola a riposare. Attraverso la porta chiusa si potevano sentire le sue geremiadi.

«Io lo sapevo che non dovevo venire, perché mi sono lasciata convincere? Perché hanno voluto che io venissi fino qui?» Per tutta la notte andò avanti a lagnarsi: «Che caldo, che camurria, come funziona 'stu fatt' a cosa...». Quando calò il silenzio, Elena e Ciccio capirono che si era addormentata e tirarono un sospiro di sollievo.

La mattina dopo dormì fino a tardi. "Sarà morta?" si chiedeva la figlia, ma non aveva abbastanza coraggio per bussare alla porta. Infine si sentì lo strofinìo dei piedi, il *tunf, tunf* rassicurante del bastone. Elena si affrettò a preparare la colazione come piaceva alla madre: pane tostato, miele e il suo tè preferito.

«Non ho fame» disse Teresa, girò attorno al tavolo e vuotò la tazza nel lavandino, negli occhi un lampo dispettoso.

«Devo andare a fare la spesa» annunciò Elena dissimulando il nervosismo. «Cosa ti andrebbe di mangiare oggi?»

«Non lo so.»

«Hai qualche desiderio?»

Tunf, tunf, la madre si avvicinò al frigo, lo aprì. Frugò nei cassetti, tra le mensole. «Non c'è niente da mangiare» esclamò con tono irritato.

«A te cosa piacerebbe? Se me lo dici, vado a comprarlo.»

«Non te lo dico.»

Quindi girò su sé stessa, *tunf, tunf,* chiese al nipote di fare il numero di Lucio, voleva parlare con il figlio. «Mi stanno lasciando digiuna. Mi fanno morire di fame.»

Palma, una sorta di fatina magica che profumava di zucchero e bagnoschiuma, arrivò giusto in tempo per interrompere quel circolo vizioso. Salutò Brezza, il cane di Ciccio, vuotò le borse piene di biscotti e pane dorato, preparò il caffè e finalmente si rivolse a Teresa che la fissava torva. «E buongiorno! Signora Teresa, brava, è venuta. Ora facciamo un sacco di cose io e lei.»

L'altra non replicò e la seguì come fosse una incantatrice di serpenti. Rimase con lei per tutto il giorno, le raccontò frammenti di una vita che non era la sua ma quella che le sarebbe piaciuto vivere. Palma era la soluzione, si dissero Elena e Ciccio, e gliel'affidarono con un senso di sollievo; quindi corsero in spiaggia a godere del sole, del mare, dell'improvvisa calma. La ragazza andò via nel pomeriggio, lasciando una scia di fragranze contrastanti e sul tavolo una fila di piatti colmi di deliziose pietanze.

«Speriamo bene, signora Elena» disse nel salutare. «Così a fine agosto non ci arriviamo.»

Ma si fa l'abitudine a tutto, e dopo pochi giorni sembrava che anche Teresa si fosse rassegnata a ciondolare per la Villetta. Il tempo quindi prese il pigro ritmo dell'estate; il caldo smorzava le energie e si passava dall'amaca alla poltrona. Il rumore delle cicale di giorno, la musica delle discoteche la notte come sottofondo. La Villetta si era riempita di nipoti, amici; i vecchi, cari fantasmi tornarono in vita nelle conversazioni, nei ricordi, persino nei sogni. La bella stagione aveva portato a tutti una rinnovata gioia. L'autunno sarebbe arrivato con i suoi ripensamenti, l'inverno con la fredda attesa, ma adesso si stava sensuali e caldi come un grappolo di ciliegie nel cesto.

Teresa ogni tanto si lasciava travolgere dal suo malumore e, trascinandosi in giro, trovava nuovi motivi per lamentarsi. «Tu, non vieni mai a trovarmi! Tu, pigghia 'sta cosa di ccà! Tu, la sera si sta a casa; siete sempre fuori. Ah, l'arte di Michelaccio...» *Tunf, tunf*, il rumore del bastone faceva da contrappunto. Ai pasti continuava a provocare la figlia, buttava via il cibo, poi chiamava Lucio: «Mi stanno lasciando digiuna!».

Elena cercava di ignorarla e al tempo stesso non poteva fare a meno di occuparsi di lei, così ogni volta tornava ad affettare il pane, a versarle il tè.

«Attenta a quel cutidazzu, mi pare pericoloso» le disse un giorno Teresa con lo sguardo della premonizione. Lei rabbrividì e fece corna.

Per alcuni giorni il tempo sembrò fermarsi. Si viveva nella Villetta come sospesi, tutti non vedevano l'ora che il mese finisse e ognuno tornasse a casa propria. Ma c'era un sentore di catastrofe imminente. Teresa, dopo aver provocato la figlia inutilmente, si era concentrata su Brezza, la cagnetta di Ciccio. La minacciava con il bastone, talvolta le allungava un calcio come faceva con il suo gatto, e le urlava spesso: «Levati, ti ho detto! Schi, schi. Non voglio che mi lecchi». Ciccio era arrabbiatissimo. Non tollerava che Brezza venisse maltrattata.

Sono gli animali spesso a rendersi conto delle situazioni. Capiscono più degli uomini quando non c'è margine per il dialogo e intervengono con un gesto di rottura. Una mattina Brezza poggiò il muso curioso sul tavolo, annusò ogni cosa, scelse un paio di occhiali e se li portò in giardino. Acquattata sul prato li masticò fino a rendere inutili. C'erano molte cose su quel ripiano: creme, penne, scartoffie, diversi altri occhiali. La cucciola, guidata da un istinto punitivo, aveva preferito quelli di Teresa. Elena trovò le stanghette e pezzetti di lenti e della montatura sparsi sotto il cespuglio di margherite, tra le foglie secche del carrubo, nella siepe di rosmarino.

«Che facciamo?» chiese al figlio.

«Niente, faglieli sparire.»

«E chi la sente, poi? No, provo a farli riparare» replicò lei e corse dall'ottico.

«Signora, non posso aggiustarli. Se vuole cerco una montatura simile e li faccio nuovi.»

«Mi raccomando, uguali uguali, anche la custodia.»

L'ottico fu veloce e professionale, il giorno dopo le lenti tornarono sul tavolo. Certo, c'era qualche piccola differenza. "È vecchia, non se ne accorgerà" provò a rincuorarsi Elena.

La sera, accesa la tv, Teresa cercò i suoi occhiali. «Dove sono?»

«Ma', al loro posto, sul tavolo.»

«No, questi non sono i miei.»

«Sì, ma', sono i tuoi.»

«Cosa pensi, che sono rimbambita? Questi sono diversi.»

«Va bene, guardo in giro.» Elena fece finta di cercare, poi concluse: «No, non c'è altro».

«Dio della pace! Dove sono finiti?»

«Nonna, perché non li provi?» intervenne Ciccio. Tanto nervoso da piccolo, tanto da grande era diventato un pacificatore. «Se ci vedi vuol dire che sono i tuoi.»

«Lo faccio, ma solo per accontentare te, ché io le mie cose le riconosco.» Teresa li poggiò sul naso, guardò lo schermo.

«Come va?»

«Ci vedo bene, ma non sono i miei.»

Per giorni la sentirono borbottare: «Questi non sono i miei, Signurimè. Però ci vedo, Signurimè. Un mistero.»

Elena avrebbe voluto spiegarle cos'era successo. Le dispiaceva prendere in giro una donna così anziana, le pareva di approfittarsi di lei, non si sentiva a posto con la coscienza. Si consultò con il fratello: «Glielo dico?».

«Sei matta? Vuoi far scoppiare la guerra?»

Nei giorni successivi Teresa si legò a Palma. Le piaceva la sua compagnia, l'aspettava trepida seduta nel portico e batteva a ritmo di musica il bastone sul pavimento. «C'è la cammarera» avvertiva quando vedeva comparire la macchina al cancello, e sorridendo le andava incontro.

«Signora Teresa, buongiorno! Oggi ho molte cose da fare.»

«Sì, ma io ho bisogno di parlare.»

«E parliamo.»

«Avanti, vediamo se conosci questa poesia: All'ombra de' cipressi e dentro l'urne...»

Palma sgranava i suoi occhi colore del mare, allargava la bocca in un sorriso. «Me lo dica lei di chi è.»

Talvolta Teresa si annoiava e rivolgeva la sua attenzione a Elena, che in quei giorni era presa da un nuovo lavoro e trascorreva molte ore al computer. Si sedeva dietro di lei e le fissava la nuca come se volesse entrare nella sua testa. Elena sentiva lo sguardo bucarla da parte a parte, e mille spilli conficcati tra le vertebre. Perciò, di tanto in tanto, cercava di sottrarsi a quella energia negativa: si sdraiava sul letto e stirava braccia e schiena. La madre considerava quelle sue brevi assenze uno sfregio fatto a lei personalmente. Andava dietro la porta e tirava colpi con il bastone. «Tu, esci.»

«Che succede?» chiedeva Elena.

«Vorrei sapere perché ti comporti così!» urlava, gli occhi spiritati, i capelli arruffati.

«Così, come?»

«Non mi parli, stai seduta tutto il giorno. Allora perché mi hai costretta a venire qui?»

«Veramente io ti ho invitata e ho piacere che tu sia qui, però lo sai che devo lavorare.»

Spesso interveniva Palma: «Signora Teresa, sto facendo le melanzane. Che fa, mi aiuta?».

Lei la seguiva tremante in cucina, si sedeva a spiluccare, mentre Palma la rimbambiva di chiacchiere. Ma dopo un po' tornava ad affacciarsi nella sua mente Elena, un chiodo fisso oramai. Andava quindi a cercarla e a bussare alla sua porta. «Allora che ti ho fatto? Perché mi tratti così? Tu me lo devi dire.» Forse sarebbe bastato un sorriso, un gesto di tenerezza, ma a nessuna delle due passava per la mente quel pensiero.

La sera di Ferragosto la tensione giunse al culmine e Teresa esplose in una violenta scenata. Urlò, diventò paonazza fino a farsi scoppiare le vene del collo. Tremava, piangeva, snocciolava parolacce. Se la prese con i figli, tirò in ballo persino Sebastiano, tanto era arrabbiata; insultò i nipoti, ingrati, con tutto quello che aveva fatto per loro; il marito, i genitori, i suoi antenati, colpevoli di essersene andati lasciandola sola. Elena dovette allontanarsi da casa, la sua presenza era come benzina sul fuoco.

Chiamarono Lucio per calmarla. E mentre Teresa delirava, lui rispondeva con la sua flemma: «Certo mammina, come vuoi tu mammina, cosa vai a pensare, mammina?». A forza di blandirla la crisi rientrò ed Elena poté tornare. Appena Teresa si accorse di lei, scattò in piedi. Adesso non tremava più, le sue gambe erano un solido piedistallo. Dritta sulla schiena che pareva anche più alta, gli occhi dardeggianti, la bocca che schiumava.

«Io ti maledico. Non avrai più pace, e uscirai da qui molto prima di me!» urlò alla figlia, poi ricadde a sedere, il capo rovesciato indietro, le braccia abbandonate. Il bastone rotolò sul pavimento.

Due giorni dopo Teresa tornò alla Clinica svizzera sottobraccio a Lucio. L'atmosfera si alleggerì nella Villetta. Elena e Ciccio si accorsero di aver trattenuto il fiato per un mese e ripresero a respirare. L'avevano scampata, forse.

Una mattina Elena percepì un fruscio dietro la macchinetta del caffè. Pensò fosse Ivo, un geco che viveva di solito tra gli angioletti di ceramica appesi alla parete. Quando Palma travasò l'olio dalla tanica trovò delle tracce sospette. «Ci deve essere un topo da qualche parte.» Elena si spaventò. «Niente ci fa, sono topolini di campagna, pure a casa mia ogni tanto ne entra qualcuno. Ci penso io.»

Dopo due giorni i topi si erano moltiplicati. Le tracce erano ovunque: in cucina, nel salone tra i cuscini dei divani, negli armadi di cui stavano divorando le ante. Palma approntò trappole, carta topicida, veleni. Elena dal canto suo voleva andar via, ma così si sarebbe realizzato il desiderio della madre che la voleva fuori da quella casa. Rimase con molto disagio. Marcava il suo territorio con trappole, dormiva in compagnia di Brezza e sigillava la soglia tra il pavimento e la porta con il nastro adesivo. La mattina dopo staccava lo scotch e si avviava cauta verso la cucina. I topi erano diventati una tribù e le facevano gli sberleffi. Ci sarebbero voluti il vecchio parroco e i suoi esorcismi, ma era morto. A quel punto Elena chiamò uno sterminatore di professione e lasciò la Villetta, proprio come le aveva predetto la madre. Prima di andar via cosparse i pavimenti con il sale, come aveva imparato da Teresa, quindi preparò i bagagli e un panino, ché il viaggio sarebbe stato lungo e non aveva voglia di fermarsi lungo la strada per il pranzo.

Il pane era un po' indurito, il caldo lo seccava in fretta. Elena brandì il *cutiddazzo*, la lama mandava bagliori d'argento; lo calò con forza, ma quello rimbalzò sulla crosta liscia e le tranciò un pezzo di pollice, che rimase sul tagliere, pallido e spaesato tra le molliche. Attonita, Elena si guardava la mano e non credeva a quello che vedeva. «'Stu cutiddazzu è pericoloso» aveva detto Teresa, e lei stupida aveva continuato a usarlo. Il sangue aveva formato una pozza circolare sul pavimento. Il giardiniere l'aiutò a legare stretta la ferita con uno strofinaccio da cucina, poi misero il polpastrello dentro un bicchiere con il ghiaccio e corsero in ospedale.

Nella notte il mare si abbatté sugli scogli con un rumore che pareva lamento. Elena, sveglia, il dito che pulsava, l'animo ferito, sentì con chiarezza la voce del padre: «Tua madre ha l'occhio pesante, ti avevo messa in guardia e non mi hai dato retta. Attenta, tu corri un rischio grande. Guardati!».

Elena

Questa volta Elena accolse la voce e, tornata a casa, girò alla larga dalla madre, limitandosi a poche, cadenzate visite per assolvere ai suoi doveri. La fuga non è mai una soluzione onorevole, ma può essere provvidenziale. Teresa adesso non si nascondeva più e manifestava apertamente la sua avversione nei confronti della figlia e dei famigliari tutti.

«Io non ho bisogno che mi porti la spesa» diceva a Elena invece di ringraziarla. «Lo potrebbe fare chista di ccà.» Si riferiva alla nuora. Ma poi ammetteva: «Chista di ccà non viene più. E manco chiddi di ddà si fanno vedere, come se non mi conoscessero. Iddu poi, Lucio, la sta facendo vergognosa, pare che io non esisto». E quando aveva finito, ricominciava da Elena: «Tu hai cambiato casa pur di non occuparti di me. Io posso fare benissimo da sola. Sopravvivo».

«Allora me ne vado» rispondeva la figlia, e intanto metteva a posto la frutta, la pasta, il pane.

«Ancora qua sei? Io ti auguro che i tuoi figli facciano lo stesso con te.»

Un giorno Elena ricevette una telefonata da Idita.

«Senora, debule. Caduta. Dolore.»

Elena arrivò di corsa.

«Ma', che è successo?»

«Niente, sono caduta.»

«Forse dovresti lasciarti aiutare. Prendiamo una badante che viva con te?»

«Io sono perfettamente in grado di badare a me stessa, non ho bisogno di nutrici. Mi lavo, preparo da mangiare e non do scandalo. Sono una brava donna e cammino pure senza aiuto.»

«Appunto. Non sarebbe meglio se usassi un deambulatore?»

«Tzè. Dovresti provare quello che sento io. Se ti romperai qualcosa, allora mi potrai capire.»

Elena sospirò, fortuna che di lì a poco sarebbe partita per un viaggio. Aveva programmato due settimane di vagabondaggio spensierato in compagnia di un'amica. Il Portogallo, Lisbona e una tappa a Fatima, ché non si sa mai, magari il Padreterno le metteva una mano sulla testa.

La sera prima della partenza Elena andò a letto presto. Stava dormendo profondamente quando Brezza cominciò ad abbaiare. «Zitta! Buona!» Quella non se ne dava per inteso.

Elena si alzò per controllare. Aveva l'abitudine di camminare al buio nei suoi Monolocali, li conosceva a memoria, e lì dentro si sentiva al sicuro. Non aveva fatto i conti con la nuova venuta. Brezza era ancora una cucciola incontinente e aveva fatto la pipì. Elena scivolò sulla pozza bagnata e batté violentemente il ginocchio. Il dolore era fortissimo. Alle lastre si evidenziò una frattura; le prescrissero tutore, stampelle e riposo. La maledizione della madre aveva colto nel segno, dovette rinunciare al viaggio. Ne parlò con l'amica, che partì da sola e da quel momento non si fece più sentire. Probabilmente temeva l'occhio pesante di Teresa.

Il primo dell'anno Teresa chiamò tutti e tre i figli per gli auguri. A Elena riservò un memento speciale: «Attenta che è bisestile».

«Peggio di quello appena passato? Non è possibile.»

Dopo la Befana Elena cadde di nuovo, si ruppe ben tre ossa della stessa gamba. Subì un intervento e affrontò una lunga convalescenza. Mentre era in ospedale la vocina risuonò robusta. "Ora ci credi all'occhio pesante? Ma che ti vuoi suicidare?" Elena era avvilita. Non l'affliggeva il dolore delle ossa né la faticosa riabilitazione, quanto la consapevolezza che la madre la odiava e le augurava di perdere la salute.

Le amiche la colmarono di attenzioni, le fornirono rimedi e consigli: «Vedi che è arrivato il momento di andare a Lourdes».

«Ti ho portato un corno rosso e grosso, tienilo sempre in tasca.»

«Il rosario lo reciti?»

«Fammi il favore, non ci andare da tua madre.»

«Vuoi star bene? Lamentati.» E lei cominciò a lamentarsi.

Sua madre la chiamava al telefono, le chiedeva della sua salute e lei rispondeva con secche e scoraggianti parole: «Malissimo!». Oppure rigirava la domanda: «Come posso stare?».

Teresa fece finta di compatirla per qualche giorno, ma poi riprese a incarognirsi.

«Perché non mi telefoni?» le chiedeva.

«Perché tu mi hai maledetta.»

«Sì, ma tu mi stavi minacciando con il coltello» arrivò a dirle.

«Ha perso completamente la testa» concluse Lucio.

Elena conosceva bene sua madre, sapeva che quella incredibile bugia serviva a discolparla dalla maledizione che aveva lanciato contro il suo stesso sangue. Teresa amava presentarsi come una vecchietta innocua e confusa, così usava le menzogne per sfuggire alle sue responsabilità. E se costretta al confronto, quando la ragione era evidentemente dalla parte degli altri, lei si fingeva smemorata. «Non me lo ricordo» diceva, chiudendo ogni dialogo.

La vita di Elena si complicò. Hai voglia a dire non ti fissare. Quella maledizione le frullava in testa e la rendeva insicura. Ma prima di ricorrere alle benedizioni della chiesa o alla contromacumba di uno sciamano, chiese consiglio a Sebastiano: «Secondo te c'è rimedio alla maledizione di mamma?». Sebastiano negli ultimi anni si atteggiava a santone onnisciente. Dal suo rifugio preconizzava l'apocalisse prossima ventura. Sfuggendo alle leggi della genetica, che regolavano nella famiglia Accoto la trasmissione dell'occhio pesante di madre in figlia, sembrava avesse ereditato lui, un maschio, il talento di Teresa, ma elevato a potenza.

«No» rispose serio il fratello. «C'è scritto nella legge: onora il padre e la madre. Loro hanno sui figli potere di vita o di morte. Se mamma ti ha maledetta non puoi difenderti.» E poi aggiunse: «Cazzi tuoi».

Non scherzava, era serissimo. Elena capì che il cielo le sarebbe potuto crollare addosso da un minuto all'altro. E quando arrivarono le bambine e Marisina, era così preoccupata che l'occhio pesante della madre potesse colpirle che non riuscì a godere della loro presenza.

L'estate dopo Elena sperò di rimettersi in salute nella Villetta. Tra l'albero del corallo e la roccia che spuntava dalla terra come un fungo atomico c'era una specie di zona franca, dove si sentiva al sicuro. Partì con il cuore gonfio di speranza, ma scoprì presto che tutto quello che le dava conforto le era diventato insopportabile. Le vicine di ombrellone, il caldo, i topi che oramai vedeva dappertutto. L'acqua che non arrivava mai, gli operai che montavano le cose al contrario. Le inutili, eterne chiacchiere, le malattie, la pasta alla norma, le melanzane fritte, bagnate o asciutte, con il sale o senza sale, con buccia o senza buccia, i *tennerumi*, con brodo o senza, gli spaghetti, spezzettati o interi, con o senza pomodoro. Gli uomini, i presenti, gli assenti.

Teresa si era infilata nel suo spazio vitale, nella Villetta tanto amata, rendendola odiosa, ostile.

Poi si sfiorò la tragedia: un guasto improvviso nell'impianto elettrico causò una dispersione di corrente, il salvavita non funzionò ed Elena fu colpita mentre stava sotto la doccia da una violenta scarica elettrica. Per qualche secondo rimase attaccata ai rubinetti, fu salvata dalle scarpe di gomma che usava per non scivolare dacché si era fratturata la gamba.

L'occhio pesante aveva vinto. Elena sparì dall'orizzonte di Teresa, e decise di non incontrarla più. Quella dal canto suo non accettava che la figlia sfuggisse al suo controllo. La tempestava di telefonate e, visto che non riceveva risposta, chiamava i nipoti.

«Dov'è tua madre?»

«Non lo so» rispondeva Lillo.

«Vorrei sapere perché non mi chiama.»

«Non lo so» diceva Ciccio.

Tentava di impietosirli per strappare qualche informazione.

«Sono così vecchia che potrei morire da un minuto all'altro e allora tua madre non mi sentirebbe più per davvero.» Nessuno la prendeva sul serio, lo diceva da trent'anni che stava per morire.

Dopo qualche mese però fecero pace. Non è facile cancellare la madre, è sempre lì anche quando muore, a ricordare ai figli che sono al mondo solo grazie o malgrado lei.

Teresa

Fino all'età di novantasei anni Teresa era invecchiata lentamente. Il tempo era stato gentile con lei, conservandole lucidità e autonomia. L'anno bisestile era quasi alla fine, quando il suo corpo cominciò a mostrare segni di cedimento. Le articolazioni scrocchiavano, un rumore di ferraglia accompagnava ogni suo movimento. Le ginocchia si piegavano all'improvviso, mettendo in pericolo la sua stabilità. Cadeva spesso. Lo raccontava ai figli in modo confuso, ché la memoria breve mostrava parecchi buchi. Si curava poco, i suoi vestiti erano costellati di macchie, i maglioni bucati, le scarpe sfondate, i capelli lunghi e disordinati.

«Senora debule, lei no mangia» riferiva Idita.

«Vuole attirare l'attenzione.» Elena liquidava così la questione.

Nel frigorifero c'erano solo lattine di Coca-Cola, nella dispensa tavolette di cioccolata. Come poteva una donna così anziana sopravvivere a quel regime disordinato e mantenersi in buona salute era un mistero. Teresa aveva davvero bisogno di accudimento, ma rifiutava qualsiasi forma di aiuto.

Una notte si alzò dal letto e rotolò giù. Rimase in terra, intirizzita e bagnata per diverse ore. All'alba riuscì a strusciare sul pavimento fino a raggiungere uno sgabello. Facendo forza sulle braccia si tirò su. «Signurimè!» urlò. Aveva una dolenzia nella zona del bacino, ma camminava bene.

«Magari una lastra?» propose il fisioterapista.

«Magari no!» rispose secca. Nutriva diffidenza verso quel ragazzo. «Viene qui a babbiare. Sta dieci minuti, ci facciamo una passeggiata. Mi tiene la mano sulla spalla e se ne va. Posso farlo da sola.»

La settimana dopo cadde di nuovo e non riuscì più a muovere le gambe. Questa volta la portarono in ospedale, s'era fratturata il bacino.

Dovette rimanere a letto per quattro settimane. «Io voglio morire!» urlava con il volto paonazzo di rabbia. Quella limitazione proprio non l'accettava e piangeva un pianto senza lacrime.

«Mi devi dare il veleno» diceva alla figlia.

«Ma', io non ti posso ammazzare. Arriverà il momento.»

«E tu non mi curare, così muoio prima.»

«Stai prendendo solo antidolorifici, se vuoi leviamo pure quelli.»

«Allora smetto di mangiare e così muoio.»

«Fai come vuoi, sei libera di scegliere.»

Com'era fredda, Elena, sembrava non provasse neanche un briciolo di compassione.

«Vedrai che non mangio più» minacciava Teresa, ma quando era ora chiedeva con insistenza il cibo. «Voglio la carne» protestava lei, che era stata sempre vegetariana. «Le uova non le voglio. Non le ho mai mangiate nella mia vita.» E invece si era nutrita solo di uova e formaggio. Sembrava un'altra persona. Della vecchia Teresa era rimasta la rabbia, che era cresciuta a dismisura e tracimava dai gesti stizziti, dal tono della voce sempre più stridulo, dai modi maleducati e sprezzanti.

«Voglio tornare nel mio letto!» urlava.

«Non si può adesso. Devi usare il materasso antidecubito, ma appena guarisci sì.»

«Qua sono nel fosso, non riesco a dormire.»

«Prova a tirarti su, ti aiuto.»

«Non ci riesco.» Poi, attaccava le mani a una staffa che penzolava sulla sua testa, spingeva con le gambe e risaliva la china.

«Si rimetterà?» domandava Lucio preoccupato.

«Difficile» rispondevano i medici. Alla sua età, dopo un mese di immobilità, solo un miracolo. Elena si sentiva in colpa: pensava che sarebbe stato giusto dispiacersi per lei, ma il suo cuore era un blocco di ghiaccio.

Teresa non poté più rimanere da sola e cominciò il carosello delle badanti. Esplose l'antica conflittualità con le *cammarere*, dalle quali si sentiva minacciata. Questa volta le chiamava "le puttane". Duravano in media una settimana, alcune si licenziavano senza preavviso, altre scappavano.

Dolores aveva un ghigno stampato sulla faccia che voleva essere un sorriso. Teresa l'aveva accolta con entusiasmo, il primo giorno si mostrava tutta zucchero e miele. «Chista mi pare bona. Mi piace» disse alla figlia.

Dolores sapeva fare lunghi massaggi, poi sedeva su una poltrona al buio, ché la luce per ordine di Teresa non si poteva accendere. Talvolta finiva per addormentarsi e Teresa allora le urlava: «Tu, veni ccà. Chista nun voli fari nenti». La donna accennava una timida protesta, ma poi stirava le labbra nel suo ghigno e sceglieva di tacere.

«Ma', per favore...» la pregava Elena.

«Chista è tremenda! Neanche un tinto letto sapi fari. Se ne deve andare.»

In quel lungo periodo di riposo forzato aveva sviluppato una nuova fissazione: coperta e lenzuolo dovevano essere perfettamente allineati, guai se vedeva una qualche piega. Dolores eseguiva con pazienza i suoi ordini: «Ferma! Avanti, tira di qua, falla scendere di là!». Di nuovo erano tornati gli avverbi di luogo, solo che "qua" era il letto, "là" il resto del mondo. E quando i quadri della coperta erano perfettamente paralleli alle righe del lenzuolo, allontanava la badante con un gesto brusco. Ma appena si muoveva coperta e lenzuolo si disallineavano, allora chiamava Dolores anche nel cuore della notte. «Ava', tira! Non c'è bisogno di uno scienziato.»

La donna si licenziò con un laconico SMS: "Per il mio equilibrio, non posso lavorare con vostra madre".

Anna veniva dall'Ucraina, aveva grandi occhi azzurri, capelli bianchi nascosti sotto una tinta gialla, era avanti negli anni. Sarebbe dovuta andare in pensione, ma nel suo Paese c'era la guerra e lei era costretta a lavorare nonostante gli acciacchi. Aveva però una bella resistenza. Anna copriva il turno di notte, alla mattina aveva già un altro impiego. Teresa la testò come si fa con un soldato. La chiamava ogni dieci minuti per impedirle di dormire. «Tutti 'sti sordi, ci manca sulu ca dorme.» Anna se ne andò dicendo che le bombe rispetto a Teresa erano niente. E da quel momento non rispose più al telefono.

Sindutha, una donna indiana giovane e forte, venne un pomeriggio dopo ripetute richieste di Elena. Mise subito le mani avanti: «Io prima parla, io prima vedo se io posso fare». Parlò per due ore con Teresa che le fece un racconto dettagliato di una vita che non era la sua: il marito era stato un potente uomo d'affari, ah, come la amava, le faceva certi regali... ed erano sempre in viaggio; il padre, un famoso ingegnere di famiglia nobile; la madre, una concertista apprezzata; il nonno, un importante direttore d'orchestra. Mischiava realtà e desideri.

La ragazza annuiva e calava la testa in cenno di assenso. Ogni tanto si alzava dalla sedia, le rimboccava le coperte. «Io faccio tutto, io abituata, io viene domani» disse prima di andar via ruotando il capo da una parte e dall'altra, come se volesse negare quanto stava affermando. E infatti non si presentò.

Valentina veniva dalla Romania. Parlava di continuo, mise Teresa in un frullatore di parole e carezze, l'abbracciava fino a stritolarla, le stampava dei sonori baci sulle guance scavate. Teresa sembrava apprezzare quelle sue effusioni, forse ne aveva bisogno. Dopo pochi giorni, Elena si accorse che la madre ricercava quegli abbracci e manifestava un bisogno di contatto fisico per lei innaturale. Capì che Valentina cercava di circuirla e cominciò a fare muro, a opporsi alle numerose richieste, finché anche lei sparì all'orizzonte. Teresa si arrabbiò, insultò tutti. «Una volta che c'è una che mi piace.» Elena avrebbe potuto supplire lei, farle una carezza sui capelli, ma non riusciva ad avvicinarsi alla madre.

Su tutti regnava per alcune ore al mattino la pacifica Idita. La sua capacità di adattamento era stata vincente e dopo anni di angherie, adesso aveva il controllo. «No, nona no.» Era passata dal senora a nona. «Tu cambia vestito, io no vuole sporco.»

«Questa cretina mangia tutte le mie cose, ruba i miei soldi, non sa fare niente.» Teresa si vendicava della propria inabilità mostrando disprezzo e lanciando fantasiose offese. Talvolta piangeva, non per tristezza ma per frustrazione. Le sue lacrime dovevano essere amare, più che salate.

Elena e Lucio coprivano i buchi nei turni di assistenza e questo mise in crisi il loro rapporto, già fragile di suo. A Natale, affaticati dalle continue richieste di Teresa, le proposero di trascorrere qualche giorno in una casa di riposo. Si aspettavano tuoni e fulmini e invece la madre fu contenta di quella novità. Le puttane non voleva più vederle.

Le prenotarono una bellissima stanza, con un'enorme vetrata che affacciava sulla spiaggia. Le palme oscillavano al vento, che a dicembre soffiava con forza, le onde si sollevavano in piccoli vortici, il sole entrava prepotente. C'era, al mattino, una sorta di tempesta di luce che dissipava le tenebre della notte. Per qualche giorno Teresa sembrò tranquilla. Appena recuperate le forze, cominciò a lamentarsi:

«Chiamo e non viene nessuno. Sono tutte delinguenti». Le piaceva però la nuova fisioterapista e già aveva cominciato a fare i primi i passi. Come un bambino, attaccata al girello, si sollevava dalla sedia e osservava smarrita i piedi, che le pareva non le appartenessero. «Che devo fare?»

«Guarda avanti e sposta il peso» le spiegava la fisioterapista. Lei serrava i denti, tremava tutta per lo sforzo.

«Adesso andiamo fino al letto e poi ci sediamo.» E dopo tre giorni, un passo dietro l'altro, uscì fuori dalla stanza e si avventurò per il corridoio. Alla fine della settimana era arrivata alla biblioteca. Dopo dieci giorni aveva conquistato il giardino e volle pranzare con gli altri ospiti.

«Sono tutti vecchi» disse alla figlia.

«Ma', è casa di riposo, non giardino d'infanzia.»

Teresa sembrò ambientarsi in fretta. Chiese quindi di trascorrere i pomeriggi nel salone comune, ma non parlava con nessuno. Elena riconobbe in lei l'antica timidezza.

«Perché non giochi a carte?» le chiese.

«Non so più come si gioca.»

Mentiva. Si tirava fuori per paura del confronto.

In quella nuova situazione Teresa cominciò a tiranneggiare le assistenti che l'aiutavano a vestirsi e a mangiare. «Sua madre rompe. Chiama ogni cinque minuti, noi non ce la facciamo» dissero le due donne, risentite. Anche la direttrice della residenza, una suora che faceva tutto per amore del Signore, aveva rimarcato più volte il cattivo carattere di Teresa: «È così sprezzante che nessuno vuole andare da lei. Ma con l'aiuto di Gesù vedrà che la cambieremo».

Elena parlò alla madre: «Puoi essere un po' più gentile?».

«Che faccio io? Niente. Disturbo non ne do. Se chiamo non vengono mai. Chi le vede?»

Una mattina la fisioterapista disse che Teresa non era più lei. «Non reagisce. Non ha forza. C'è qualcosa di strano. Però è viva, ha molte risorse, sono sicura che ci stupirà.»

Elena corse nella casa di riposo, voleva rendersi conto di

persona. Trovò la madre seduta in poltrona, la testa ciondoloni, farfugliava. "Avrà avuto una ischemia cerebrale" pensò, ma dentro di lei era suonato un campanello di allarme. "Che le due assistenti l'abbiano drogata?" si chiese. La cronaca era piena di episodi di quel genere.

«Talvolta lo fanno quando rompono troppo» le spifferò la vecchina della stanza accanto. «Ma io non le ho detto niente» aggiunse, e si allontanò in fretta, come se avesse paura.

La decisione fu immediata, l'avrebbe portata via. Ci mise una manciata di minuti a preparare i bagagli. Con l'aiuto di Lucio la caricò su una sedia a rotelle. Attraversarono i lunghi corridoi mentre tutti erano a riposare. Elena correva avanti, guardava che non ci fosse nessuno, Lucio spingeva veloce fino all'angolo. Si fermavano guardinghi e poi ripartivano.

«Dove andiamo?» chiese Teresa all'improvviso.

«Si torna a casa.»

I suoi occhi ebbero un guizzo, lo sguardo si accese per qualche secondo, poi ricadde nel torpore.

Prima di imboccare l'uscita di emergenza, Lucio si fermò. «E se ci beccano?» chiese preoccupato.

«Chi se ne frega!» rispose la sorella divertita.

Quella fuga fu un gioco. Per alcune ore Elena e Lucio misero da parte conflittualità e dissapori, e tornarono bambini. Ridevano poi, a casa, mentre il telefono suonava. La direttrice, le assistenti, la cuoca, tutte cercavano l'ospite che si era dileguata misteriosamente.

«Non rispondiamo» disse Elena. «Vediamo che succede.»

«Faranno denuncia di scomparsa ai carabinieri» rispose Lucio. Aveva un rapporto di timore reverenziale con le istituzioni, anche quando si trattava di una vecchia suora che faceva intrallazzi.

Non successe nulla. Era evidente che in quella struttura tutti nascondevano qualche segretuccio.

Dopo poche ore Teresa cominciò a tremare. I muscoli si contraevano e il suo corpo sussultava attraversato da scosse violente. Era una sindrome di astinenza, l'avevano drogata davvero.

Nei giorni successivi ricominciarono il carosello delle badanti, le lamentele, le litigate furiose. Finché la situazione precipitò. Teresa diventò aggressiva e manifestò una forza inusitata: si alzava dalla sedia con un balzo e lesta guadagnava la porta. Aveva tuttavia una lucidità residua che le permetteva di recitare la parte dell'anziana fragile e di intortare gli estranei con una conversazione educata. Il suo corpo resisteva nonostante i novantasette anni.

Corta è la memoria del cuore

Marisina telefonò proprio mentre la badante in carica si era licenziata. «Non ce la faccio più. Passo il tempo a ricucire relazioni lacerate, mi sono stancata» si sfogò Elena. Non si riferiva solo alla madre.

«Perché non vieni a trovarmi, non ci vediamo da più di un anno» rispose lei; forse si era sentita chiamata in causa.

Elena fu sorpresa da quella risposta, le sembrò anche di cogliere una nota di nostalgia nella voce della figlia, ma magari si stava illudendo. «Come faccio? La nonna sta male, non posso lasciarla.»

«Ma', è vecchia, non è ammalata. Pensaci.»

Nei giorni successivi Marisina si fece sentire più volte e parlò anche con i fratelli. Quella strana insistenza mise in allarme Elena. La sua ansia, mai del tutto risolta, la induceva a pensare che le telefonate nascondessero un bisogno d'aiuto.

«Vediamo» rispose all'ennesima richiesta, aprendosi alla possibilità del viaggio. Le pareva che Marisina fosse un po' diversa, ma da lontano era difficile capire cos'era cambiato.

Elena aveva il bisogno di vederla, di starle vicino, di sentire il suo corpo, di guardarla negli occhi. Affidò Teresa alla nuova badante e decise di partire. Non ne parlò alla madre, tuttavia: temeva che il suo occhio pesante potesse colpirla anche oltreoceano. Inventò una scusa plausibile. «Ho il

Covid, ma', non posso venire a trovarti» le disse con un filo di voce, poi tossì più volte per dare prova della sua sincerità.

In aereo pensò a lungo al rapporto con Marisina. Ancora dopo due anni non aveva capito perché lei si fosse così bruscamente allontanata. Eppure l'aveva trattata con tanta delicatezza. Si chiese più volte se avesse fatto bene a partire. Se sua madre fosse morta mentre lei era via? Se fosse stato frutto della sua immaginazione quel desiderio di incontro che aveva sentito nei colloqui con Marisina? Se fosse stata una semplice illusione la nota di nostalgia che aveva percepito nella sua voce? Se, se, se... La odiava, quella congiunzione. Le aveva impedito per tutta la vita di prendere decisioni radicali, facendola rinunciare a occasioni di felicità. Una volta atterrata si ricordò di un'espressione che usava sua nonna: "Basta, cosa fatta, capo ha". La fece sua e si ripromise di essere molto prudente.

Marisina andò a prenderla all'arrivo. Aveva un incedere militaresco che cozzava con il corpo esile, sembrava un'adolescente. A ogni passo i suoi capelli si allargavano nell'aria trasparente e mandavano riflessi dorati. Con l'aiuto delle piastre elettriche i dispettosi serpentelli si erano trasformati in lunghe onde seriche. Sua figlia profumava ancora di lievito, Elena la strinse forte e se ne riappropriò. Contò le costole attraverso il maglione.

«Mangi?» le chiese.

«Ma', sì che mangio.»

Ancora non riusciva a pronunciare la parola "mamma" per intero, in compenso il suo tono non era più stizzito e teneva le labbra atteggiate in un sorrisino indecifrabile.

"Devo stare attenta a cosa dico" pensò Elena, sentiva che il filo che le legava ancora esisteva, ma era sottile. Si sforzò di non bersagliarla con domande troppo personali, anche se moriva dalla voglia di sapere tutto di lei. Per riempire il silenzio parlò delle difficoltà degli ultimi mesi trascorsi a stretto contatto con Teresa.

«Non si può stare troppo vicine» concluse la figlia, ed era evidente che si riferiva a loro due. Elena incassò, eppure, pensava, il troppo amore è meglio della sua assenza. Lei aveva tanto desiderato le attenzioni materne, fino a farsene un cruccio; perciò se l'era tenuti stretti, quei figli. Ogni volta che aveva dovuto prendere una decisione che li riguardava, si era chiesta: "Cosa farebbe mia madre?". Poi aveva fatto esattamente il contrario. Si sentiva beffata dai risultati ottenuti.

Marisina guidava concentrata e rispondeva: «Be'... Be'!... Be'?». Sembrava una pecorella. È incredibile quanti significati possa contenere un semplice "be'", e quanto siano importanti i monosillabi. Invece Elena si affannava ancora a cercare le parole adeguate.

Attraversarono zone di palazzi anneriti dallo smog, campagne spelacchiate, boschi senza foglie, strade bordate di neve sporca. Durante il tragitto Elena si assopì. Si ridestò nel vialetto di casa. Impiegò qualche secondo a capire dove si trovava.

«Ma', siamo arrivate.» Marisina la richiamò alla realtà. Lei si scrollò di dosso la sensazione di tristezza che la coglieva sempre al risveglio e si guardò intorno. Le ombre colavano scure dal cielo blu e rendevano uniforme il paesaggio; sui tetti delle case brillava una sottile linea bianca di luce residua. Il sole andava via ed era come se si stesse spegnendo una lampadina. Mancavano le sfumature colorate dei suoi tramonti, mancava la poesia che a Roma accompagnava l'alternarsi del giorno e della notte.

La figlia la aiutò a scendere dalla macchina.

«La frattura si fa sentire?» si informò.

«Sì, perché?»

«Cammini male e tieni le ginocchia piegate.»

Elena ebbe l'impressione che provasse un po' di pena per lei.

«Sono vecchia, eh? Ce l'hai lo zucchero? Non vorrei che ti sentissi male» scherzò.

Marisina avrebbe potuto rispondere con un complimento, rigettare quell'affermazione ironica che nascondeva un po' di sofferenza, e invece disse esattamente ciò che pensava: «Ho fatto l'abitudine a tutto».

Aveva una sincerità crudele e disarmante al tempo stesso.

Elena non se la prese, sapeva che nella loro vita non c'era spazio per le smancerie, la ruvidezza di Teresa le aveva forgiate entrambe.

Viola e Costanza aspettavano alla finestra, urlavano e saltavano dalla gioia. Corsero alla porta. Le loro testoline brillavano, gli occhi erano lucidi come il cielo in una giornata di tramontana, liquidi come l'acqua degli oceani, in continuo movimento. I capelli dell'una fili d'oro, quelli dell'altra ragnatele di rame. Erano un impasto di luce.

Elena le abbracciò strette, anche di loro doveva riappropriarsi.

«Mangiate?»

«Sì.»

«Però siete magre, che vi danno da mangiare?»

«Cose in inglese.»

«E vi piacciono?»

«No.»

Poi chiesero: «Giochiamo?».

«Conosco un gioco che si può fare con le parole» propose Elena.

Quelle la fissarono con uno sguardo interrogativo.

«Quisquilia, mancorrente, transumanza, suffumigio, zuzzerellone. Ne conosco di stranissime.» D'un tratto le sembrò di essere Teresa: anche lei, come sua madre, aveva solo parole da donare.

Le bambine deluse rivolsero la loro attenzione a Marisina: «Mamma, giochiamo?».

Elena notò che entrambe pronunciavano la parola "mamma" per intero.

«Su, non fate le sceme. State un po' con la nonna, è venuta per voi. Magari potete insegnarle parole inglesi un po' strane.»

«Ti va bene, nonna?» chiese Viola. Delle due era la più accomodante.

«Se sono buone come le cose che mangiate, meglio lasciar perdere» rispose Elena, e subito si morse le labbra. Quella era una risposta che avrebbe potuto dare Teresa. Sua madre l'abitava, si disse sgomenta. Ci pensò Viola a riportare l'armonia.

«Io conosco uno che si chiama Ommo.»

«È un compagno di scuola?»

«No, è qui. Non lo vedi?»

Elena si guardò intorno. «No, non mi sembra che ci sia nessuno.»

«Fuori dalla finestra, lì, vicino l'albero.» Viola puntò il ditino contro un ramo. C'erano solo foglie che fremevano lievi. «E poi c'è Uddu.»

Elena non voleva deluderla e fece finta di vederli entrambi. «Sì, eccoli lì, sul vialetto.»

«Nonna che dici? Uddu abita nello spazio. Se vieni con me questa notte, sulla stella tredicimilatrecentotredici, te lo presento. Sai, parla strano.»

Elena stava perdendo terreno. Pensa, pensa, si diceva stringendo i pugni. Aveva solo dieci giorni per recuperare l'intimità scomparsa in due anni.

«Sapete che la vostra mamma, quand'era piccola, storpiava le parole? Diceva *paligia* invece di valigia e *gigiamino* al posto di pigiamino. Conosceva tante espressioni carine, proprio come voi.»

«Noi invece parliamo bene.»

Era vero, le piccole avevano un lessico ricco e lo usavano in modo appropriato. Ma tra di loro avevano adottato una comunicazione silente che passava per gli occhi e per alcuni gesti misteriosi. Si toccavano spesso la fronte l'un l'altra con un dito, mostravano i denti, una sollevava le braccia, l'altra agitava le mani. Elena si chiese se quelle bambine chiacchierone sarebbero diventate da grandi silenziose come Marisina.

«Era piccola come noi mamma?»

«Sì.»

«Ci racconti dell'altro?»

D'un tratto il tempo era diventato un cerchio perfetto, Elena stava tornando all'inizio del suo cammino. Le mani si aprirono e i muscoli si sciolsero. Si accomodò sul divano, Costanza e Viola le si strinsero accanto. Prese aria e iniziò a sciorinare il periodo più felice della sua vita: «C'era una volta una bambina piccolissima...».

«Che correva veloce tra gli arcobaleni!» la interruppe Costanza.

«Correva velocissima, e agitava il sederino da una parte all'altra. La chiamavano mozzarella.»

«Era la mia mamma?»

«Sì.»

«E raggiungeva i coniglietti?» chiese Viola con aria trasognata. Era così fragile che veniva voglia di infilarla in uno scafandro per tenerla al sicuro.

«No, andava nel mondo, trovava i mostri e gli dava fuoco» la corresse Costanza con l'aria spavalda di chi non ha paura di niente.

Marisina si era avvicinata, e adesso sedevano tutte e quattro strette strette. Elena si sentiva finalmente piena, come una matrioska le conteneva tutte.

«Lo sapete cos'è un sarchiapone? Io da piccola ne avevo paura» disse Marisina.

Elena ebbe un tuffo al cuore, sua figlia stava rievocando ricordi comuni. Aveva uno sguardo sorridente e sembrava cambiata, più aperta, più disposta al colloquio, riusciva persino a scherzare; dunque, qualcosa del passato dentro di lei resisteva.

«Com'è fatto?»

«Non ha le mani, non ha la coda... »

S'era creato in quel momento un universo unico e magico, tenuto insieme da discorsi senza senso: ma l'amore non ha logica. Costanza e Viola guardavano alla madre con lo sguardo adorante e fiducioso che Marisina da piccola riservava a Elena, lo stesso che brillava negli occhi di Elena quando da bambina fissava Teresa. Peccato che tra un po' il loro atteggiamento sarebbe cambiato. Corta è la memoria del cuore, pensò, quindi si immerse in quell'acquario tiepido che risuonava di un'unica parola ripetuta all'infinito: mamma, mamma, mamma.

«Da grande voglio fare l'astronauta» disse all'improvviso Viola, cogliendo un pensiero che le era passato nella testolina.

«Come mai?» chiese la nonna, sorpresa.

Marisina scoppiò a ridere: «Ma', questo è l'occhio pesante delle femmine Accoto. Te lo ricordi cosa mi hai detto prima che partissi? Ti auguro che una delle tue figlie faccia l'astronauta, da grande, così capisci cos'è il dolore da separazione».

Non si trattava di occhio pesante, ma del potere evocativo delle parole e bisognava farne un uso accorto. Perciò Elena le aveva sempre studiate con attenzione ossessiva e ora, nella maturità, prima di pronunciarle se le covava dentro; soppesava ogni aggettivo, ogni avverbio, fin quando non capiva che era quello, proprio quello, e non ce n'era altro per esprimere il suo sentire. E chissà, magari i silenzi giovanili di Teresa erano dettati dalla prudenza.

I giorni trascorrevano dolci, Elena osservava e imparava da quelle due bambine quanto non aveva colto nella figlia. Giocare sembrava un'attività vitale. Marisina lo faceva benissimo. Da chi aveva imparato?, si chiedeva, e cercava di imitarla.

Ogni sera il letto si trasformava in navicella spaziale. Elena era diventata il capitano di un dolcissimo equipaggio.

«Per fare sogni belli si deve guardare alla luna, e se non c'è, perché è luna nuova, alle stelle. E se ci sono le nuvole a impedirne la vista, dobbiamo spingerci oltre e troveremo comete, galassie e pianeti» diceva alle nipotine.

Sdraiate con i piedi penzoloni, le teste vicine vicine sui cuscini ammucchiati, i capelli sparsi tutto intorno, si godeva il profumo di pane lievitato e cioccolata fusa, mentre faceva l'appello.

«Samantha Cristoforetti?»

«Presente!» rispondeva Viola.

«Assistentina?»

«Io!» faceva eco Costanza.

«Prepararsi al decollo.»

Le bambine allungavano le gambe e puntavano le braccia al soffitto. Elena si esibiva in una sfilza di rumori.

«Allacciare le cinture di sicurezza. Clac,clac»

«Fatto!» rispondevano in coro Costanza e Viola.

«Assistente, Samantha, accendere i motori. Bish, bish, bish. *Ten, nine, eight...*» per un eccesso di realismo facevano il countdown in inglese. «*Two, one, zero!* Boar, boar, bobom, ruogh.» Elena scivolava a terra, scuoteva il bordo del materasso, il letto cominciava a sussultare. «Assistente Samantha? Assistentina?»

«Tutto ok, signora capitana!» E *swish, swish,* erano in orbita. Le stelle brillavano alte tra le foglie dell'acero. Nel silenzio irreale dello spazio le tre si avventuravano bisbigliando: «Giove, Plutone, il Grande Carro, la Via Lattea... eccola la Luna. La vedete?».

«Sì» sussurravano, e le loro vocine si alternavano come una melodia orientale.

Al momento dell'allunaggio, Samantha e Assistentina facevano finta di indossare stivali e caschi. Aprivano un immaginario portellone e scendevano dal letto navicella in fila indiana. Mettevano piede sulla luna con delicatezza, senza la gravità si cammina leggere, le braccia allargate come ali di uccello, le ginocchia rigide, le gambe larghe per cercare stabilità.

«Tumpa, tumpa, tumpa, tumpa» mormoravano insieme.

«Samantha, prelevare campioni di roccia.»

«Che vuol dire, nonna?» chiedeva Viola sgranando i suoi occhi già grandi.

«Prendi dei sassi e mettili in tasca.»

Lei si chinava con cautela, ché con l'assenza di gravità era un attimo e si ritrovava a fluttuare nello spazio, raccoglieva qualcosa dal pavimento e fulminea la infilava dentro il pigiamino.

«Tumpa, tumpa, tumpa» riprendevano a cantare mentre giravano in cerchio al centro della stanza. Un po' avventura nello spazio, un po' vecchio West.

«Assistentina, prelevare campioni di sabbia.»

Costanza sollevava quei suoi occhietti grigi che sembrano ridere anche quando piangeva e stringeva le labbra fino a farle sparire, metteva su la faccia da mostro e correva per la stanza facendo strani versi.

«Un marziano, un marziano, nonna che paura, presto scappiamo!» urlava Viola. *Tumpa, tumpa, tumpa,* salivano a bordo del letto navicella e tornavano sulla Terra.

La felicità in quei giorni era qualcosa di materiale e si riverberava anche nelle relazioni tra adulti. La figlia ora appariva disponibile a un dialogo che però fosse leggero e non scavasse troppo in profondità. Riusciva a guardare la madre negli occhi, ma ancora si rivolgeva a lei con quel monosillabo stitico: ma'.

Nel pomeriggio, al riparo dal freddo sotto una copertina, ognuna di loro a turno raccontava delle favole.

«C'era una volta una bambina che correva, correva, correva e trovava un campo di arcobaleni» diceva Viola. E la felicità era tutta in una sequenza di archi colorati.

«C'era una volta una bambina piccola piccola, che correva correva correva e trovava un coniglietto» le faceva eco Costanza.

E quando era il turno della nonna, la fissavano con uno

sguardo attento. Era ciò che desiderava. Nulla aveva più importanza.

Attraverso le nipotine intanto scopriva capacità nuove. Credeva di non saper giocare e invece lo faceva; credeva di non conoscere le favole e ogni sera ne inventava una diversa. Quelle bambine possedevano le chiavi delle sue stanze segrete.

«C'era una volta un bambino scemo, che si chiamava Teto. Teto era così scemo che se voleva il gelato invece di aprire il frigo accendeva il forno. "Quanto si' scemo, Teto" gli urlavano gli amici. Lui beveva quella pappetta molle, al sapore di vaniglia. "Aaah" sospirava, e si passava la mano sulla pancia.»

«E poi?»

«Teto era così scemo, ma così scemo, ma così scemo che quando doveva lavarsi i denti invece dello spazzolino ingoiava un sorso di sapone. Dalla sua bocca uscivano le bolle e la lingua gli si copriva di schiuma. "Quanto si' scemo, Teto" gli urlavano gli amici e lo prendevano in giro. Teto era così scemo, ma così scemo, ma così scemo che per andare sulla neve si metteva le pinne che si usano per nuotare. Poi andava fuori e lasciava in giro le impronte di una papera. "Quanto si' scemo, Teto" lo insultavano gli amici, e gli tiravano le palle di neve. Teto era così scemo, ma così scemo, ma così scemo che per fare il bagno al mare indossava l'impermeabile. L'acqua gli si infilava nelle maniche, dentro le tasche, nel cappuccio. Lui annaspava, però era tranquillo: con l'impermeabile non si sarebbe bagnato.»

«Quanto si' scemo, Teto!» urlavano allora in coro Costanza e Viola. «Un'altra» chiedevano poi divertite.

«C'era una volta Tizio, era così brutto, ma così brutto, ma così brutto che emigrò in Australia, dove gli spazi erano così grandi, ma così grandi, ma così grandi che non incontrava mai nessuno e nessuno lo prendeva in giro per la sua bruttezza. Tizio allevò pecore e diventò ricco, ma così ricco, ma così ricco che Caia, la più bella ragazza del mondo, se ne innamorò. Si sposarono ed ebbero molti figli, uno brutto, uno bello, uno brutto, uno bello, uno brutto, uno bello. L'ultimo si chiamava Tizietto ed era così ricco e così bello che tutte lo volevano e allora lui lasciò l'Australia e tornò in Italia, dove si sposò.»

«Anche noi vogliamo tornare in Italia» dicevano allora le nipotine. Elena gongolava. "Missione compiuta" pensava.

Poi arrivò il giorno della partenza. Non ci furono addii strazianti né lacrime. Elena aveva adesso gli strumenti per evitare fratture, conflitti. Zitta, doveva stare zitta. Nessun riferimento alla realtà, né spiegazioni, né risentimenti. Ora sapeva come usare le parole. Aveva conosciuto aspetti di sé importanti, a quelli doveva attingere per tenere in piedi i legami. Marisina, Costanza e Viola ce le aveva tutte e tre dentro. Era arrivata con l'animo vuoto, se ne andava piena come le avesse mangiate. C'è del cannibalismo nella maternità, considerò per tutto il viaggio di ritorno.

Il silenzio

Teresa era sulla sua poltrona, le mani abbandonate sui braccioli, la testa piegata sul petto. Elena notò che era ben vestita. La camicia di seta a fiori rossi le donava, i capelli erano in ordine, legati in una crocchia dietro la nuca. Era anche un po' ingrassata e le sue guance leggermente più piene avevano cancellato l'espressione di lupa affamata. La lontananza dalla figlia sembrava averle giovato, oppure la nuova badante aveva fatto un buon lavoro.

«Brava» si congratulò Elena.

«Ah, qua sei.» Teresa sollevò lo sguardo. «Non vieni mai.»

«Ma', lo sai che lavoro.»

«Vero.»

Elena usava il lavoro come scusa principale, tanto la madre era disorientata, non sapeva mai che giorno fosse. La sua vita scorreva sempre uguale, non aveva elementi di riferimento. Del suo viaggio in America non si era accorta e lei evitò di parlarne.

«Ti devo dire, figghia mia, che qua le cose...» S'inceppò. Ruotò la mano in un senso e poi nell'altro come se girasse la chiave di una macchina per avviarne il motore. Le erano rimaste così poche parole nella testa. Le aveva tenute nascoste in un luogo segreto della sua anima e ora non ricordava più dove le avesse messe. Il suo striminzito vocabolario era insufficiente a descrivere stati d'animo, malesseri fisici, questioni famigliari, accadimenti del passato. Fissava la figlia con uno sguardo disperante. Elena provò a interpretare quei pochi suoni che proferiva con la bocca impastata, ma ogni volta la madre scuoteva la testa in un cenno di diniego.

In quel difficile colloquio si inserì la badante: «Abbiamo dato gocce più. Lei alza, lei forza. Andata fuori sola».

Elena la guardò stupita, la madre già da qualche mese si rifiutava di camminare e bisognava sollevarla a braccia, le pareva strano che avesse tentato una fuga.

«Tu, delinguente» urlò Teresa congestionata in volto. «Nun la pozzu vìdiri» disse poi alla figlia, «che mala fine!» Fece una pausa, e aggiunse: «Siamo qui umiliati e offesi».

Il romanzo di Dostoevskij ancora se lo ricordava. Elena si attaccò a quella citazione per stimolare la sua memoria.

«Ma', facciamo che io inizio una frase e tu continui?» Se il gioco delle parole era stato utile con Costanza e Viola magari poteva funzionare anche con lei, i vecchi di solito si comportano come bambini.

«Non so più nulla.»

«Proviamo. Stai bene attenta. Questo è un motto siciliano che usava la nonna. A matula ti metti u mussu a funcia...»

«Cosa significa? Io no capito.»

Quella badante era brava ma non conosceva la riservatezza, per questo Teresa non la sopportava.

«È inutile che fai quella faccia.»

«Io no fatto faccia, io tranquilla.»

«No, ti sto spiegando cosa significa.»

«Ah, io no capito.»

«Zitta tu, delinguente.»

«Allora, ma', fai attenzione. È inutile che...»

«Tatarată tatà» la interruppe Teresa. «Taratatà. Taratatà.»

«Ma', che dici? È inutile che ti metti u mussu a funcia ca' prima si travagghia e poi si mangia. Te la ricordi?»

L'altra scosse la testa.

«Allora proviamo con questa. A squagghiata da nivi... Quando si scioglie la neve...» tradusse poi per la badante

«Tataratà tatà.»

«Ma', stai scherzando?»

«No, non ricordo niente, solo il ritmo.»

«Si vedono i pirtusi, i buchi» completò Elena.

Teresa scuoteva la testa senza sosta. «Pure con le poesie mi succede la stessa cosa. Mi sovviene un verso e il resto è solo ritmo. C'è qualcosa di nuovo oggi nel sole... Sono nate nella selva del convento dei cappuccini... Tataratà tatà. Caro m'è 'l sonno, e più l'esser di sasso... Però non mi destar... Tataratà tatà. Sai, sto perdendo la diversità, le parole hanno tutte lo stesso suono: tataratà tatà.»

«Succede con l'età, è normale» cercò di consolarla Elena. «Il concetto però ce l'hai chiaro in testa?» Lei fece cenno di sì. La sua memoria era un tessuto scolorito per i troppi lavaggi. Elena si ostinava a farle ritrovare le parole, ma perché?

«Non lo capisci che alla mia età... Quanti anni ho?» chiese.

«Cerca di ricordartelo.»

«Centocinque?»

«No, ma', novantasette.»

«È una bella età.»

«Sì, ma', proviamo con cose più semplici. Come si chiamano i tuoi figli? Questo lo sai, vero?»

Teresa sollevò il pollice tremante e guardò in giro come se cercasse aiuto. «Uno, Sebastiano.» Seguì una lunga pausa di sospensione, l'indice puntato in alto. La badante stava per inserirsi in quel dialogo muto, Elena la zittì bruscamente. «Due, Lucio» aggiunse Teresa e si fermò.

«E poi?» Silenzio. «Io no?» domandò la figlia.

Teresa fece un cenno di assenso.

«Io come mi chiamo, ma'?»

«Tu, tu, tu figghia mia!» sbottò infastidita, poi cominciò a farfugliare parole a casaccio in siciliano. «Veni ccà... Vatinni... Rispunni... Nun capisci nenti... Scimunita...»

Se la memoria è sentimento, sua madre in quel momento ricordava solo la sua rabbia. Ma rabbiosa, cattiva, ambigua, rappresentava il principio, la matrioska che la conteneva, insieme con Marisina, Costanza e Viola, perciò con lei bisognava fare i conti. Sarebbe mai finito quel bisogno di sentirsi figlia?, pensò Elena.

Teresa, come se avesse oramai scaldato i motori, cominciò a fare discorsi senza senso.

«Vedi, il mio corpo è strano. Mi erano caduti i denti e sono ricresciuti. Talia» e aprì la bocca. «Questo braccio me l'avevano legato al torace, ma qualcuno me l'ha liberato.»

Elena pensò che forse le mancavano le parole adeguate per descrivere che aveva dolore da qualche parte. «È successo qualcosa? È caduta?» chiese allora alla badante.

«Lei così. Vecchi dicono.»

«Tu, figghia mia, devi parlare con me, non con la delinguente. Io di testa ci sto benissimo e sono ancora qua. Pure i seni sono ricresciuti. Erano spariti e poi sono spuntati nuovi. Un miracolo!»

Sua madre era lì e non c'era al tempo stesso, pensò Elena. Provò a riportarla alla realtà parlandole dei nipoti.

«Ma', come si chiamano i miei figli?»

Teresa spalancò la bocca sorpresa. «Vediamo. Uno, Lillo. Lui è il migliore di tutti, mi viene a trovare ogni volta che può. Due, Ciccio. Lui sì che è un ragazzino speciale, mi parla con calma, è allegro.» Quindi si fermò. I suoi occhi ricominciarono a vagare smarriti. Marisina non l'aveva considerata.

«E queste parole, annacare, surciteddu, dindarò, apuzza, siminzina, cuddureddu, sai cosa significano?» Attingeva al dialetto, la lingua del cuore, per sollecitare la memoria affettiva.

A ogni parola gli occhietti di Teresa roteavano nervosi, i

gesti si facevano stizziti. «Tu, figghia mia, non capisci niente. Io vengo dal silenzio ed è al silenzio che devo tornare.» Lo disse tutto d'un fiato senza tentennamenti né inciampi, ma nel viso aveva un'espressione stanca e si teneva la testa con la mano, come se le pesasse.

«Ma', come si chiamava papà?» insisteva Elena. Le pareva che da quei ricordi elementari dipendesse la sua felicità.

«Mio papà?»

«No, mio papà, tuo marito.»

«Antonio» disse Teresa senza esitazione e il suo sguardo si era addolcito, gli occhi parlavano d'amore.

«Chi è 'sto Antonio?»

«Mio marito.»

Elena prese una foto di Luigi. «Lui?»

«No, questo non lo conosco. Che fai, mi prendi in giro? Pensi che sono rimbambita?»

«No, ma', non ti arrabbiare. È che questo Antonio non l'ho mai sentito.»

«Vecchie fanno. Vecchie hanno amore. Vecchie perde memoria, figli scopre segreto» intervenne la badante.

Elena cominciava a odiare la verità. "Meglio conservare quei pochi ricordi buoni che ho" si disse.

Romeo comparve dal nulla. Si strusciò contro le gambe di Teresa, era invecchiato anche lui. Il pelo rado, il corpo visibilmente dimagrito, le orecchie trasparenti. La sua coda ondeggiò irrequieta, il muso sollevato verso l'alto. Con un balzo salì sul bracciolo della poltrona e si allungò sul petto della padrona.

«Scimunito» disse lei, e lo grattò sotto il collo. Lui si stirò e, senza tirar fuori le unghie, cominciò a muovere le zampe su quel viso rugoso, l'accarezzava a modo suo. Teresa aveva gli occhi chiusi. E d'un tratto, parlò come in sogno:

«Tu, figghia mia, nun veniri cchiù. Lo capisci ca io sugnu già morta?»

Elena se ne andò via, era ora di cominciare a nuotare in

solitaria. Ma il giorno dopo tornò e quello appresso pure, e così nei giorni a venire. Invece di nuotare si abbarbicava a quel vecchio tronco che andava alla deriva. Sarebbe tornata ogni mattina, fino alla fine, nella speranza di un altro miracolo. Se a Teresa erano cresciuti denti e seni, magari sarebbe potuto spuntarle anche un nuovo cuore.

Ringraziamenti

La mia gratitudine va a Ginevra Bompiani: senza il suo sostegno non avrei trovato il tono giusto per raccontare una storia così fantasiosa da sembrare vera.

Un pensiero grato a Marilena Rossi che ha atteso senza disfare la tela.

A Giovanni Tulumello che ha riannodato qualche filo della stessa tela.

A Giuseppe Sottile, imponente archivio di storie e cose siciliane.

Grazie alla mia famiglia che, sono certa, sorriderà delle mie invenzioni.

A Linda Fava, Valeria Pascone, Maria Paola Romeo.

Nel libro vengono citate alcune opere letterarie: p. 21, *Il telefrico senza fili* di Nino Martoglio; p. 64, *Canto notturno di un pastore errante dell'Asia* di Giacomo Leopardi; p. 130, *Memorie di Adriano* di Marguerite Yourcenar (traduzione di Lidia Storoni Mazzolani); p. 137, *La quiete dopo la tempesta* di Giacomo Leopardi; p. 211, *Dei sepolcri* di Ugo Foscolo; p. 241, *L'aquilone* di Giovanni Pascoli e *Caro m'è 'l sonno* di Michelangelo Buonarroti.

Indice

PEFC
PEFC/18-32-03

Certificato PEFC
Questo prodotto è realizzato con materia prima da foreste gestite in maniera sostenibile e da fonti controllate
www.pefc.it

Mondadori Libri S.p.A.

Questo volume è stato stampato
su carta HOLMEN
con fibra vergine proveniente da foreste sostenibili holmen.com/paper
presso ELCOGRAF S.p.A.
Stabilimento - Cles (TN)

Stampato in Italia - Printed in Italy